강안남자 1부 1

강안남자 1부 1

초판 1쇄 인쇄 | 2018년 3월 26일
초판 1쇄 발행 | 2018년 4월 9일

지은이 | 이원호
펴낸이 | 박연
펴낸곳 | 한결미디어

등록일자 | 2006년 7월 24일
등록번호 | 제25100-2006-152호
주소 | 서울시 마포구 모래내로 83 한올빌딩 6층
전화번호 | 02 · 704 · 3331
팩스번호 | 02 · 704 · 3330

ISBN 979-11-5916-080-6 979-11-5916-079-0(set) 04810

강안남자 强顔男子

1부
1

이원호 장편소설

한결미디어
HANGYEOL
MEDIA

저자의 말

〈강안남자〉는 문화일보에 7년 10개월 동안 연재됐던 소설입니다.

단 하루도 빼지 않고 연재했더니 어느덧 책 20권 분량이 되었습니다.

연재하는 동안 많은 응원과 함께 비난도 있었지만 2,366회까지 나간 신문 연재소설을 스크랩했더니 높이가 20센티 가량, 원고지는 18,928매로 2미터가 넘게 되었습니다. 감개가 무량했다는 표현이 맞을까요? 그동안 겪은 여러 곡절이 더 값지게 느껴졌습니다.

재미있게 읽어주시지 않았다면 8년 가깝게 여러분을 모실 수가 없었을 것입니다.

원고가 채워지는 대로 강안남자, 남자의 꿈, 개척자, 해결사 등 각각 다른 제목으로 출간되었던 20권을 강안남자 1, 2, 3, 4부 각 5권씩으로 재정리, 출간하여 여러분께 보여드립니다.

그렇습니다, 역작(力作)이 맞습니다. 쓰면서 참 행복했다는 말씀을 드리고 싶습니다. 그래서 여러분께서도 읽으면서 행복해지시기를 바랍니다.

　감사합니다.

2018. 3. 20. 이원호 드림

목차

저자의 말 | 4

1. 오숙진 | 9

2. 정상을 향하여 | 88

3. 국제개혁연맹 | 162

4. 신데렐라 | 217

1. 오숙진

"그만."

감았던 다리를 풀면서 김봉선이 말했으므로 조철봉은 움직임을 멈췄다. 탁자 위에 놓인 시계는 2시 47분이다. 44분이 지났다.

"왜 그래?"

"나 했지 않아, 두 번이나?"

"난 아직 안 했어."

"그건 네 오 형제 불러서 해."

그러고는 봉선이 몸을 트는 바람에 물건이 미끄덩미끄덩 빠져나왔다.

"젠장."

이미 물 건너간 임이었다. 상체를 일으킨 봉선의 거대한 유방이 덜렁거렸다.

"오래 한다고 장땡이 아냐, 알아둬."

봉선이 헝클어진 머리를 다듬었지만 유방은 덜렁거리게 놔두었다. 화장이 지워진 얼굴은 39세의 나이보다 다섯 살은 더 들어보였다. 시트를 걸치고 일어날 때 짙은 숲이 드러났는데 숲 속의 속살도 검다. 분비액이 많은 여자들은 대개 그렇다.

"한 번을 하더라도 늘어지게 해야 돼."

"언제는 세 번 이상은 해야 된다면서."

"그땐 그때고."

"젠장."

풍만한 엉덩이를 흔들며 봉선이 화장실로 갔을 때 조철봉은 탁자 위에 놓인 담배를 집어 입에 물었다. 맞는 말이다. 이제까지의 경험으로 봐도 횟수는 중요하지 않았다. 처음에 봉선은 한 번으로 늘어졌고 그 다음부터 차츰 욕심을 내었다가 지금은 식어가는 중인 것이다. 그리고 나도 마찬가지다. 길게 연기를 내뿜은 조철봉은 쓴웃음을 지었다. 간통은 처음 몇 번의 신비감 내지는 스릴이 사라지면 매력이 급격하게 떨어진다. 봉선은 그 전형적인 과정을 밟고 있는 것이다. 간단히 뒷물을 하고 금방 화장실을 나온 봉선이 선 채로 팬티를 찾아 꿰었다.

"자긴 안 가?"

"난 한숨자고 가려고."

"그 회사는 참."

힐끗 조철봉에게 시선을 주었던 봉선이 엷게 웃었다.

"하긴 실적이 좋을 테니까."

"그런데 어떻게 되었어? 소개시켜준다던 후배 말이야."

"왜? 어떻게 해보려고?"

"내가 ×만 앞세우고 다니는 놈이야?"

"나한테 그랬잖아."

그러고는 봉선이 브래지어를 들고 와 내밀더니 돌아섰다.

"후크 채워줘, ×철봉 씨."

조철봉은 먼저 봉선의 유방을 두 손으로 가득 움켜쥔 다음에 브래지어를 끼워주고 뒤의 후크를 채웠다. 봉선을 처음 만났을 때 그랬었다.

"철봉입니다, ×이오."

조씨를 조에다 악센트를 넣으면 그렇게 발음된다.

"네에?"

눈을 둥그렇게 뜬 봉선을 향해 조철봉은 빙긋 웃었었다.

"그래서 ×철봉이라고 불리지요."

봉선이 서둘러 스타킹을 신고 스커트를 입더니 이젠 선 채로 거울을 보며 화장을 했다.

"걔한테 ×철봉하면서 나댔다간 그것 잘릴 거야. 조심해."

"어쨌든 연락처나 줘."

"걔한테 내 이야기는 말고."

"누굴 어린애로 보나?"

"걘 능력 있으니까 3000시시 급을 살 수도 있을 거야."

"그러고는 봉선이 핸드백을 열더니 명함 한 장을 뒤쪽 조철봉에게로 던졌다.

"걔 이름은 오숙진이야, 이뻐."

"조 과장, 전화 왔었어."

소장 장정수가 다가와 메모지를 책상 위에 내려놓았다.

"두 명 모두 여잔데, 어때? 나한테 하나 인계해줄래?"

"농담 그만하십쇼."

정색한 조철봉이 메모지를 집었다. 하영옥과 박선미였다. 핸드폰을 꺼놓았기 때문이다.

"이봐, 이번 달에 몇 대나 더 나갈 것 같으냐?"

책상 위에 두 팔을 짚은 정수의 시선이 은근해졌다. 대성자동차의 서초영업소 실적은 전국의 87개 영업소 중 올해에는 항상 10위권 안에 들었다. 그리고 서초영업소의 13명 영업사원 중에서 조철봉의 실적은 언제나 3위권 안이다. 이만한 실적이면 소장도 함부로 못 한다.

"글쎄요, 앞으로 열흘 남았으니까 두어 대는 더 해야 할 텐데."

"두 대만 더하면 넌 이번 달에 1등이야."

정수가 목소리를 낮췄다.

"김정필이는 대한통상 네 대가 펑크났어. 그래서 현재 너보다 한 대 더 많다."

정수는 입이 헤픈 데다 치밀하지 못했지만 감탄할 만큼 성실했다. 언제나 제일 먼저 출근했고 맨 나중에 퇴근했는데 와이프하고는 오래전부터 별거 중이라는 소문이었다. 겨우 정수가 떨어져 나갔을 때 벽시계를 올려다본 조철봉은 전화기를 들었다. 오후 4시 반이다.

"여보세요."

맑고 높은 목소리가 수화구를 울렸을 때 조철봉은 심호흡을 했다. 이 순간은 언제나 가슴까지 뛰는 것이다.

"안녕하십니까. 전 조철봉이라고 하는데요."

그는 조를 희미하게 발음했다.

"김봉선 씨 소개를 받고 전화를 드리는 겁니다. 말씀 들으셨지요?"

"아아."

오숙진이 시큰둥한 발성을 했다.

"네, 들었어요."

"언제든 시간을 내주시면 제가 찾아뵙겠습니다만."

"아뇨, 제가 연락드릴게요."

"예, 알겠습니다. 그럼."

"죄송합니다."

전화가 끊겼을 때 조철봉은 희미하게 웃었다. 시작은 언제나 이렇게 시큰둥한 것이다. 그로부터 한 시간쯤이 지난 오후 5시 반경에 조철봉은 영업소 옆 건물에 있는 커피숍에서 20대 후반쯤 되는 사내와 마주보며 앉아 있었다. 사내는 머리칼을 고슴도치처럼 세운 데다 한쪽 귀에만 5백 원짜리 동전만 한 귀고리를 걸었는데 눈동자가 한순간도 가만있지 않았다.

"이번에는 누굽니까, 형님?"

사내가 묻자 조철봉이 쪽지를 내밀었다.

"여기 직장과 전화번호가 있어."

"오숙진이라."

쪽지를 받아 쥔 사내가 읽어 내려갔다.

"에덴 클리닉 대표이사 사장이군요."

"사흘이면 조사할 수 있겠지?"

"해보지요."

"지난번 사진은 엉망이었어. 사진 잘 찍으라고."

"알겠습니다."

시원스럽게 대답한 사내가 자리에서 일어섰다. 그는 조철봉의 대학 후배 최갑중이다. 취직이 안 되어서 택배 회사의 배달원 생활을 2년 한 뒤에 사설 정보회사에서 다시 2년을 근무한 터라 이런 일에는 안성맞춤이었다. 갑중과 헤어진 조철봉은 휘적거리며 커피숍을 나왔다. 3월 중순이어서 날씨는 포근했고 거리를 메운 행인들의 차림새도 밝아져 있었다. 봄이다. 서른다섯 번째 맞이하는 봄인 것이다. 그때 주머니에 넣어둔 핸드폰이 울렸으므로 조철봉은 멈춰 섰다. 핸드폰을 귀에 붙였을 때 수화구에서 맑고 높은 목소리가 울렸다.

"자기야? 뭐해?"

섹스 테크닉의 사부 하영옥이다.

저녁으로 생갈비를 먹고 났을 때 영옥이 시계를 보는 시늉을 했다.

"두 시간밖에 시간이 없어. 10시에는 들어가야 돼."

"그럼 일어나지."

식당을 나온 그들은 바로 옆 골목에 있는 모텔에 들어섰다. 그것은 식당을 고를 때 모텔 옆에 위치한 곳을 골랐기 때문이다. 영옥은 조철봉이 방문을 다 잠그기도 전에 옷을 벗기 시작했는데 금방 늘씬한 알몸이 드러났다. 38세 나이라고는 믿어지지 않을 만큼 군살이 없고 탄력 있는 몸이었다.

"어때? 몸 불지 않았지?"

조철봉의 앞에 똑바로 선 영옥이 두 다리까지 조금 벌리는 바람에 숲의 안쪽 샘도 다 드러났다.

"응, 괜찮아."

"괜찮다니? 그것도 칭찬이야?"

하면서도 영옥은 만족한 듯 웃었다.

"나 먼저 씻고 올게."

영옥이 옆을 스치고 화장실로 가면서 조철봉의 남성을 슬쩍 잡았다가 놓았다. 가는 눈이 웃음으로 더욱 가늘어졌지만 귀여운 인상이다. 옷을 벗어 의자 위에 걸쳐놓은 조철봉은 알몸이 되어 시트 안으로 들어가 앉았다. 영옥이 먼저 꼬리를 쳐온 드문 경우라고 볼 수 있었다.

그것도 나이트에서 만난 터라 아직 판매 실적에는 도움이 되지 않았지만 조철봉의 인생에 자신감을 불어 넣어준 인물 중 하나였다. 영옥이 화장만 지우고 금방 나왔으므로 조철봉은 옆쪽의 시트를 들쳐 들어오라는 몸짓을 했다.

"오늘은 내가 할게."

옆으로 미끄러지듯 들어온 영옥에게서 장미향이 풍겼다. 여자마다 각각 향이 다른 것이다. 다른 향수나 화장품을 썼기 때문이 아니라 독특한 체취가 섞였기 때문이다. 내가 한다는 것은 자신이 리드한다는 말이다. 이미 발기된 조철봉의 물건을 두 손으로 움켜쥔 영옥이 입술과 혀로 부드럽게 애무하기 시작했다. 쪼그리고 엎드린 자세여서 치솟은 엉덩이와 늘어져 출렁대는 젖가슴을 보는 동안 조철봉은 달아올랐다. 조철봉은 영옥의 남편 얼굴을 떠올렸다. 영옥이 남편에게 조철봉을 친구 동생이라고 소개시켜 줬던 것이다. 그러나 은행 차장인 남편은 차 가격만 물어보고는 차를 사지 않았다. 쩨쩨한 놈이었다. 섹스도 한 달에 한 번 꼴이며 그것도 전희도 없이 2분이면 끝난다고 했다.

"됐어, 이젠 내가."

하고 조철봉이 몸을 비틀었을 때 영옥이 머리를 들었다.

"아냐, 내가 할 거야."

그러고는 영옥이 상반신을 세우더니 조철봉의 몸 위에 앉았다. 반듯이 세운 상반신에 알맞게 솟아난 젖가슴이 탐스럽게 드러났다. 영옥은 그 자세로 조철봉의 물건을 조심스럽게 받아 넣더니 천천히 상체를 움직이기 시작했다. 이미 샘은 젖어있는 데다 뜨거워서 조철봉은 신음했다. 여자와의 섹스는 모두 다른 것이다. 샘의 상태나 수축 작용 따위로 다르다는 것이 아니다. 여자와의 섹스를 즐기려면 그 여자와의 분위기에 적응해야 된다. 상체의 움직임이 빨라지기 시작했으므로 조철봉은 손을 뻗어 영옥의 허리를 양손으로 움켜쥐었다. 그러고는 움직임에 맞춰 들었다가 내려놓았다. 영옥이 절정으로 솟아오르기 시작하면서 신음 소리가 더 높아졌다.

"나, 두 번만 할게."

헐떡이며 영옥이 소리치듯 말했으므로 조철봉은 아랫배에 힘을 주었다. 영옥의 질이 강하게 수축 작용을 시작하고 있었는데 곧 절정이 된다는 신호였다. 조철봉은 어금니를 물었다. 해낼 수 있다.

"안녕하십니까?"

오숙진은 꾸벅 머리를 숙이는 사내를 올려다보았다. 그러고는 자리에서 일어서는 그 짧은 순간에 사내를 한눈에 읽었다. 사내의 신장은 183이나 185센티미터 정도, 큰 키에 육중한 체격이다. 그러나 뱃살은 없고 근육질인 것을 보면 운동으로 단련된 몸매였다. 거기에다 짙은 숱의 머리와 눈썹, 굵은 콧날에다 두툼한 입술이 남성적이었고 곧장 이쪽으로 쏟아지는 시선은 자신감에 차 있었다.

"어서 오세요. 여기 앉으시죠."

사내에게 자리를 권하면서 숙진은 이제 옷차림을 보았다. 넓은 체크 무늬가 있는 재킷이 어울렸고 구두는 반질거렸다. 이만하면 상급 손님 축에 들것이다.

"여기 제 명함입니다."

자리에 앉은 사내가 내민 명함을 숙진은 힐끗 보았다. 대성자동차 서초영업소의 과장 조철봉이다.

앞쪽에 앉은 숙진이 정색했다. 김봉선은 이 남자가 친구 동생이라고 했지만 그대로 믿을 숙진이 아니다.

"제가 바빠서요. 이렇게 갑자기 연락도 안 하고 오시면 곤란한데."

"압니다. 그래서 5분만 앉았다가 가겠습니다."

조철봉도 정색하며 주머니에서 봉투 두 개를 꺼내 탁자 위에 놓았다.

"음악회 입장권입니다. 특석인데 전 도통 그런 곳엔 가보지를 않아서요."

숙진이 그 표정 그대로 입장권에서 시선만 올렸을 때 조철봉은 풀썩 웃었다.

"차 안 팔아도 되니까 그냥 받으시지요. 거기 바이올린 연주자인 조남태 교수가 제 사촌형이어서 표를 거저 얻은 것이니까요."

조철봉은 숙진의 시선이 흔들리는 것을 보았다. 조남태는 열흘 후에 열리는 음악 콩쿠르의 심사위원장인 것이다. 그리고 숙진의 일곱 살 난 딸 정수지는 조남태 앞에서 바이올린 연주 심사를 받아야 한다. 권위가 있는 콩쿠르이었고 입상자는 외국유학 경비까지 보조받는 터라 숙진은 딸을 맹훈련시켜왔다.

"이걸 하필 저한테."

겨우 숙진이 그렇게 입을 열었을 때 조철봉이 다시 웃었다.

"솔직히 형님한테서 특석 표를 스무 장이나 얻었습니다. 그래서 제 고객들한테 나눠주는 중이지요."

그러고는 조철봉이 자리에서 일어서는 시늉을 했다.

"바쁘실 것 같으니 이만."

"아니 차는 한잔하고 가셔야죠."

당황한 숙진이 손을 뻗어 말리는 시늉을 하며 일어섰다.

"뭘 드시겠어요?"

"커피 주십시오. 크림은 빼고."

"그럼 잠깐만."

숙진이 서둘러 방을 나가자 조철봉은 의자에 등을 붙였다. 숙진은 34세의 나이인데도 20대 후반으로 보였다. 하긴 피부 클리닉의 원장이라 온갖 처방을 다 할 테니 그럴 만도 했다. 그리고 맑고 큰 눈과 곧은 콧날, 야무진 입술을 가진 미인이다. 거기에다 늘씬한 몸매까지 갖췄으니 이제까지 만난 여자 중에서는 최상급에 들 것이었다. 방문이 열리더니 숙진이 쟁반에다 커피 잔을 받쳐 들고 들어섰다.

"이거 번거롭게 해드리는데요."

"아녜요."

커피 잔을 내려놓은 숙진이 처음으로 웃음 띤 얼굴로 조철봉을 보았다.

"아깐 너무 황당해서요, 실례했어요."

"아닙니다."

조철봉은 헛기침을 했다. 조남태 교수는 성씨만 같을 뿐 어디 사는 놈인지도 모른다. 특석 표 두 장은 돈 내고 샀다.

숙진과 헤어진 조철봉이 사당동의 한성유치원 앞에 도착했을 때는 오전 11시 45분이었다. 차를 길가에 겨우 세운 조철봉은 서둘러 유치원 정문으로 다가갔다. 정문 앞에는 이미 노란색 바탕에 울긋불긋한 장식을 붙인 유치원 승합차가 대기하고 있었다. 곧 아이들이 몰려나올 것이었다. 조철봉은 정문의 기둥에 등을 붙이고 섰다. 이 위치면 유치원 현관에서 승합차까지 20여 미터의 거리가 다 시야에 들어온다. 그가 다시 시계를 보았을 때 유치원 현관문이 열리더니 아이들이 쏟아져 나왔다. 모두 노란색 재킷 일색이었지만 눈을 치켜뜬 조철봉은 금방 이영일을 찾아내었다. 잘생겼다. 커갈수록 아비를 닮아 콧날이 반듯하고 입술도 야무졌으나 눈은 제 어미를 닮아 컸다.

전체적으로 엄청난 미남이지만 어딘지 여성적이다. 영일이가 씩씩거리며 뛰어오더니 앞장섰던 아이를 제치다가 조철봉의 앞에서 하마터면 넘어질 뻔했다. 비틀거리던 영일이는 힐끔 조철봉을 보았다. 그러고는 화난 표정으로 금방 머리를 돌려 승합차로 다가갔다. 조철봉은 주머니에서 담배를 꺼내 물었다. 그동안에 영일이는 승합차 안으로 들어가 바깥쪽 좌석에 앉았는지 보이지 않았다. 영일이가 조철봉을 알아볼 리가 없는 것이다. 한 살 때 헤어지고 나서 공식적으로 만난 적이 한 번도 없었으니 당연한 일이다. 승합차가 출발했기 때문에 조철봉은 휘적거리며 차로 다가갔다. 영일이의 혈액형은 O형이었다. 물론 조철봉도 O형이다. 외모는 물론이고 혈액형도 같다. 차로 돌아온 조철봉은 의자에 등을 붙이고 앉아 움직이지 않았다. 영일이의 엄마 서경윤과의 결혼생활은 만 2년 3개월 12일간이었다.

그리고 영일이가 태어난 지 1년하고 28일째에 이혼을 한 것이다. 영일이는 조철봉의 아들이다. 3년 전에 재혼한 경윤의 남편 이종학이 자신의 자식으로 입적시켰기 때문에 이씨가 된 것이다.

조철봉은 입을 크게 벌리고 하품을 했다. 그러고는 앞으로 석 달에 한 번씩만 찾아오기로 마음먹었다. 작년에 영일이가 유아원에 다닐 때부터 한 달에 한 번씩은 꼭 찾아왔는데 두 번이나 경윤에게 들킬 뻔했던 것이다. 그리고 그놈은 볼수록 점점 정이 떨어진다. 아까 힐끔 올려다보는 눈빛이 꼭 제 엄마를 닮았다.

회사에 도착한 조철봉은 차만 주차시켜놓고 커피숍으로 들어섰다. 최갑중은 커피 잔을 앞에 놓고 이미 기다리고 있었다.

"오숙진의 재산 상태가 꽤 좋습니다."

조철봉이 털썩 앞에 앉자마자 갑중이 말했다.

"이혼할 때 꽤 뜯어낸 모양입니다."

"재산 상태가 뭐야, 이 자식아."

입술을 비튼 조철봉이 갑중을 노려보았다.

"재산이라면 되는 걸 가지고 문자 쓰지 마."

"형님, 기분 안 좋은 일 있으쇼?"

"없어, 읊어봐."

그러자 입맛을 다신 갑중이 조철봉의 앞에 종이 몇 장을 내밀었다.

종이는 볼펜으로 쓴 조사 자료가 있었다.

"읽어보시면 알겠지만 양재동에 5층 건물이 하나 있고 50평 아파트도 오숙진이 앞으로 되어 있어요. 그리고."

갑중이 눈으로 조철봉이 들고만 있는 종이를 가리켰다.

"에덴 클리닉의 장사가 잘됩니다. 충분히 3000시시 급 차로 바꿀 수 있는 조건이더만요."

"그, 조 머시냐."

눈을 치켜떴던 조철봉이 바이올린 연주자 이름을 기억해 내었다.

"조남태에 대해서도 알아봐. 그 연주회 티켓 작전이 제대로 먹혀들었으니까 말이다."

조철봉의 목소리에 생기가 실리기 시작했다.

"어때? 좋아?"

허리를 세차게 움직이면서 하태호가 묻자 오숙진은 신음 소리를 높였다.

"좋아. 나 죽겠어."

하태호는 곧 사정할 것이었다. 두 팔로 하태호의 목을 안은 숙진은 함께 오름 준비를 했지만 오늘도 맞지 않으리라는 것을 알고 있었다. 이윽고 몸 안에 들어왔던 태호의 물건이 팽창되는 느낌과 함께 귓가에서 굵은 신음 소리가 울렸다. 그 소리에 맞춰 숙진도 길고 높은 탄성을 뱉으며 온몸을 굳혔지만 절정에 오른 것은 아니다.

"아, 좋다."

땀으로 범벅이 된 몸을 늘어뜨리면서 태호가 헐떡이며 말했다. 몸을 누르고 있는 하태호의 체중이 갑자기 무겁게 느껴졌으므로 숙진은 어깨를 틀었다.

"나, 좀."

몸을 떼라는 표시였지만 하태호는 잘못 알아들었다. 그래서 오히려 숙진의 몸을 더 세게 안더니 찌그러진 물건을 넣은 채 그냥 달라붙었다.

"좋았어?"

"응. 그런데 나 일어날게."

"그래."

하면서 태호가 시원스럽게 몸을 굴려 옆으로 떨어졌다. 침대에서 일어선 숙진은 갑자기 구역질을 느끼고는 어금니를 물었다. 그러고는 서둘러 화장실로 들어가 입을 벌렸지만 구역질은 나오지 않았다.

화장실의 대형 거울에 전라의 몸이 드러나 있었다. 피부와 몸 관리를 잘해 온 덕분으로 20대의 몸매를 그대로 유지시켜 거울을 보는 동안 기분이 조금 나아졌다.

그러나 태호와의 섹스는 앞으로 한 달에 한 번 정도로 줄여야겠다고 마음먹었다. 쓸데없는 전희가 너무 긴 데다 그 짓을 하면서 꼭 좋으냐고 확인하는 통에 달아올랐던 몸이 식어버리는 것이었다.

기업 회계감사도 그렇게 하는 건지 섹스를 할 적마다 도중에 확인을 안 할 때가 없다. 샤워기의 머리를 숲 속에 댄 숙진은 한동안 더운물을 그곳에다 내쏘면서 가만히 서 있었다. 하태호는 VIP 고객이었다.

그는 200만 원짜리 피부 클리닉을 받고 있을 뿐만 아니라 남자 고객 셋을 끌어와 주었고 곧 두 명을 더 소개시켜 준다고 했다. 물론 손님들의 비용도 태호가 다 내는 접대 형식이다. 그러니 앞으로 두 달은 더 이

관계를 유지시켜야만 한다.

샤워를 마치고 나왔을 때 의자에 앉아 담배를 피워 물고 있던 태호가 기다리고 있었다는 듯이 일어섰다. 번들거리는 대머리 위에 엉켜있는 몇 가닥의 머리카락이 보기 흉했다. 숙진은 외면했다. 그러나 지친 목소리로 말했다.

"자기 왜 점점 그렇게 세져요? 나 죽을 뻔했어."

"그래? 오늘은 네 반응이 그저 그렇던데."

"지쳐서 그랬지."

"자아식."

숙진의 벗은 엉덩이를 손바닥으로 가볍게 친 태호의 얼굴이 밝아졌다.

태호가 화장실로 들어갔을 때 숙진은 길게 숨을 뱉었다. 주색잡기에 이골이 난 태호는 결코 녹록지가 않은 것이다. 자신이 오늘 절정에 오르지 않았다는 것을 알아차렸을지도 모른다. 태호가 화장실에서 나왔을 때 숙진은 팬티와 브래지어만 걸친 채 의자에 앉아있었다. 옷을 다 입지도 벗지도 않고 이 상태로 있는 것이 상대방을 편안하게 만들어주는 것이다.

"어, 벌써 11시네."

태호가 탁자에 붙은 전광 시계를 보는 시늉을 하더니 말했다.

"오늘은 일찍 들어가야 돼."

그건 숙진도 기다리고 있던 말이었다.

"저기 나옵니다."

조수석에 앉아 졸다 깨다를 반복하던 최갑중이 모텔 현관을 나오는 남녀를 보고 소리쳤다. 조철봉은 이미 본 터라 가만있었다. 하태호와 오숙진이다. 둘은 1미터쯤의 간격을 두고 이쪽으로 다가왔는데 그들이 탄 차와는 반대쪽에 있었지만 긴장되었다. 먼저 태호가 검정색 벤츠 앞에 서더니 숙진에게 몇 마디 말을 하고는 몸을 돌렸다. 그러나 숙진도 자신의 흰색 2000시시 급 하이나로 다가갔다.

"형님 따라갈 거요?"

불쑥 갑중이 물었으므로 조철봉은 머리를 저었다.

"아니 내가 뭐 하러 따라가?"

"그럼 뭐 하러 여기까지 온 겁니까?"

"자고 가는지 확인하러."

"참 할 일도 없다."

"그래, 집구석에 들어가야 할 일도 없다."

그때 태호의 벤츠가 먼저 주차장을 나갔고 숙진의 하이나가 뒤를 따랐는데 브레이크 등 한쪽이 꺼져 있었다.

"한 시간 사십 분이다."

조철봉이 주차장의 빈 출구를 보며 혼잣소리처럼 말했다.

"가서 벗고, 씻고, 하고, 씻고, 입는 시간을 30분으로 잡으면 한 시간 십 분을 뛴 것인데."

이맛살을 찌푸린 조철봉이 정색하고 갑중을 보았다.

"초장부터 찔렀다면 대단한 놈이다."

"대머리 까진 걸 보면 꽤 세게 보이던데요."

"그런데 오숙진의 얼굴이 개운하게 보이지가 않았어."

"어때서요?"

"대머리와 헤어지고 나서 얼굴 표정이 싹 달라졌다."

"나는 못 보았는데."

"대머리가 만족시켜주지 않은 거야. 내가 헤어질 때의 여자 표정 읽는 것은 도사다."

"오숙진의 남자를 닷새 동안 저놈까지 둘을 잡아냈단 말입니다. 이 페이스로 나간다면 아마 서넛은 더 찾아냅니다."

"아, 혼자 사는데 둘이면 어떻고 스물이면 어떠냐?"

차에 시동을 건 조철봉이 주차장을 빠져나왔다. 숙진을 미행하던 갑중의 연락을 받고 이곳으로 달려온 것이다.

"하긴 형님은 차만 팔아넘기면 될 테니까요."

시트에 등을 붙인 갑중이 느긋하게 말했다. 그러나 그는 차 판매 수당의 30퍼센트를 조철봉에게서 받는 것이다. 거기에다 교통비와 일당까지 받는 터라 차 영업사원이 다 되었다.

"그런데 형님."

갑자기 갑중이 정색하고 조철봉을 보았다. 차량 통행이 많아 조철봉이 시선도 주지 않았으나 그는 말을 이었다.

"오숙진이도 차 팔고 끝내실 거요?"

"그건 왜 물어?"

"물건이 좋지 않습니까, 재산도 많고."

"…"

"형님도 이제 안정을 하셔야."

"너 어디서 내릴래?"

힐끗 시선을 준 조철봉의 눈빛을 읽은 갑중이 입맛을 다셨다.

"다음 사거리에서 내려주슈."

"난 기집을 안 믿어."

웅얼거리듯 말한 조철봉이 속력을 내자 갑중은 입을 다물었다. 길가에 갑중을 내려놓은 조철봉은 차에 붙은 전광 시계를 보았다. 12시 10분이 되어가고 있었다. 다시 속력을 내면서 불러낼 만한 여자들을 하나씩 떠올렸다가 지웠다. 당분간은 사절이다. 몸과 마음을 가다듬어 매진하려면 잡귀가 끼어서는 안 되는 것이다. 조철봉은 숙진의 벗은 몸을 그리며 싱긋 웃었다.

냉장고 안에는 생수 한 병에 소주 대여섯 병, 그리고 안줏감으로 사 놓은 먹다 만 소시지뿐이었다. 생수병을 집어든 조철봉은 벌컥대며 물을 삼켰다.

오전 6시 반, 집에서 밥을 해먹은 지 오래되어서 찬도 없을 뿐만 아니라 쌀통에 쌀이 있는지 없는지도 모르는 형편이다. 소파에 앉은 조철봉은 집 안을 둘러보았다.

30평 아파트 안은 지저분했고 을씨년스러웠다. 곳곳에 옷가지가 널려 있는 데다 청소도 한 지 오래되어서 TV 위에 먼지가 하얗게 덮였다. 소파에 등을 붙인 조철봉은 신음하듯 숨을 뱉었다.

결혼한 지 반년이 조금 지났을 때부터 아내 서경윤은 바람을 피웠고 영일이가 태어난 후에는 외출 빈도가 더 잦아졌다. 아직 젖도 떼지 않은 아이를 친정에 맡기고 남자를 만났던 것이다. 그 남자가 바로 지금의 남편인 이종학이다.

종학은 경윤이 첫사랑이었다고 했다. 놈도 이혼해서 혼자 살고 있다가 경윤과 다시 만난 것이다. 조철봉은 문득 며칠 전에 만난 영일의 눈빛을 떠올리고 쓴웃음을 지었다. 헤어지겠다면서, 사랑 없는 결혼생활은 견디지 못하겠다면서 조철봉을 바라보던 경윤의 눈빛과 똑같았던 것이다.

그러나 그때 지적하지는 못 했지만 경윤의 표현은 정확하지 않았다. 사랑이 식은 결혼생활은 견디지 못하겠다고 해야 맞는다. 영어학원에서 만난 경윤과 1년 동안 사랑한다는 말을 서로 1000번은 주고받고 했으니까.

그리고 차분하게 되씹어 보아도 그 당시의 경윤은 자신을 사랑했었다. 전화벨이 울려 조철봉은 생각에서 깨어났다.

"철봉이냐?"

전화기를 귀에 붙였을 때 어머니의 목소리가 대뜸 울렸다. 이 시간이면 대구에 사시는 어머니는 어김없이 확인 전화를 해온다.

"예, 어머니."

"너 밥 먹었니?"

"지금 막 먹으려는 참인데."

"국은 끓였어?"

"예, 소고기국."

"내가 이번 달에 갈란다."

"예, 하지만 출장이 있을지 모르니까 미리 연락은 해주세요."

통화를 끝낸 조철봉은 입맛을 다셨다. 어머니가 오신다는 날 출장이 있다면서 빠져 나간 것이 두 번이나 된다. 이번에는 통하기가 어려울 것 같은 예감이 든다.

조철봉이 회사에 출근하자 영업소장 장정수가 손짓으로 불렀다. 그는 오늘도 제일 먼저 출근해서 전시장 청소까지 손수 다 해놓았다. 그가 책상 옆으로 다가선 조철봉을 웃음 띤 얼굴로 보았다.

"이봐, 김정필이가 어제 하이나 2500시시를 하나 건졌다. 너하고는 두 대 차이가 난다."

사무실에는 둘뿐이었지만 그가 목소리를 낮췄다.

"고객 소개로 연결되었다는군. 그 자식 대단해."

이쪽 염장을 지르려는 뻔한 수작이었지만 신기하게도 이럴 때는 단순해진다. 가슴이 벌렁거리면서 뒤통수까지 땅겨오는 것이다. 김정필은 같은 과장으로 정수에 이어 두 번째로 성실한 성품이었다. 그러나 정수와는 반대로 차분하고 치밀하며 인상도 좋다. 조철봉보다 1년 후배인데도 같이 과장으로 진급한 것은 정필의 실적이 서초영업소에서 언제나 1, 2위를 다퉜기 때문이다.

정수가 다시 은근하게 말했다.

"조 과장이 이번에 나온 4500시시 크로나형 하나만 계약한다면 김정필이를 누를 수도 있어."

4500시시 크로나형은 2500시시 하이나형보다 값이 네 배가 넘는다. 이제까지 대성자동차가 생산한 모델 중의 최고급품이며 최고가품이다.

오숙진의 전화가 온 것은 오후 3시경이었다. 점심을 마치고 증권회사에 다니는 선배를 만나러 가는 중에 휴대전화로 연락해온 것이다.

"바쁘시지 않으세요?"

숙진이 그렇게 물었으므로 조철봉은 얼굴을 폈다. 이만해도 장족의 발전을 한 것이다. 바쁘지 않으냐고 물어보다니.

"아닙니다. 괜찮습니다."

"그러시다면 오후에 뵐 수 있을까요? 5시쯤 저희 가게 옆 커피숍에서."

"가 뵙지요."

선배 사무실이 바로 코앞이었다. 사고가 생겨서 못 가겠다는 연락을 하자 선배는 놀라는 척했지만 안도하는 기색이 역력하게 드러났다. 선배는 2000시시 하이나로 바꾸겠다고 반년 전부터 약속을 했고 그동안 술을 열 번도 더 퍼먹였다. 시내에서 차가 막히는 바람에 조철봉이 커피숍에 들어섰을 때는 5시 10분 전이었다. 숙진은 이미 입구 쪽을 향한 자리에 앉아 기다리고 있었다.

"어서 오세요."

다가선 조철봉을 향해 숙진이 웃었다. 눈이 반달형이 되면서 입 끝도 함께 올라가는 편안한 웃음이다.

"갑자기 불러서 놀랐습니다."

앞쪽에 앉은 조철봉이 긴장한 표정을 지어보였다. 이런 때 허물없이 굴다가는 거부감을 일으키기 십상인 것이다. 다가온 종업원에게 커피를 시키고 났을 때 숙진이 조철봉을 보았다.

"제 차를 바꿔야겠는데요. 지금 타고 다니는 하이나를 처분해주실 수 있죠?"

"네, 그거야 그런데."

여전히 정색한 조철봉이 숙진의 시선을 잡고 물었다.

"하이나 몇 년형입니까?"

"99년형이니까 2년 조금 넘었어요."

"몇 킬로미터 뛰셨는데요?"

"2만 5000킬로미터 쯤, 장거리는 별로 안 다녀서."

"그럼 그냥 타세요."

조철봉이 의자에 등을 붙이고는 천천히 머리를 저었다.

"제가 차를 손봐 드릴게요. 2만 5000킬로면 새 차나 같습니다. 바꾸지 마세요."

"어머나, 참."

눈을 크게 뜬 오숙진이 이제는 흰 이를 드러내고 웃었다.

"차를 사겠다는데 왜 그러세요? 정말 이상하시네."

"예, 제가 본래 그렇습니다."

커피가 오자 조철봉은 바로 앉았다. 그러고는 똑바로 숙진을 보았다.

"저는 이미 영업소에서 제 실적을 다 채웠지요. 일등을 했단 말씀입니다. 그래서 억지로 팔고 싶지 않습니다."

조철봉이 눈만 껌벅이는 숙진을 향해 말을 이었다.

"그리고 하이나 급으로 추천해드릴 만한 모델이 없습니다. 일 년쯤 기다리시면 새 모델이 나올 테니까 그때 검토를 하시는 것이."

"그래요?"

커피 잔을 든 숙진의 시선이 차분해졌다.

"하이나 급 위에는 무슨 급이죠?"

"크로나 급인데요. 아시죠?"

"네, 봤어요."

"그런데."

한 모금 커피를 삼킨 조철봉이 말머리를 돌렸다.

"음악회에는 가실 겁니까? 어제도 형님한테서 연락이 왔었는데 좌석이 빌까 걱정하시데요. 특히 특석이 말입니다."

"갈 거예요."

숙진의 얼굴이 다시 밝아졌다.

"조 교수님 연주는 꼭 들어야 돼요."

"허어, 음악 애호가이십니까?"

"예, 바이올린에 대해서는 관심이 많아요."

"형님이 좋아하시겠는데."

조철봉도 얼굴을 펴고 웃었다.

"형님 팬이시라니, 이게 무슨 우연인지."

그날 밤 10시 20분이 되었을 때 조철봉은 신사동 번화가에 있는 작은 카페로 들어섰다. 카페 안은 어둑했지만 안쪽에서 기다리던 김봉선이 그를 금방 발견하고는 손을 들었다.

"왜 이렇게 늦어?"

앞에 앉는 조철봉에게 봉선이 짜증을 냈다.

"30분이나 기다렸어."

"그럼 지금 나갈까?"

테이블 위에 놓인 계산서를 집어든 조철봉이 묻자 봉선은 잠자코 옆에 놓인 핸드백을 집었다. 카페를 나온 조철봉은 앞장서서 바로 옆 건물인 모텔로 들어섰고 봉선도 거침없이 따랐다. 이곳은 단골이다. 조철봉이 프런트로 다가갔을 때 낯익은 종업원은 키부터 내밀었다. 당연히 쉬었다 가는 줄 알고 있어 묻지도 않는다. 이쪽 둘도 마찬가지여서 방으로 들어서자마자 봉선은 옷부터 휠휠 벗고 조철봉은 시트커버를 벗겨낸다. 일사불란한 움직임이다. 이제 조철봉이 벗고 침대에서 기다리면 화장실에서 후닥닥 화장을 지운 봉선이 알몸으로 들어온다. 조철봉이 바지를 벗는 동안 김봉선은 이미 다 벗었다. 그 순간이었다.

벨이 울려 조철봉은 이맛살을 찌푸렸다.

"어떤 놈이야?"

봉선은 화장실로 들어갔고 조철봉은 바지를 추켜올리며 문으로 다가갔다

"누구야?"

"조철봉 씨, 문 좀 엽시다."

거친 목소리와 함께 다시 벨을 누르는 바람에 방안이 뒤흔들린다.

"당신 누구야?"

"글쎄, 문을 열라니깐."

이번에는 주먹으로 문을 두드리는 소란에 화장실 문이 열리더니 봉선이 얼굴을 밖으로 내밀었다. 빳빳하게 얼굴이 굳어 있다. 다시 문을 두드리는 소리에 김봉선이 벌거벗은 채 밖으로 뛰쳐나왔다. 그러더니 미친 듯이 옷을 찾아 입는다.

"당신 누구야?"

시간을 끌 요량으로 조철봉이 다시 소리쳐 묻자 이번에는 문의 손잡이가 덜컹거리면서 흔들렸다. 문을 열려고 손잡이를 잡아 비트는 것이

다. 다시 주먹으로 문을 친 밖의 사내가 소리쳤다.

"빨리 문 안 열어?"

"이런 시발."

이를 악문 조철봉이 머리를 돌려 봉선을 보았다. 봉선은 이미 새파랗게 질린 얼굴로 코트 단추를 채우는 중이었다. 팬티스타킹이 탁자 위에 널려 있다. 조철봉이 팬티스타킹을 집어 봉선에게 던져주고는 문으로 다가갔다.

"좋아, 문 열 테니까 조금 기다려."

그 말에 문 두드리는 소리가 멈췄다. 심호흡을 한 조철봉이 머리를 돌려 봉선을 보았다.

"뛰어내리지 마, 내가 해결할 테니까."

방은 4층이어서 어중간하게 뛰어내리다간 죽을 것이다. 조철봉이 문을 열자 세 사내가 쏟아지듯 방안으로 들어섰다. 모두 젊다. 앞장선 사내가 조철봉과 봉선을 번갈아 보더니 입술을 일그러뜨리며 웃었다.

"재미 보기 직전에 우리가 왔군그래."

"너희들 누구야?"

조철봉은 눈을 부릅떴고 봉선이 한 걸음 다가섰다. 그녀의 얼굴이 조금 전보다 나아졌다. 남편이 온 것으로 생각했던 것이다.

"무슨 일이에요? 우린 잠깐 얘기하러 들어온 건데, 당신들 누굴 협박하려는 거야? 지금이 어떤 세상인데 이래?"

봉선이 날카롭게 쏘아붙이자 앞장선 사내가 다시 일그러진 웃음을 띠었다.

"그래, 좋은 세상이지. 첨단 기계가 발달된 세상이란 말이여."

사내가 정색하고 조철봉과 봉선을 쳐다보았다.

"자, 앉으실까? 내가 보여드릴 물건이 있어서 그래."

"뭘 보여줘?"

봉선이 소리쳤지만 조철봉은 조용히 침대 끝에 앉았다.

"그래, 보여줘 봐라."

그러자 사내의 눈짓을 받은 옆쪽 사내가 주머니에서 비디오테이프를 꺼내더니 TV 앞으로 다가갔다. TV는 비디오플레이어가 내장된 제품이어서 사내는 익숙한 솜씨로 테이프를 넣고 버튼을 눌렀다. 그러자 화면이 뜨면서 방안 가득히 신음 소리가 울려나왔다. 봉선의 신음 소리였다. 화면에서는 몸부림을 치는 봉선의 몸과 일그러진 얼굴이 선명하게 드러났다. 그리고 조철봉의 땀에 젖은 얼굴도 겹쳐졌다.

"자아."

리모컨으로 화면을 중지시킨 사내가 정색하고 조철봉과 봉선을 보았다.

"이만하면 내가 뭘 하는지 아시겠지."

"이런 개자식."

조철봉은 중얼거리며 어깨를 늘어뜨렸다. 봉선은 얼굴이 돌처럼 굳어진 채 벽에 기대서서 숨도 쉬는 것 같지 않았다.

"우리는 이 짓이 전문이야."

담배를 꺼내 문 사내가 의자에 등을 붙이더니 가늘게 뜬 눈으로 둘을 보았다.

"앞뒤를 다 재고 있단 말이야, 그래서 단도직업적으로 말하지."

사내가 조철봉을 향해 담배 연기를 길게 뿜었다.

"각각 5000만 원씩 기간은 사흘. 만일 금액이나 기간을 어길 때는 즉각 이 테이프를 보낼 테다."

그러고는 사내가 손가락으로 조철봉과 봉선을 차례로 가리켰다.

"김봉선 씨 남편 사무실로 직접 배달이 될 거야. 그럼 어떻게 될까?"

자리에서 일어선 사내가 TV에서 테이프를 뽑아내 둘 앞에서 흔들었다.

"우선 10개 복사해 놨어. 하지만 난 약속을 지키는 사람이야. 돈을 약속한 날에 가져오면 원본까지 돌려주지."

사내들이 바람처럼 방을 빠져나갔을 때 조철봉은 길게 숨을 뱉었다. 그러나 봉선은 아직 벽에 붙은 채 이제는 몸까지 떨고 있다.

"이봐, 내가 알아서 해결할게."

조철봉이 말했지만 봉선은 듣지 못한 듯이 대답하지 않았다.

"글쎄, 걱정할 것 없다니까."

목소리를 높인 조철봉이 이를 악물었다가 풀었다.

"인천에서 찍혔군, 어쩐지 꺼림칙하더라니, 허어 참."

조철봉은 허탈하게 웃었다.

"신문에서나 보던 협박범한테 내가 당하게 되다니."

그로부터 한 시간쯤 지난 자정 무렵에 조철봉은 신사동 사거리 뒤쪽의 음식점에 앉아 있었다. 주위에는 세 사내가 둘러앉았다.

"형님, 연기 괜찮았지요?"

한 번에 소주를 삼킨 사내가 물었다.

최갑중이다. 그가 협박범의 두목 행세를 한 것이다. 조철봉의 시선을 받은 갑중이 히죽 웃었다.

"그 비디오를 팔아도 꽤 받을 수 있을 겁니다. 아주 진했거든요."

"단도직입이다. 단도직업이 아냐."

갑중의 잔에 술을 채운 조철봉이 쓴웃음을 지었다.

"하긴 그때 분위기로는 그 말이 어울렸다."

"어떻게 하실랍니까?"

궁금한 듯 갑중이 물었을 때 조철봉은 주머니에서 봉투를 꺼내 내밀었다.

"이건 너희들 수당이야, 이거나 받아."

경쟁 사회에서 동료는 존재하지만 우정을 나눌 친구는 없다. 이건 조철봉의 생활 신조였다.

입사 동기가 대성자동차에 현재 29명이 남아 있지만 9년 전 입사할 때에는 72명이었다. 반 이상이 중도에서 탈락한 것이다. 남아 있는 29명 중 차장이 2명, 과장이 4명, 대리가 17명, 계장이 4명, 그리고 대기 발령자가 2명이었으니 곧 그 2명의 대기 발령자가 제외되면 27명이 남는다.

그리고 내년이면 진급에서 뒤처진 계장급 4명 중에서 탈락자가 생길 것이고 대리급도 위험해진다. 후배가 밀고 올라오면 위치가 불안정해지는 것이다. 따라서 쉴 새 없이 밀고 올라가야만 살아남는다. 동기라 하더라도 같은 조직에 있게 되면 경쟁자가 된다. 오히려 더 격렬한 싸움을 치러야 하는 입장이 된다. 같은 조건에서 동료나 동기에게 진급을 양보하는 인물이 있다면 기네스북에 기록될지도 모른다.

게다가 경쟁심을 부추기는 회사 측 관점에서 보면 양보는 비정상이다. 약점이 있기 때문이라고 판단하기 쉬운 것이다. 조철봉은 과장이 되었으니 동기 중 상위권에 들기는 했다. 서초영업소에 동기가 없는 것이 또한 다행이었다.

동기가 같은 영업소에서 대리로 있다면 그놈은 틀림없이 이를 악물게 될 거다. 가장 위험한 적이다. 그리고 동료 과장으로 있다면 경쟁자로 끊임없이 견제를 받을 것이며 소장이 동기라면 치고 올라올까 봐 깔아뭉개게 된다.

따라서 본사의 인사담당은 동기들을 같은 조직에 잘 넣지 않는다. 김정필 같은 1년 후배와 경쟁시키는 것이 훨씬 효율적이라고 판단한 것이다. 서로 여유가 있고 부담도 적다. 그래야 거침없이 승부를 낼 수 있을 테니까.

김정필이 조철봉의 옆으로 다가왔을 때는 오전 11시 반경이었다. 둥근 얼굴에 체격도 둥글둥글한 정필은 언제나 웃는 표정이다.

"조 과장님, 크로나 급으로 뛰신다면서요?"

정필은 같은 과장이었지만 1년 선배인 조철봉에게 언제나 깍듯한 존댓말을 썼다. 모니터에서 시선을 뗀 조철봉이 쓴 웃음을 지었다.

"소장이 또 시작했군. 나한테는 당신한테 실적 차질이 있으니까 내가 1등 할 기회라고 수군대고 갔어."

"어디 그런 일 한두 번 당합니까? 그저 자극을 주려는 것이지요."

"당신 욕도 했지만 그건 말 못 해."

"나아, 참."

쓴웃음을 지은 정필이 의자를 당겨 옆에 앉았다.

"본사에서 크로나를 각 영업소마다 할당을 한답니다. 그래서 우리한테는 200대가 배정된 모양인데."

"뭐라고?"

조철봉이 눈을 치켜떴다. 크로나는 이제까지 대성에서 생산한 60여 종의 승용차 중에서 최고가품이다. 그러나 시대를 잘못 만났다. 시대를 잘 만나야 영웅이 탄생되듯이 아무리 멋지고 완벽한 제품이 생산되어도 시대에 맞지 않으면 흔적도 없이 사라진다. 불행하게도 지금이 그렇다.

갑작스럽게 닥친 아르헨티나의 경제위기와 대기업 동일그룹의 파산, 거기에다 은행권의 위축으로 구매력이 급격히 감소되고 있는 상황이다.

"우리한테 200대나? 강남영업소는 몇 대야?"

"그쪽도 200대랍니다."

정필이 은근한 시선으로 조철봉을 보았다. 본사 기조실에 입사 동기가 있는 그는 정보가 빠르다.

입사 동기라도 전혀 다른 부서에 있게 되면 도움이 되는 것이다.

"경쟁이 치열해질 것 같아요. 실적에 따라서 영업소를 통폐합시킨다는 정보가 있단 말입니다."

김정필의 정보는 정확했다. 그날 오후에 본사에서 내려온 공문에는 서초영업소의 할당량이 통보되고 정필의 말대로 크로나 급 200대였던 것이다. 같은 크로나 급 승용차도 3000시시 기준형 가격이 4500만 원부터 4500시시 슈퍼형은 8500만 원까지 7종류로 나뉘어 있다. 본사는 친절하게 기준을 잡아주었다. 즉 3500시시 로열 급 6000만 원대를 기준하여 200대를 배정해준 것이다.

"기간은 2개월이다. 2개월 내에 200대를 팔아야 한다."

영업소장 장정수가 비장한 표정으로 말하자 조철봉이 코웃음을 쳤다.

"2 자(字)를 되게 좋아하는군, 2개월 내에 200대를 팔지 못하면 월급 20퍼센트를 2개월간 감봉한답니까?"

"야, 농담할 때가 아냐."

직원 몇 명이 큭큭 웃다가 정수가 손바닥으로 책상을 치는 바람에 그쳤다.

눈을 부릅뜬 정수의 시선이 조철봉과 직원들을 차례로 훑고 지나갔다.

"2개월 후에 구조조정이 있을 예정이야. 그건 직원 인사 따위가 아니라 영업소 통폐합 차원이야."

김정필의 정보가 그대로 다 맞았다. 조철봉은 입술 끝을 비틀며 웃었다. 그렇지 않아도 영업소는 치열한 실적 경쟁 중이다. 정필을 찾는 전화를 받으면 눈앞에 있다면 모를까 가능한 한 연결시켜주지 않았던 조철봉이다. 이제는 영업소 간의 경쟁까지 하게 되었다. 영업소 전체 실적이 떨어지면 폐쇄될지도 모르는 것이다. 그렇게 되면 실적이 좋은 몇은 살아남겠지만 타 영업소로 배치되어 찬밥 신세가 된다. 상병 때 전입해 온 병장한테 텃세를 부렸던 기억이 갑자기 생생하게 떠올랐다.

그날 저녁 7시 정각에 조철봉은 오숙진의 하이나를 정비소에서 찾아 세차까지 해 에덴 클리닉으로 갔다. 하이나의 엔진 정비는 물론 브레이

크도 갈았고 찌그러졌던 번호판까지 말짱하게 펴서 붙여놓았다.

"어머, 새 차가 되었네."

주차장으로 나온 숙진이 감탄했다. 얼굴이 환하게 펴진 데다 두 손을 모아 가슴 앞에서 쥐고 허리를 반쯤 비튼 자세는 온몸으로 감탄한다고 말하고 있었다.

"고마워서 어떡해요? 얼마 드려야죠?"

눈을 둥그렇게 뜬 숙진이 한 걸음 다가서며 물었을 때 옅은 향내가 났다. 샤넬? 숨을 죽이고 그 향을 음미하며 조철봉은 행복을 느꼈다. 살 냄새를 맡고 싶은 충동으로 가슴이 뛰었지만 부드럽게 웃었다.

"그냥 저녁이나 사 주십시오."

"아니, 그래도."

"돈으로 계산하신다면 갈랍니다."

"그래요, 저녁 살게요."

조남태 교수가 출연하는 음악회는 닷새 후로 다가와 있었다. 조철봉은 자신의 머리 뒤로 조남태의 후광이 성인들의 그것처럼 빛난다고 믿었다.

숙진이 조철봉을 데려간 곳은 강남의 유명한 일식집 아도였다. 미리 예약을 해놓은 터라 둘은 방으로 안내되었다. 다다미방에 상 밑이 패어 다리를 편하게 내려 뻗을 수 있도록 해놓았고 등받이가 붙은 의자에 상 반신을 기대면 안락해진다. 회를 시킨 숙진이 반짝이는 눈으로 조철봉을 보았다.

"철봉 씨는 참 이상해요."

숙진이 두 번째로 이상하다는 표현을 썼다.

"저도 장사하지만 이런 서비스는 처음이거든요."

"솔직히 길게 보는 거죠."

조철봉이 정색하고 대답했다. 그러나 거짓말이다. 특히 여자관계에 있어서는.

회가 싱싱하다고 오숙진이 말했지만 조철봉은 솔직히 맛을 느끼지도 못 하고 주워 먹었다. 그래도 얼굴에는 감탄한 표정을 띠었다. 백세주를 시켜 각각 두 잔씩 마신 후였다. 머리를 든 숙진이 웃음 띤 얼굴로 조철봉을 보았다.

"이혼하셨다면서요?"

"예? 아아, 예."

당황한 듯 머리를 건성으로 끄덕인 조철봉이 술잔을 들었다. 숙진은 김봉선에게 물었을 것이었다. 그제부터 봉선은 비디오 사건으로 정신이 하나도 없었을 테니 그전에 물었든지 연락이 왔든지 했을 것이다. 숙진의 시선을 받으며 조철봉이 술을 한 모금 삼키고는 입을 열었다.

"제가 불성실했기 때문이지요. 다 제 탓입니다."

"아니, 그것도…."

정색한 숙진이 말을 이으려다가 조철봉의 표정을 보더니 입을 다물었다.

"제가 바람을 피웠습니다. 와이프한테 상처를 주었지요."

그리고 조철봉은 쓸쓸하게 웃었다.

"후회했지만 이미 늦었습니다. 그래서."

"부인을 사랑하셨어요?"

"글쎄요…."

술잔으로 시선을 내린 조철봉이 한동안 눈만 껌벅이다가 머리를 들었다.

"잘 모르겠습니다."

"한잔 드세요."

숙진이 술병을 들어 조철봉의 잔에 술을 채웠다. 경계심이 풀린 숙진의 얼굴은 술기운이 번져 더 환해져 있다. 아름답다. 술잔을 든 조철봉은 소리 내어 긴 숨을 뱉었다. 음향 효과를 내는 것이다. 이혼 사유를 와이프 탓으로 돌리는 놈처럼 무식한 놈은 없다. 이럴 때 여자는 여자 편이 된다. 두 번째 질문으로는 십중팔구가 전처를 사랑했느냐는 것인데 사랑이라는 표현은 아끼는 것이 유리하다. 그래서 아련한 표정으로 대처하는 것이다.

"저도 이혼했어요."

불쑥 숙진이 말했을 때 조철봉은 '옳지' 했다. 숙진이 마음을 열기 시작했다는 징조인 것이다. 반가웠지만 시선을 옆으로 돌려 숙진의 긴장감을 풀어 주었다.

"우린 그저 성격 차이였어요. 서로를 더 알고 나서 결혼했어야 되는데."

숙진이 가라앉은 목소리로 말했다. 그러나 숙진의 전 남편 양동식은 바람둥이였다. 그래서 숙진과 이혼하고 반년 만에 내연의 관계였던 여자와 결혼했다. 재산은 많아서 숙진에게 위자료를 듬뿍 떼 주었다. 결혼 생활은 3년간 지속됐다.

"그런데 참."

숙진이 머리를 들고 조철봉을 보았다.

"그 사촌형님은 자주 만나세요?"

"누구 말입니까?"

모른 척 시치미를 떼던 조철봉이 곧 머리를 끄덕였다.

"그 양반, 바쁘셔서 전화 연락만 자주 합니다."

"유명한 분이세요."

"글쎄요, 전 음악 계통은 잘 몰라서요."

"음악회에 같이 가시지 않겠어요?"

"아이구, 저는."

조철봉이 손을 저으며 웃었다.

"숙진 씨가 가자는 곳에는 어디라도 가겠습니다만 그것만은."

조철봉이 처음으로 숙진의 이름을 부른 것이다. 숙진의 시선을 잡은 조철봉이 말을 이었다.

"제가 음악에는 무식합니다."

"저도 그래요. 하지만."

말을 그친 오숙진이 젓가락으로 회를 집었다. 하지만 조남태와 줄이 닿고 싶다는 말일 것이다. 그것이 오늘 이 비싼 횟집으로 초대한 이유 중 하나이다.

회사에서 멀리 떨어진 성남, 그것도 외진 커피숍까지 찾아가는 데 조철봉은 애를 먹었다. 최갑중에게 질색을 한 김봉선이 겁을 먹고 마치 간첩 접선 장소처럼 알려주었기 때문이다. 봉선은 미리 와서 기다리고 있었다. 아마 미행을 피하려고 영화에서 본 것처럼 택시를 서너 번 바꿔 타고 왔을지도 모른다.

"내일이야."

조철봉이 자리에 앉자마자 봉선이 말했다.

"어떻게 해?"

"어떻게 하긴? 내가 만나야지."

"돈 준비했어?"

"무슨 돈?"

눈을 크게 뜬 조철봉이 정색했다.

"내가 1억 원이 어디 있어?"

봉선은 이틀 동안 야위었다. 다이어트에 목을 매다시피 하고 살던 봉선이었지만 지금은 몇 킬로그램이 빠졌는지 근수를 잴 정신도 없을 것이다. 봉선이 루주도 바르지 않은 입술을 혀로 축이더니 조철봉을 보았다.

"무슨 계획이 있어?"

"없어."

자를 듯 말한 조철봉이 손짓으로 종업원을 부르더니 커피를 시켰다.

"그 새끼한테 배 째라고 할 거야. 심사 뒤틀리면 경찰을 부를 거고."

조철봉이 입술을 비틀고 웃었다.

"지금 심정 같아서는 그놈들을 공갈협박범으로 집어넣고 싶은 생각밖에 없어."

"그러다가 어쩌려고."

"글쎄 난 당신 때문에 이러고 있는 거야. 최악의 경우 난 회사에서 잘리고 간통죄로 일 년쯤 살다 나오면 되지만."

"합의를 봐."

44

봉선이 핸드백을 열더니 봉투 하나를 꺼내 탁자 위에 놓았다.

"3천이야. 난 이것밖에 안 돼."

그러고는 봉선이 눈물을 쏟았다.

"미치겠어, 아파트에서 뛰어내려 죽어버리고 싶지만 애들 때문에."

종업원이 다가왔다가 놀라서 서둘러 커피 잔을 내려놓고 돌아갔다. 이제 봉선은 두 손으로 얼굴을 가리고 울었다.

"나 어떻게 해, 나만 이혼당하면 끝나는 게 아냐. 애들은 어떻게 살고 애들 아빠는 무슨 죄를 지었다고."

그러고는 끅끅대며 울었다. 조철봉은 담배를 꺼내어 입에 물었다.

"이봐, 그쳐. 사람들 본다."

하지만 손님은 없고 카운터에서 종업원 둘만 이쪽을 흘끔거릴 뿐이다.

"그치라니까."

조철봉도 담배에 불을 붙였다가 거꾸로 물어서 필터 태운 연기를 빨아마셨다. 서둘러 수건을 꺼내 입안의 침을 닦은 조철봉이 봉선을 보았다.

"내가 처리할게."

봉선이 눈물범벅이 된 얼굴을 손등으로 닦으며 조철봉을 보았다.

"어떻게?"

"내 아파트를 은행에 담보로 넣고 돈 만들겠어."

"나, 나머지를?"

"아니, 1억 원을 다."

그러고는 조철봉이 앞에 놓인 봉투를 집어 봉선에게 내밀었다.

"이것, 도로 가져가."

"아냐. 아냐."

봉선이 두 손을 펴고 막는 시늉을 하면서 몸까지 뒤로 붙였다.

"그것 가져가, 가져가서 보태."

"글쎄, 내가 다 해결한다니까."

눈을 치켜뜬 조철봉이 목소리를 높였다.

"다 내 책임이야, 내가 죽더라도 해결할 테니까 당신은 오늘부터 다리 뻗고 자."

"미, 미안해."

봉선이 다시 울먹였을 때 조철봉이 정색했다.

"경비로 쓰게 이백만 원만 줘."

최갑중에게 나간 돈이다.

"오늘은 애 때문에 일찍 들어가야 돼요."

오숙진이 부드러운 표정으로 하태호를 보았다. 방금 피부 마사지를 끝낸 태호의 얼굴은 반들거리며 윤기가 났다.

"어떡하죠? 8시까지 집에 가야 되는데."

"할 수 없지 뭐."

머리를 끄덕이며 말했지만 태호의 얼굴에는 실망한 기색이 역력했다.

"그럼 내일은 어때?"

"다음 주 초가 어떨까요? 그땐 애 과외가 없는 날이어서."

"다음 주 초?"

태호가 자리에서 일어섰다.

"그래, 다시 연락하지."

"미안해요."

문밖까지 태호를 배웅하고 돌아온 숙진은 긴 숨을 뱉었다. 오늘 저녁에 일찍 들어가야 한다는 건 거짓말이다. 다음 주 초에 시간 낼 수 있다는 것도 태호를 떼어내려는 수작이었다. 하지만 그럴 형편이 안 되었다. 태호의 예정된 피부 관리 횟수가 아직 한 달이나 남은 데다 앞으로 데려올 손님도 있다. 소파에 상체를 기대고 앉은 숙진은 어두워져가는 창밖의 거리를 바라보았다. 다른 때 같으면 태호의 제의를 거절하지 않았을 것이다. 뻔한 순서로 호텔 식당에서 술을 곁들여 양식이건 일식이건 먹고 방으로 들어가 섹스를 한 다음에 집으로 돌아간다. 대개 1시간쯤이면 끝난다. 태호는 섹스를 밝혔지만 만족시켜주는 경우는 드물었다. 숙진은 문득 조철봉의 얼굴을 떠올리고 눈이 가늘어졌다. 집중할 때의 버릇이다. 그가 장삿속으로 접근해 오는 것은 분명했다. 그리고 그의 눈빛을 보면 욕망도 읽을 수 있다. 그는 드물게도 그런 눈빛을 감추지 않는 남자 중 하나다. 그때 전화벨이 울려 숙진은 생각에서 깨어났다.

"숙진이니?"

귀에 붙인 전화기의 수화구에서 김봉선의 목소리가 울렸다.

"어머, 언니."

"너 바빠?"

"아니 별로. 그런데 웬일이야?"

"갑자기 생각나서 한 거야."

그럴 봉선이 아니고 믿을 숙진도 아니다. 봉선은 고등학교 5년 선배지만 클리닉의 손님으로 알게 된 사이다. 그러나 근래 들어 친해지기는 했다.

"너, 나하고 저녁 먹을래? 내가 살게."

봉선의 제의에 숙진은 망설이지 않고 승낙했다. 봉선은 아쉬운 소리할 형편도 아니었고 그보다도 조철봉을 소개시켜준 장본인이다. 클리닉 근처의 스테이크 전문점에 마주 앉았을 때 놀란 숙진이 탄성부터 뱉었다. 그동안 봉선이 눈에 띄게 말랐기 때문이다.

"어머, 어머! 언니, 지방제거 수술했어?"

"내가 미쳤니? 그런 수술을 하게?"

눈을 흘기면서도 봉선은 기쁜 듯 웃었다.

"왜? 많이 빠진 거 같니?"

"그럼, 얼굴에서도 금방 티가 나는데."

"그래?"

봉선이 만족한 듯 손바닥으로 볼을 쓸더니 정색했다.

"너, 조철봉 어떻게 생각하니?"

"어떻게 생각하다니?"

"아직 차 안 샀지?"

"그 사람이 사지 말고 더 타라고 했어."

"걔가 진국이다."

물 잔을 내려놓은 종업원에게 건성으로 음식을 시킨 봉선이 열에 들뜬 눈으로 숙진을 보았다.

"요즘 같은 세상에 그만한 남자가 없어. 내가 그 말 해주려고 온 거야."

"언니도 참, 뜬금없이."

"걔 내 사회 친구 사촌동생이지만."

봉선이 본격적으로 이야기를 시작하려는지 자세를 고쳐 앉았다.

"여자를 빼앗긴 놈이 병신이지."

술잔을 든 조철봉이 술기운에 붉어진 눈으로 최갑중을 보았다. 포장마차 안은 손님이 가득한 데다 소란해서 조철봉은 목소리를 높였다.

"잘 새겨들어, 인마. 여자를 차지하려면 강해져야 돼. 그것은 곧 강한 자를 여자가 따른다는 말씀이야."

"무슨 말씀인지는 알겠는데."

갑중의 주량은 소주 한 병이다. 이미 정량이 초과되었다. 초점 없는 시선을 든 갑중이 웅얼거리듯 말했다.

"형님은 지치지도 않으슈? 그렇게 끊임없이 여자를 거쳐가는 것 말이오."

"지치기는, 내 생의 활력소인데."

조철봉이 가슴을 펴고는 한 모금에 소주를 삼켰다.

"나는 그년이 떠난 후로 새 인생을 시작했다. 아니, 대오각성했다는 표현이 맞을 것이야."

"거창하시군."

"마음이 떠난 여자 앞에서는 거침없이 돌아서. 그래야만 여자가 조금이라도 미련을 품게 되고 네 손해가 적은 거야."

"명심하겠습니다."

"여자한테 자극을 줘라. 여자 생일이나 네 결혼기념일 따위에 꼴값 떨고 꽃다발이나 안겨주는 그런 자극 말고, 네가 도망갈지도 모른다는

위기감을 언제나 품게끔 해줘야 한단 말이다.”

“어렵쇼.”

갑중이 눈을 둥그렇게 뜨고는 초점을 잡았다.

“그것 살벌하네. 그렇게 살아서야 어디.”

갑중은 입을 다물었다. 조철봉이 자신 이야기를 하고 있다는 것을 깨달았기 때문이다. 갑중이 조철봉으로부터 처음 의뢰받은 일이 서경윤의 뒷조사였다. 그렇게 해서 이종학과의 밀회를 알게 되었다. 조철봉이 가라앉은 표정의 갑중을 보더니 히죽 웃었다. 소주를 세 병째 비우고 있었지만 그는 멀쩡했다.

“요즘 실패학 강의가 유행이라며? 그럴 만하다. 옛 상처를 반면교사로 삼으면 이 조철봉이는 천하무적이 될 테니까.”

“그렇다면 나도 상처부터 받아야겠는데.”

“네가 내놓을 것이 없다면 애초부터 여자한테 다가서지도 마라, 명심해라.”

눈을 부릅뜬 조철봉이 빈 술잔을 내밀었다. 잔을 채우라는 것이어서 갑중은 서둘러 술을 따랐다.

“하지만 더 중요한 점은 여자를 절대로 믿으면 안 된다는 것, 네 어머니만 빼놓고 말이야.”

조철봉이 손끝으로 갑중이 코를 겨눴다.

“그러면 상처받을 일도 없다.”

“외로울 텐데.”

눈을 가늘게 뜬 갑중이 말했을 때 조철봉은 입술을 일그러뜨리며 웃었다.

"병신아, 그건 참아내야지."

"형님은 조금 비뚤어져 있다는 생각이 안 듭니까? 아, 화내지 마시고."

조심스럽게 갑중이 물었을 때 조철봉은 다시 웃었다.

"나는 앞으로 5년 안에 100억을 모을 테다. 그렇게 된 후 나를 다시 평가해 봐라."

"자동차는 그만두실 거요?"

"아니, 이 일도 계속하면서 돈을 모은다. 두고 보아라."

조철봉이 아파트로 돌아온 시간은 밤 12시 반이었다. 소파 위에 옷을 팽개쳐놓고 화장실로 들어선 조철봉은 거울에 비친 자신의 얼굴을 물끄러미 보았다.

"그렇지. 외로움은 참아낸다고 했니?"

거울에다 대고 말한 조철봉은 세면기의 물을 틀고 세수를 했다. 집에 돌아와 이렇게 화장실의 거울 앞에서 중얼거리는 것이 버릇이 됐다. 세수를 마친 조철봉이 다시 중얼거렸다.

"참을 만하네."

김봉선한테서 전화가 온 것은 오전 10시 정각이었다.

"나야, 조 과장님."

봉선이 조금 들뜬 목소리로 말했다. 전에는 '자기야, 나야.' 했었다.

"나, 회사 옆 커피숍에 있어. 잠깐 나올 수 있지?"

"무슨 일인데?"

"글쎄, 나와 보면 알아. 잠깐이면 돼."

대답할 틈을 주지 않고 전화를 끊었으므로 조철봉은 자리에서 일어섰다. 이른 시간이어서 커피숍에 손님은 봉선뿐이었다. 조철봉이 앞에 앉자마자 봉선은 차를 시키지도 않고 말했다.

"대성에서 새로 나온 고급차, 크로나 말이야, 그거 한 대 살 사람이 있어."

조철봉의 시선을 잡은 봉선이 환하게 웃었다.

"우리 사촌오빠야. 내가 다 이야기 해놓았으니까 지금이라도 가봐. 여기 명함 있어."

봉선이 조철봉의 앞에다 명함을 내려놓았다.

"진짜 사촌오빠야. 철봉 씨가 내 친구 동생이라고 했으니까 그렇게 말하면 돼."

"그동안 차 살 사람 알아본 거야?"

"응, 너무 미안해서."

정색하고 머리를 끄덕이던 봉선이 생각난 듯 물었다.

"그놈들한테 얼마나 줬어?"

"7천으로 합의하고 다 줬어. 테이프도 다 찾고 그놈들한테 각서도 받아 놓았으니까 끝난 거야."

"정말 미안해."

울상까지 지은 봉선이 조철봉을 보았다.

"어떻게 해? 아파트까지 담보로 해서."

"돈 모아서 갚아야지."

"오빠는 틀림없이 크로나를 산다고 했으니까 가봐. 그리고,"

조금 진정이 된 듯 봉선이 종업원을 손짓으로 불러 커피를 시키더니 조철봉을 보았다.

52

"오숙진이 어때? 걔도 자기한테 호감이 가는 눈치던데. 내가 며칠 전에 만나서 자기 피알을 잔뜩 해놓았거든."

봉선이 다시 자기라고 부르기 시작했다.

"걔도 혼자 살고 있지 않아? 그리고 그만한 조건을 갖춘 여자가 어디 있어? 인물 좋겠다, 재산 많겠다."

"난 아파트까지 담보로 넣어서 거지 신세야. 존심 상해서 못 해."

"참, 내, 자기가 이렇게 순진할지 몰랐어. 그러니까 더욱."

"그리고 그 일 있고 나서 요즘은 물건이 서지도 않아. 여자에 대한 관심도 없어졌고."

"어마나."

둥그렇게 눈을 뜬 봉선의 얼굴에 실망의 기색이 번졌다. 봉선이 소리 죽여 가늘고 긴 한숨을 뱉었다.

"나도 요즘 가끔씩 깜짝깜짝 놀라곤 해. 그 일 생각하면 몸서리도 나고."

그러고는 봉선이 주위를 둘러보더니 자리를 고쳐 앉았다.

"숙진이한테는 자기가 아파트 두어 채에다 땅도 있다고 했으니까 그렇게 말해. 기분이 풀리면 말이야."

"어쨌든 고마워."

명함을 집어든 조철봉은 이제 다시는 봉선이 나타나지 않으리라는 것을 직감했다.

오늘 온 것은 차량 구입건과 오숙진의 동향을 말해주려고 온 것 같아 보이지만 그 사건이 어떻게 해결되었나를 확인하려는 것이 주목적이다.

게다가 물건이 일어나지도 않는다고 했으니 조금 남아 있을지 모를 미련까지 다 없어졌을 것이다. 사무실로 돌아온 조철봉은 명함에 적힌 전화번호를 돌렸다.

김봉선의 사촌오빠 김태수는 꽤 큰 회사의 대표이사 사장이었다. 이만하면 크로나 4500시시를 계약할 만했다.

"네가 에덴 클리닉의 오숙진이지?"

수화구에서 앙칼진 여자 목소리가 울려 퍼져 오숙진은 숨을 멈췄다.

"아니, 여보세요."

"그렇군, 네가 오숙진이지?"

"여보세요."

숙진의 목소리도 높아졌다.

"도대체 댁은 누구예요?"

아침 8시 반, 유치원에 다니는 수지를 버스에 태워 보내고 화장대 앞에 앉아 출근 준비를 하던 중 전화를 받은 것이다.

"내가 누구냐구? 그럼 말해주지."

여자의 거친 숨소리가 귀를 따갑게 해 숙진은 전화기를 귀에서 조금 떼었다.

"나는 하태호란 놈의 법적인 부인이다. 자, 이제는 내가 왜 전화했는지 알겠지?"

그 순간 눈앞이 노래진 숙진은 숨을 멈췄다. 그때 여자가 쏟아붓듯 말을 이었다.

"내가 너희 연놈들을 가만두지 않을 테다. 특히나 네년은 용서할 수 없어. 네년이 꼬리를 쳐서 벌써 5억이 빠져 나갔어. 이 강도 같은 년."

"아니, 여보세요."

"어디 두고 보아라. 내가 어떻게 하나. 피눈물을 쏟게 만들 테니까."

"여보세요, 나는 무슨 영문인지."

"하태호한테 전화해서 말을 맞출 생각일랑 꿈도 꾸지 마. 전화국에 체크하면 통화 시간까지 다 나오니까 말이야."

전화가 끊기자 숙진은 어깨를 늘어뜨렸다. 청천벽력이다. 온몸의 맥이 빠진 숙진은 한참을 앞의 거울만 바라보며 움직이지 않았다.

숙진이 에덴 클리닉에 출근했을 때는 10시 반이었다.

평소보다 한 시간 가깝게 늦은 것인데 집에서 넋을 잃고 앉아 있었기 때문이다. 방으로 따라 들어선 미스 김이 숙진에게 말했다.

"저, 하 사장님은 오늘 나오시지 못 한다는데요, 사장님."

퍼뜩 시선만 든 숙진을 향해 미스 김은 말을 이었다.

"제가 연락을 했더니 오늘 몸이 좋지 않으시다고…"

오늘 오후에 하태호의 피부 관리 스케줄이 있는 것이다. 이미 집안에서 대소동이 일어났을 터이니 그것은 당연한 일이었다. 방을 나갔던 미스 김이 곧 다시 들어오더니 숙진의 안색을 살폈다.

"사장님, 어디 아프세요?"

"아니, 괜찮아."

"대기실에 조철봉 씨가 오셨는데요."

조철봉이 오늘 들르겠다고 어제 연락이 왔다.

"들어오시라고 해."

시선을 내린 숙진이 미스 김을 내보내고 다시 길게 숨을 뱉었다. 이런 일은 처음이다. 너무 놀랍고 황당해서 어떻게, 어디에서부터 손을 써야 할지 막막하기만 할 뿐이다. 문이 열리더니 조철봉이 들어섰다. 숙진의 얼굴이 밝아졌다.

"어서 오세요."

자리를 권한 숙진이 생기 띤 눈으로 조철봉을 보았다.

"뭘 드시겠어요?"

"커피 주십시오."

숙진은 인터폰을 눌러 커피를 시키고 맞은편 소파에 앉았다. 조남태의 바이올린 연주회가 내일로 다가왔다. 숙진은 내일 연주회가 끝나고 나서 조남태에게 인사를 시켜달라고 부탁할 생각이었다. 미스 김이 커피를 내려놓고 나가자 전화벨이 울렸다. 순간 얼굴을 굳힌 숙진이 전화기를 들고 귀에 바짝 붙였다.

"여보세요."

"이년, 나왔구나. 이 뻔뻔한 년."

악을 쓰듯 여자가 소리쳤으므로 숙진은 전화기를 내려놓았다.

"장난 전화예요"

조철봉이 무심하게 머리를 끄덕였을 때 다시 벨이 울렸다.

"받지 마세요."

얼굴이 굳어진 숙진이 조철봉을 보았다.

"장난 전화가 많이 와요."

"그렇습니까?"

벨이 열 번을 울리고 나서 전화가 끊길 때까지 둘은 입을 다물었다.

"그런 놈은 혼을 내줘야 하는데, 발신자 추적 장치를 붙이지 않았습니까?"

조철봉이 손을 뻗어 전화를 들었을 때 다시 벨이 울려 숙진은 깜짝 놀랐다. 그러나 늦었다. 이미 조철봉이 전화기를 들어 귀에 붙이고 있었던 것이다.

"여보세요."

눈을 치켜뜬 조철봉이 송화구에 대고 거칠게 목소리를 높였다.

"당신 누구야?"

조철봉의 시선이 숙진에게로 옮겨지더니 이맛살을 찌푸렸다.

"뭐라구? 하태호와 함께 고발한다구?"

"끊으세요."

숙진은 일어서서 전화기의 코드를 잡아당겼다. 조철봉이 전화기를 내려놓았다.

"무슨 일입니까?"

조철봉이 정색하고 묻자 숙진은 머리를 저었다. 하얗게 얼굴이 굳어져 있다.

"제가 지금 바빠서."

나가 달라는 뜻이었지만 조철봉은 오히려 소파에 등을 댔다.

"간통으로 고발한다는데요. 아무래도 질이 나쁜 부류인 것 같습니다."

"아무것도 아녜요."

"저한테 말씀하세요. 제가 이런 일 처리에는 익숙하거든요."

"글쎄, 저는."

"이렇게 회피만 하다가 일이 커지고 나면 손을 쓸 수 없습니다. 지금 서둘러야 할 상황인 것 같은데요."

"정말 황당해요."

갑자기 숙진의 눈에서 눈물이 주르르 흘렀다. 숙진은 손등으로 눈물을 닦아내며 말했다.

"제 손님 와이프래요. 제가 돈을 빼돌렸다면서 억지를 부리고 있어요."

"하태호란 사람입니까?"

머리를 끄덕이고 숙진은 휴지를 뽑아 이번에는 코를 풀었다.

"간통으로 고발한다지만 현장을 잡히지 않은 이상 문제될 것이 없습니다."

조철봉이 부드럽게 말했다.

"그, 하태호란 분한테 연락은 해보셨습니까?"

"아뇨, 안 했어요."

"하긴 요즘은 용역회사에다 의뢰하면 현장 사진까지 다 찍어주는 세상이라."

입맛을 다신 조철봉이 숙진을 보았다.

"말을 맞추고 어쩌고 하기에는 늦었는지도 모릅니다."

"그럼 어떻게 해요?"

체면을 벗어던진 숙진이 매달리는 듯한 얼굴로 물었다.

"저는 정말."

"제가 하태호란 분을 만나보지요."

조철봉이 정색하고 말했다.

"그동안 숙진 씨는 아이 데리고 여행이나 다녀오시지요. 제가 수시로 연락할 테니까.”

“여행요?”

눈을 크게 뜬 숙진을 향해 조철봉이 웃어보였다.

“날씨도 따뜻해져서 바닷가가 좋을 겁니다. 얼른 준비하세요. 그동안 제가 새 휴대전화를 하나 개통해 드릴 테니까 그걸로 저하고 연락하십시다.”

“잘 될까요?”

“글쎄, 걱정하지 마시라니까.”

조철봉이 다시 정색했다.

“당사자끼리 부딪치면 감정이 앞서는 바람에 일이 더 꼬입니다. 이런 일은 제삼자가 처리해야 됩니다.”

“고마워요. 그리고.”

머리를 숙인 숙진이 아랫입술을 물었다.

“부끄러워요, 철봉 씨.”

대성회계법인 사무실은 소공동에 있다. 빌딩 2개 층을 사용하고 있을 정도로 대형 기업이다. 하태호는 공동대표를 맡고 있어서 조철봉이 안내된 곳은 사장실 옆의 회의실이었다.

“곧 오실 겁니다.”

안내한 여직원의 얼굴이 상냥한 걸로 봐서는 영문을 모르는 눈치였다. 장방형의 마호가니 테이블이 놓인 회의실은 20평 규모로 컸다. 정면의 벽에 걸린 액자에 사훈으로 ‘근면과 성실’이라는 한자가 큼지막하게 박혀있었다.

"아, 기다리게 해서 미안합니다."

뒤쪽 문이 소리 없이 열리고 태호가 바로 뒤에 올 때까지 몰랐던 조철봉은 조금 놀랐다. 자리에서 일어선 조철봉에게 태호는 손을 내밀지도 않고 앞쪽에 앉았다.

"앉으시지요."

다시 앉은 조철봉은 태호의 표정 없는 얼굴을 보았다. 대머리는 그날 밤보다 더 번들거렸고 눈매가 날카롭다.

"오숙진 씨 사촌오빠가 되신다고요?"

태호가 묻자 조철봉은 정색했다.

"그렇습니다."

"도대체 어떻게 된 일입니까?"

"그건 오히려 제가 물어봐야 할 말씀 같은데요."

조철봉의 목소리가 굵어졌다.

"사모님이 그 사실을 어떻게 알게 되신 겁니까? 숙진이도 황당해하고 있어요."

"글쎄, 나도."

어금니를 물었다 푼 태호가 담배를 꺼내 물더니 곧 길게 연기를 뱉었다.

"나하고 숙진이가 모텔로 들어가는 장면이 사진으로 찍혔어요. 그것을 어느 놈이 와이프한테 보내준 거요."

"공갈단이군요."

조철봉이 바로 단정했다.

"그런데 왜 사모님한테 보냈을까요? 돈을 뜯어내려면 사장님한테 보내야 했을 텐데요."

"지금 그것 따질 상황이 아니오."

이맛살을 찌푸린 태호가 다시 연기를 뿜었다.

"나는 아침부터 와이프한테 시달려서 미칠 지경이오."

"숙진이도 아침에 사모님 전화를 받고 지금 거의 정신이 나간 상탭니다."

"그놈이 나하고 숙진이를 매장시키려고 작정을 한 것이 아닐까? 돈 내라는 요구도 없는 걸 보면 말이오."

"글쎄, 저도 오면서 원한 관계가 있는 사람의 소행이 아닌가 생각을 했습니다만."

눈을 든 조철봉이 태호를 보았다.

"혹시 전화 받으신 적 없습니까?"

"아, 받았다면 속이라도 시원하겠어."

"그렇다면."

조철봉이 눈을 치켜뜨고 말했다.

"이 방법밖에 없습니다. 사모님한테 끝까지 오리발을, 아니 시치미를 떼십시오. 사모님이 오숙진이 이름을 거론하시면 전혀 모르는 사람이라고 하셔야 합니다."

"아침에 전화까지 했다면서?"

"마침 제가 옆에 있다가 받는데 그게 무슨 말이냐고 장난 전화 취급을 했습니다. 아주 딱 잡아떼었지요."

"그래요?"

"모텔에 들어간 사진 가지고는 간통증거가 안 됩니다. 문제는 사장님이 사모님을 설득시키는 일입니다."

"숙진이한테 미안하군."

그때서야 안정을 찾은 듯 태호가 재떨이에 담배를 비벼 끄더니 조철봉을 보았다. 시선이 부드러워져 있었다.

"내가 와이프한테 전화를 하지 말라고 말릴 수는 없어요. 그러니까."

"앞으로 절대 전화도 하시면 안 됩니다. 증거가 잡힐 테니까요."

그러자 태호는 커다랗게 머리를 끄덕였다. 순진한 표정이다.

"출장을 가겠다구?"

이맛살을 찌푸리며 장정수가 들고 있던 팸플릿을 내려놓았다. 크로나 홍보 팸플릿이었는데 그는 요즘 기업체를 돌아다니면서 팸플릿 나눠주는 것이 일이었다.

"속초에 가서 뭘 하려고?"

"구매자가 그쪽으로 출장을 가서요."

조철봉이 은근한 시선으로 정수를 보았다.

"잘하면 크로나 4500시시 한 대를 팔 수 있을 것 같습니다."

"어, 그래?"

대번에 얼굴이 풀린 정수가 머리까지 끄덕였다. 조철봉은 이미 김봉선의 사촌오빠한테 4500시시를 한 대 팔았으니 이번에 한 대 팔면 당장 영업실적이 일등이 된다.

"다녀와, 그럼."

"자주 연락드리지요."

"이틀은 넘기지 마라."

"알았습니다."

영업소를 나온 조철봉은 하늘을 올려다보았다. 오후의 하늘은 맑고 푸르렀다. 날씨도 적당히 선선해서 드라이브하기에는 안성맞춤이다.

조철봉이 설악산 입구에 위치한 대용콘도에 도착했을 때는 오후 5시 반이었다.

미리 연락을 한 터라 오숙진은 딸 수지와 함께 콘도 앞의 벤치에 앉아 있었다. 조철봉을 본 순간 반은 웃고 반은 울상인 묘한 표정이 되었다.

"어, 네가 수지구나."

숙진에게 눈인사만 한 조철봉이 들고 있던 커다란 인형을 내밀었다. 요즘 유행하는 말하는 공주인형이다.

"자, 받아라. 아저씨 선물이다."

수지는 인형이 갖고 싶었지만 먼저 숙진의 눈치부터 살폈다.

"왜 이런 걸 사오셨어요?"

숙진이 난처한 듯 말하다가 곧 머리를 끄덕였다.

"아저씨한테 고맙습니다, 하고 받아."

"고맙습니다."

건성으로 인사를 한 수지가 인형을 받았을 때 숙진이 철봉에게 한 걸음 다가섰다.

"어떻게 되었어요?"

아직 자세한 내막은 말해주지 않은 것이다. 조철봉이 인형에 몰두한 수지를 힐끗 보고는 옆쪽의 나무 밑으로 숙진을 이끌었다.

"문제는 돈입니다."

앞쪽 산에다 시선을 둔 채 조철봉이 가라앉은 목소리로 말했다.

"하태호 씨는 그동안 사업 핑계를 대고 와이프한테서 5억 원쯤 돈을 끌어다 쓴 모양입니다. 그런데 하태호 씨 와이프는 그 돈이 모두 숙진 씨한테 간 줄로만 알아요."

"세상에."

숙진이 기가 막힌다는 듯이 눈을 크게 떴다.

"하태호 씨는 뭐라고 해요?"

"물론 하태호 씨는 그 돈이 숙진 씨한테 간 것이 아니라 주식으로 날렸다고 했답니다. 그런데 와이프는 믿지 않는다는군요."

그러고는 조철봉이 입맛을 다셨다.

"와이프가 곧 숙진 씨를 사기로 고소할 것 같습니다. 간통에다 사기를 함께 묶어서 말이지요."

"세상에, 정말…."

진이 다 빠진 숙진이 입술만 달싹이다 앞쪽으로 시선을 옮겼다. 어느새 두 눈에 물기가 가득 번졌다. 그때 조철봉이 숙진 옆으로 조금 다가섰다.

"해결책은 있습니다. 내가 하태호 씨하고 상의를 했는데요."

길게 숨을 뱉은 조철봉이 말을 이었다.

"하태호 씨는 3억 원 정도는 준비할 수 있을 것 같다는군요. 요즘 재정상태가 말이 아니라고 합니다. 그래서…."

조철봉이 숙진의 선이 고운 옆얼굴을 똑바로 보았다.

"숙진 씨가 나머지 2억 원을 준비할 수 있습니까? 돈만 갖다 주면 손쓰기가 쉬워질 텐데."

한동안 초점 없는 시선으로 앞쪽을 바라보던 숙진이 입을 열었다.

"일만 해결된다면요."

"문제는 돈입니다. 돈을 갚아주면 간통사건은 물증이 없으니까 그쪽도 억지를 부리지 못 할 겁니다."

"확실할까요?"

"그건 내가 책임을 집니다. 내가 직접 그 여자를 만나 각서라도 받아낼 테니까요."

"정말 미안해서 어떡해요."

그때서야 제 정신이 돌아온 듯 숙진의 눈 밑이 붉어졌다. 주위는 산그늘에 덮여 어두워져 갔지만 숙진의 얼굴 윤곽은 오히려 선명하게 드러났다. 몸을 반쯤 돌린 숙진이 조철봉을 정면으로 보았다.

"내일 2억 만들어서 드릴게요."

"그럼 하태호 씨를 만나서 해결하지요. 그동안 숙진 씨는 여기 계십시오. 이삼 일이면 끝날 겁니다."

가슴을 편 조철봉이 얼굴을 펴고 부드럽게 웃었다.

"하태호 씨 와이프가 용역회사 사람들한테 일을 맡긴 것 같다고 그러더군요. 그러니까 하태호 씨한테 연락을 하시거나 만나면 안 됩니다."

"제가 무엇 때문에."

눈을 치켜뜬 숙진이 진저리를 치는 시늉을 했다.

"제가 그 인간한테 왜 연락을 해요?"

호텔 밖 한정식집에는 가족 손님들이 많았고 수지 또래의 아이들도 여러 명이어서 당연히 소란스러웠다. 테이블 사이로 달리거나 소리를 지르는 아이들을 둘러보던 조철봉의 시선이 수지에게로 옮겨졌다. 수지는 얌전히 앉아 인형의 머리를 빗질해주는 중이었다.

"수지 교육을 잘 시키셨습니다."

"애가 수줍음을 많이 타서요."

숙진이 희미하게 웃었다. 그때 수지 또래의 사내아이 하나가 맹렬하게 달려와 조철봉의 옆을 지났다. 그러나 그 순간 두 다리를 하늘로 쳐들고 넘어져 옆 테이블 다리를 들이받았다. 조철봉이 슬쩍 다리를 걸어버린 것이다. 식당 안은 떠나갈 듯한 울음소리가 났고 아이의 어머니로 보이는 여자가 허둥지둥 달려왔다.

"저런, 다치지나 않았는지 모르겠네."

이맛살을 찌푸린 조철봉이 앉은 채로 혀를 찼다.

"바닥이 미끄러운 모양이군요."

마침 산채정식이 나왔으므로 조철봉은 자리를 고쳐 앉았다.

"아이구, 이거 찬이 많네요."

마침 콘도에 빈방이 남아 있어 조철봉은 숙진의 아래층 방을 빌려 여장을 풀 수 있었다. 여장이라야 코트만 벗어놓고 나왔을 뿐이었으나 홀가분한 표정이었다.

조철봉은 자신의 밝은 분위기가 숙진에게 전염되고 있다는 것까지 눈치챘다. 반주로 시킨 소주 두 병을 다 비우고 식당을 나왔을 때는 저녁 7시 30분이었다. 콘도 입구로 셋이 나란히 들어가면서 숙진은 세 번이나 조철봉을 힐끔거렸다. 숙진도 소주를 반병쯤이나 마셨다.

"들어가 쉬세요."

엘리베이터 앞에서 조철봉이 부드러운 시선으로 숙진을 보며 말했다.

"저는 방에서 한잔 더 하려고요."

숙진이 머리만 숙여 인사를 했는데 술기운 때문인지 두 볼이 붉게 달아올라 있었다. 숙진과 수지가 엘리베이터에 올랐을 때 조철봉은 심호흡을 했다. 그러고는 로비의 빈 소파로 다가가 앉아 주머니에서 휴대전화를 꺼내들었다. 오늘 섹스 파트너인 하영옥과 만날 약속이 있었다. 하영옥이 전화를 받자 조철봉은 가늘게 말했다.

"아, 나, 여기 병원인데, 몸이 아파서."

벨소리가 울린 것은 그날 밤 10시 30분이었다. 자리에서 일어선 조철봉은 탁자 위에 벌여놓은 술병과 안주를 확인했다. 소주 네 병이 놓여 있었지만 세 병은 주방 개수대에다 쏟아 버렸고 나머지 한 병도 반만 남겨 놓았다. 술은 한 방울도 안 마신 것이다. 조철봉이 문을 열자 오숙진은 얼른 시선을 내렸는데 아까 차림 그대로였다.

"혼자 술 드신다고 해서요, 제가."

"들어오시지요. 몸은 피곤한데 잠이 오지 않네요."

비켜선 조철봉이 부드럽게 웃었다. 탁자로 다가간 숙진이 눈을 둥그렇게 떴다.

"어머, 벌써 이렇게."

"그런데 취하지가 않아서요."

숙진에게 자리를 권한 조철봉이 잔에 소주를 따라 권했다.

"한 잔 드시지요."

"제 주량은 맥주 한 병인데."

말은 그렇게 하면서도 숙진은 잔을 들었다. 그러나 아직 긴장은 덜

풀린 것처럼 보였다. 스커트 밑으로 드러난 두 무릎은 꼭 붙어 있었고 상반신은 반듯했다. 술잔을 든 조철봉의 시선은 숙진의 어깨 부분에서 올라가지도 내려가지도 않았다. 이미 일은 성사가 된 것이나 마찬가지였으니 느긋해져서 다음 단계가 명료하게 떠올랐다. 한 모금 소주를 삼킨 조철봉이 머리를 흔들고 숙진을 보았다.

"술을 마실수록 오늘은 머리가 맑아지니 이상하네요."

"너무 많이 드셨어요."

"그래서 생각난 김에 말씀드리는데."

정색한 조철봉이 말을 이었다.

"내가 이렇게 나서는 것을 오해하고 계실지도 모르겠습니다. 혹시 무슨 속셈이 있는가 하구요."

"아니, 저는 전혀."

당황한 숙진이 술잔을 내려놓다가 과자봉지에 걸려 술이 엎질러졌다. 숙진은 휴지를 찾느라 두리번거리고 조철봉은 재빨리 손수건으로 술을 닦았다. 몸을 굽힌 조철봉은 바로 눈앞에 떠 있는 숙진의 가슴을 보았다. 재킷 틈 사이로 드러난 뽀얀 피부와 젖가슴 윗부분의 계곡까지가 선명했다. 숨을 들이마신 조철봉은 향수 냄새에 섞인 체취를 맡고 냄새를 오래 간직하기 위해서 숨을 멈췄다.

"그런 말씀 마세요, 철봉 씨."

숙진이 겨우 말하자 철봉은 의자에 등을 붙이고 막혔던 숨을 뱉었다. 씁쓸하게 웃었다.

"뭐, 일이 잘 끝나면 차나 한 대 팔아주십시오. 솔직히 저는 자동차 영업사원이니까요."

"내일 당장에 계약할게요."

"부끄럽습니다."

길게 한숨을 뱉은 조철봉이 시선을 창밖으로 돌렸다.

"저는 숙진 씨를 순수한 마음으로 도와드리는 줄로 스스로도 착각했습니다. 그런데."

어금니를 물었다 푼 조철봉의 목소리가 더 낮아졌다.

"그런데 얼핏얼핏 숙진 씨와 자동차 계약이 연결되는 것입니다. 저는 그것이 부끄럽고 화가 납니다."

"아녜요, 철봉 씨."

"숙진 씨를 아무런 이해관계가 없는 상태에서 만났더라면."

조철봉이 머리를 떨구고 내린 시야 안으로 숙진의 분홍빛 스커트가 펄럭이는 것이 잡혔다. 숙진의 손이 어깨 위에 부드럽게 느껴졌다.

"왜 그렇게 자책만 하세요? 왜?"

숙진의 목소리는 조금 갈라져 있었다.

"자신감을 가지세요, 철봉 씨."

"미안합니다."

조철봉은 손을 뻗어 숙진의 허리를 힘없이 안았다. 침이 저절로 넘어갔다.

자리에서 일어선 조철봉은 숙진의 허리를 두 팔로 안았다. 숙진은 조철봉의 목을 감아 안았고 이마가 바로 입술에 닿았다. 조철봉의 입술이 다가온 순간 숙진은 눈을 감았다.

숙진의 입술에서 옅은 신맛이 났다. 입술을 헤집으며 들어가자 곧 숙진의 말랑한 혀끝이 잡혔다. 조철봉은 입술을 붙인 채 숙진의 재킷 단추를 차근차근 풀었다. 재킷이 벗겨져 바닥에 떨어졌고 브래지어의 후크를 풀어 내리는 동안 숙진의 손이 조철봉의 바지 혁대를 잡았다.

조철봉은 숙진의 스커트 지퍼를 끌어내렸고 숙진은 조철봉의 바지를 벗겼다. 둘은 부둥켜안은 채로 침대로 다가갔다. 숙진은 서둘렀고 조철봉은 오히려 한 박자 늦추었다. 조철봉의 입술이 젖가슴에서 아랫배를 거쳐 밑으로 내려왔을 때 숙진은 참지 못하고 신음을 뱉었다. 조철봉의 어깨를 잡아당겨 올리려는 시늉을 하면서 보채는 듯한 탄성을 질렀다.

여자가 서두를수록 늦추어라, 이것은 섹스 테크닉의 사부 하영옥에게 강의료로 땀을 몇 리터나 바치고 나서 터득한 교훈이다. 마침내 숙진은 더 이상 참지 못하고 온몸을 미친 듯이 비틀면서 절정에 다다랐다. 땀으로 범벅이 된 몸을 늘어뜨리며 풀무처럼 숨을 뱉었을 때 조철봉은 다시 애무를 시작했다. 두 번째의 절정은 더 강해질 것이었다.

숙진이 깨어났을 때는 새벽 두 시였다. 온몸의 기운을 말끔히 소진시킨 후에 깜박 잠이 들었다가 깨어났지만 숙진의 눈빛은 맑았다. 차에 비유한다면 마치 새 엔진오일을 갈아 넣은 상태라고 해도 될 것이다.

"어머, 몇 시예요?"

물으며 침대 끝의 탁자에 놓인 전광 시계를 보고 숙진은 알몸으로 벌떡 일어섰다. 그리고 부끄러운 듯 시트로 가슴을 가리더니 창가의 의자에 앉아 있는 조철봉에게 눈을 흘겼다.

"벌써 두 시나 되었네, 깨워주시지 않고."

"너무 곤하게 주무시기에."

팬티 차림의 조철봉이 일어서더니 방바닥에 흩어진 숙진의 옷가지를 주워 건넸다.

"조금 전에 숙진 씨 방 앞에 다녀왔어요. 조용한 걸 보니까 수지는 자고 있는 것 같던데."

"그래요? 고마워요."

마음이 놓인 듯 숙진의 손놀림이 차분해졌다.

"돌아앉아요. 내가 후크 채워줄게."

브래지어를 걸치려는 숙진에게 다가간 조철봉이 말했다.

"숙진 씨 자는 모습을 보고 있었어요."

후크를 채우면서 조철봉이 숙진의 벗은 어깨와 등에 입술을 붙였다.

"당신은 몸도 마음도 아름다운 여자요."

"철봉 씨."

몸을 돌린 숙진이 조철봉의 목을 두 팔로 안았다.

"저, 정말 행복했어요. 그렇게 행복한 것은 처음이에요."

그것이 무엇을 말하는지 뻔히 알고 있었지만 조철봉은 모르는 척 눈을 끔벅이며 숙진을 보았다.

"그래요. 나도 숙진 씨와 이렇게 같이 있는 것이 행복해요."

대충 옷을 챙겨 입은 숙진이 방을 나가려다 다시 몸을 돌려 조철봉을 보았다.

"내일 몇 시에 가실 거죠?"

"아침 먹고 바로."

"그럼 같이 아침 먹어요."

머리를 끄덕인 조철봉이 다가가 숙진의 허리를 안았다.

"내일 중으로 다 끝낼 테니까 걱정 말고 푹 쉬어요."

숙진도 조철봉의 목을 안고는 빈틈없이 안겨왔다.

"그리고 우리 다시 만나는 거죠?"

"당신, 그 여자 전화번호를 대."

와이프는 눈을 치켜뜨며 말했고 하태호는 입맛을 다셨다.

"누구 말이야?"

"누군 누구야? 모텔에 같이 들어간 년 말이야. 어서 대."

바짝 다가선 와이프를 피해 태호가 한 걸음 물러섰다.

"이 여자가 정말, 그 사진 조작된 것이라니까. 어느 놈이 공갈을 치려고 보낸 것이란 말이야."

아침 8시 반이 넘어서 대학에 다니는 두 딸은 이미 집을 나가고 없었다. 태호도 목소리를 높였다.

"그래서 검찰에 있는 후배한테 상의했더니 사무실 전화기에다 녹음 장치를 붙이라고 해서 붙였고, 편지나 물건이 배달되어 오면 즉시 연락을 하도록 조치했단 말이야."

와이프가 한풀 꺾인 듯, 크게 뜬 눈만 깜박거리자 태호는 순발력 있게 밀고나갔다.

"내가 왜 그런지 알겠지? 내가 떳떳하기 때문이란 말이야. 내가 진짜 그런 짓을 했다면 검찰에 있는 후배한테 상의했겠어? 천만에."

태호가 상기된 얼굴로 와이프를 노려보았다.

"당신이 기어이 사진을 내놓지 않는다니 할 수 없지만 후배는 그 사진이 조작된 것인지를 한 시간이면 밝혀낼 수 있다고 했어."

"흥, 증거를 없애려고."

와이프가 코웃음을 쳤지만 기세는 많이 죽었다. 재킷을 걸친 태호가 내뱉듯이 말했다.

"쓸데없이 전화질해서 그놈들의 술수에 넘어가면 안 된단 말이야. 이럴 때일수록 서로 믿고 난관을 헤쳐 나가야지, 이거 원."

"내가 무슨 전화를 했다고 그래?"

뒤쪽에서 와이프가 목소리를 높였지만 태호는 현관문을 열고 밖으로 나왔다.

"망할 년이 끝까지 안 믿는군."

태호는 혼잣말로 투덜거렸지만 오늘 아침의 승부는 이쪽의 판정승이었다. 계속 이런 방향으로 밀고 나가야만 할 것이다. 차의 시동을 건 태호의 얼굴이 다시 어두워졌다. 사태가 커질 가능성도 많다. 모텔 현관에서 오숙진과 사진이 찍혔다면 침실 장면으로 이어질지도 모른다. 그때는 절망이다.

조작되었다고 길길이 뛰어도 눈이 뒤집힌 와이프는 제가 나서서 확인하려고 들 테니까. 쓴 웃음을 지은 태호는 주차장을 빠져나왔다. 그러고 보면 와이프도 제법 세련되었다. 오숙진이란 이름이 내 입에서 나오길 노리며 자꾸 그년이 누구냐고 묻지 않는가? 제가 직접 전화까지 했으면서 말이다. 사무실로 들어가자 비서 미스 정이 방으로 따라왔다.

"사장님, 조 과장이란 분한테서 조금 전에 전화 왔습니다."

가슴이 덜컹 내려앉는 듯했다. 태호가 시선을 들자 미스 정이 말을 이었다.

"곧 다시 전화를 하신다고."

"알았어."

미스 정이 방을 나가자마자 바로 전화벨이 울렸다. 태호는 숨을 깊게 마셨다.

벨이 세 번 울리기를 기다린 후 전화기를 들었다. 굵은 사내의 목소리가 울렸다.

"조철봉입니다."

"아, 그래, 웬일로."

"별일 없으시죠?"

"예, 아직은. 하지만."

"사모님도 진정이 되신 것 같습니다. 이젠 전화를 하지 않으시더군요."

"아, 그래요? 그래서 오늘도."

"놈들이 장난을 치려다가 겁이 난 모양입니다. 그런 경우가 많지요."

조철봉의 부드러운 목소리에 태호는 어깨를 늘어뜨렸다.

오후 3시 반이 되었을 때 조철봉은 광화문 사거리 근처에 있는 커피숍으로 들어섰다. 대형 유리창을 통해 이미 조철봉이 사거리를 건너올 때부터 보고 있던 최갑중이 손을 들었다.

"형님, 여기요."

갑중의 옆에 다소곳이 앉은 김지연은 눈웃음만 쳤는데 매끈한 피부의 빼어난 미인이다.

"으음, 그림 좋구나."

앞자리에 앉은 조철봉이 둘을 번갈아 보며 웃었다. 둘은 애인 사이인 것이다.

"식은 언제 올리기로 했다구?"

"다음 달 20일이니까 꼭 한 달 남았어요."

지연이 대답했다.

"그땐 꼭 와 주셔야 돼요."

"그야 당근이지."

조철봉이 정색하고 머리를 끄덕였다.

"내가 너희들 둘한테 다 축의금을 내줘야 정상인데 오늘 한꺼번에
주지."

그러고는 조철봉이 들고 온 비닐백을 그들 앞에 내려놓았다.

"현금으로 이천 들어 있다. 필요한 곳에 써라."

"아이구, 이렇게 많이."

눈을 둥그렇게 뜬 갑중이 침을 삼켰으나 지연은 침착했다. 그러나 맑
은 눈이 더 반짝였다.

"그럼, 일은 다 끝난 건가요?"

지연이 묻자 조철봉은 머리를 끄덕였다.

"다 끝났다."

"오숙진한테서만 뜯어내신 겁니까?"

이번에는 갑중이 물었다.

"그래, 오숙진한테서만. 하태호는 위험하다. 그쪽까지 건드리면 둘이
상황을 맞춰볼 가능성이 많아."

"그렇지요, 역시 형님은,"

감탄하듯 갑중이 머리를 끄덕였을 때 지연이 비닐백을 집어 제 발밑

에 내려놓더니 조철봉을 향해 허리까지 굽히고 인사를 했다.

"잘 쓰겠습니다, 선생님."

"잘 살아야 돼."

"일 있으면 언제라도 불러주세요."

숙진에게 하태호 와이프 행세를 하며 전화로 악다구니를 뱉은 것은 지연이다. 물론 갑중의 몫도 있었지만 전화 세통을 하고 거금 이천만 원을 챙겼으니 지연의 얼굴은 환하게 밝아졌다.

"형님, 그럼 저희들은."

엉거주춤 자리에서 일어선 갑중이 지연의 어깨를 슬쩍 건드렸다. 그는 조철봉이 숙진한테서 얼마를 뜯어냈는지 묻지 않는다. 그것은 불문율이라기보다 조철봉을 그만큼 신뢰하고 있다는 것이 맞을 것이다. 룸살롱 출신의 지연은 영리한 데다 순발력도 뛰어나서 이제까지 세 번 일을 시켰는데 모두 깨끗하게 처리되었다. 둘이 커피숍을 나갔을 때 조철봉은 주머니에서 휴대전화를 꺼내 들었다. 커피숍 안은 조용했다. 번호를 누르고 신호음이 세 번 울렸을 때 오숙진이 전화를 받았다.

"여보세요."

맑았지만 초조한 분위기가 섞인 목소리여서 조철봉은 숨을 들이마셨다.

"숙진 씨, 일 잘 끝냈습니다."

"네에, 그래요?"

"내가 직접 하태호 씨 부인을 만나 앞으로 그런 일이 없을 것이라는 각서를 받았습니다. 아직 의심은 풀리지 않은 눈치였지만 하태호 씨가 돈을 다 돌려준 터라 시비는 걸지 못하더군요."

"잘 하셨어요."

"액땜한 것으로 치시고 이젠 서울로 돌아오시지요. 그리고 얼른 잊으셔야죠."

"정말 고마워요, 철봉 씨."

"보고 싶습니다."

통화를 끝낸 조철봉은 퍼뜩 고개를 들더니 다시 전화기를 켜고 다이얼을 눌렀다. 그리고 기운차게 말했다.

"아, 소장님, 접니다. 내일 크로나 한 대 계약합니다."

"저기 있네요."

여자가 손끝으로 가리키는 곳에 영일이 있었다. 유아 영어학원의 중급반이었으니 초급을 뗀 것인가, 아니면 더 어린애들도 있기 때문인지 알 수 없었지만 빌딩의 2개 층을 사용할 만큼 영어학원은 성황이었다. 지금은 휴식시간으로 복도로 나온 아이들의 소음이 마치 닭장 속 같았다. 영일은 또래의 사내아이와 마주보고 서서 손에 쥔 전자 장난감을 조작하는 중이었는데 표정이 진지했다. 위로 쳐올린 뒤 머리카락 속의 흰 피부가 앙증맞고 긴 목은 추워 보였다. 조철봉은 복도의 벽에 기대서서 7, 8미터 앞의 영일을 우두커니 바라보았다. 주위로 아이들이 몰려 지나갔다. 선생들이 바쁘게 오갔지만 이쪽에 신경쓰는 이는 없었다. 자주 오지 않겠다고 볼 때마다 스스로 다짐했으나 그때뿐이다. 그런데 저 놈은 볼 때마다 새롭고 질리지 않는 것은 무슨 영문인가?

"나 좀 봐요."

바로 뒤쪽에서 들리는 목소리에 조철봉은 놀라 몸을 돌렸다. 서경윤이다. 눈을 크게 뜬 서경윤의 얼굴은 전보다 살이 약간 올라 있었지만 여전히 아름다웠다. 쇼트커트한 머리에 진주 귀고리를 했고 옅은 분홍빛 루주도 바르고 있었다.

"얘기 좀 해요."

경윤이 몸을 돌렸다. 조철봉은 그제야 막힌 숨을 뱉어내었다. 그들이 멈춰 선 곳은 빌딩 현관 옆의 주차장이다. 아직 수업이 끝나지 않아서 주위는 한산했다. 차량 사이의 빈틈에 선 경윤이 조철봉을 똑바로 보았다.

"여기 왜 온 거죠?"

"아, 그야."

"영일이를 내가 맡을 적에 약속했었죠, 나타나지 않겠다고."

"그랬던가?"

머리를 기울였던 조철봉이 담배를 꺼내 입에 물었다.

"그렇게 원수 대하듯이 하지 말자고."

"있죠."

갑자기 한쪽 입술 끝을 올린 경윤의 목소리가 가라앉았다.

"시간이 지날수록 상처는 무디어진다는 말, 들은 적 있죠?"

"어느 놈이 한 말인데?"

"그런데 당신은 정반대야. 시간이 지날수록 당신과의 생활을 생각하면 진저리가 나."

"그놈이 연장에다 뭘 끼고 해주나?"

"당신은 진심이라고는 없는 인간이야. 다 가면이라고."

경윤이 검지 끝으로 철봉을 가리키며 까닥까닥 흔들었다.

"한 번도 진심을 가져보지 못한 인간, 거짓과 위선으로만 뭉쳐진 인간."

"연구를 꽤 했구나."

"애를 찾아오는 것도 아마 제 가슴을 가라앉히려는 계산이 있거나 눈에 익혀두고 나중에 이용하려는 속셈일지도 모르지, 내 말이 맞지?"

"니 남편 차 바꿀 때 되지 않았어?"

정색한 조철봉이 피우던 담배를 땅바닥에 던지고 경윤을 보았다.

"이번에 고급형 크로나가 나왔는데, 광고에서도 봤겠지만."

"꺼져."

"간통을 한 것은 너였어."

"넌 날 사랑한 것이 아냐. 날 이용하기 위해서 결혼한 것이라고."

"지가 무슨 재벌 딸이라구. 7천짜리 전셋값 하나 들고 오고서는."

"넌 방울 두 쪽만 차고 왔지."

그때 학원 안에서 벨소리가 났다.

그들은 말을 멈췄다. 학원을 올려다본 조철봉이 입을 크게 벌리고 하품을 했다.

"50킬로그램짜리 쓰레기봉지 값이 얼만가?"

하영옥과 여자 하나가 라운지로 들어섰다. 조철봉이 자리에서 일어서서 맞는다.

"기다렸지?"

짙은 남빛 투피스 정장 차림의 하영옥은 잔뜩 멋을 내었지만 옆에 선 여자는 상대적으로 옷차림은 물론이고 용모도 별로였다. 여자가 자기

보다 예쁜 친구를 데려올 확률은 8개짜리 복권에 당첨될 확률보다도 낮을 것이다. 복권은 운이 좋으면 되지만 이 경우엔 아예 고의적으로 비틀기 때문에 운도 소용없다.

"얜, 조윤희야. 나하고 제일 친한 친구."

앞쪽에 나란히 앉은 영옥이 친구를 소개했다.

"안녕하세요? 말씀 많이 들었습니다."

조철봉이 웃음 띤 얼굴로 윤희를 보았다. 둥근 얼굴에 둥근 어깨, 허리도 퍼졌다. 화장발이 받지 않아서 얼굴만 하얗고 턱 아래부터는 황갈색이다. 아주 평범한 아줌마 분위기였고 어두운 나이트클럽 안에서도 부킹이 제대로 되지 않을 타입이었다.

"오늘은 얘하고 같이 나왔으니까 12시까지만 들어가면 돼."

들뜬 표정의 영옥이 시계를 보는 시늉을 했다. 8시 20분, 나이트에 들어가기에는 조금 이른 시간이었지만 조철봉은 자리에서 일어섰다.

"자, 그럼 가실까요?"

영옥은 오늘 자신의 친구를 소개시켜 준다고 했지만 속셈이 뻔했다. 친구를 핑계 삼아 외출해서 조철봉과 즐기려는 작정이니 남편과 조철봉 양쪽을 다 속인 것이다. 나이트클럽은 라운지 바로 아래층이어서 그들은 계단으로 걸어 내려갔다.

"어서 오십시오."

문에서 기다리고 있던 낯익은 웨이터가 휴대용 무전기로 조철봉의 단골 웨이터를 불러주었다.

"여기 처음이신가요?"

칸막이가 있는 뒤쪽 좌석에 앉으면서 조철봉이 윤희에게 물었다. 그는 중앙에 앉았고 좌우에 영옥과 윤희를 공평하게 앉혔다. 윤희가 머리를 끄덕였다.

"네, 처음이에요."

금요일이어서 클럽 안은 이미 손님이 반 이상 채워졌는데 남자가 많았다. 여자의 주가가 뛰는 날이다.

"부킹시켜."

조철봉이 술을 날라 온 웨이터에게 턱으로 영옥과 윤희를 가리키며 말했다.

"물 좋은날 실컷 뛰라구."

"어머나, 내가 왜."

말은 그렇게 했지만 영옥은 들뜬 표정이었다. 플로어에는 이미 진하게 엉킨 남녀들이 흐느적거렸고 웨이터들이 분주하게 오갔다.

여자가 부족한 상황이라 다른 웨이터들도 다가와 조철봉의 눈치부터 보았다. 그럴 때마다 조철봉은 머리를 끄덕였다. 양주와 맥주를 시켜놓고 조철봉이 폭탄주를 석 잔 마시는 동안 영옥은 두 번 플로어에 나갔다 들어왔다. 그러나 윤희는 춤을 추지 못한다면서 맥주만 마셨다. 영옥이 세 번째 남자를 만나 플로어로 나갔을 때였다. 조철봉이 정색하고 윤희를 보았다.

"우리, 올라갔다 오지 않을랍니까?"

"어딜요?"

"위층에."

조철봉이 눈으로 천장을 가리켰다. 클럽빌딩의 2층부터는 호텔이다.

"아마 영옥 씨는 30분은 걸릴 겁니다. 돌아와서 우리가 없는 걸 보면 춤을 추러 나갔다고 생각하겠지요."

술잔을 내려놓은 조철봉이 탁자 밑으로 윤희의 무릎을 움켜쥐었다.

"옆쪽 비상계단으로 올라가 엘리베이터를 타면 됩니다. 방 열쇠를 가져올까요?"

윤희가 가만히 있었으므로 조철봉은 자리에서 일어섰다.

"가져오지요. 같이 올라가기가 부끄러우시면 키를 갖고 먼저 올라가세요."

계단을 올라 호텔 프런트에서 키를 받아 내려오는 데 걸린 시간은 5분도 안 됐다.

"607호실입니다."

윤희의 옆에 다시 앉은 조철봉이 탁자 밑으로 키를 건네주었다.

"계단 옆쪽 엘리베이터를 타면 됩니다."

키를 윤희가 받아들자 조철봉의 가슴이 뛰기 시작했다.

"자, 어서요."

조철봉이 정색하고 재촉하자 윤희는 자리에서 일어섰다. 나이트에는 이제 손님이 가득 찼고 플로어에도 공간이 없어서 부둥켜안은 남녀들은 허리만 흔들고 있을 뿐이다. 영옥은 플로어에 끼어 있거나 아니면 남자 테이블로 옮겨가서 시시덕거리고 있을 것이다. 윤희가 떠난지 정확히 5분이 되었을 때 조철봉은 담배만 집어 들고 일어섰다. 지금쯤 윤희는 호텔방 안에서 앉지도 못 하고 서성대고 있을 것이 틀림없었다. 벨을 누르자마자 금방 문이 열렸는데 윤희는 시선도 마주치지 못하고 비켜섰다. 방으로 들어선 조철봉은 차분하게 문의 자물쇠를 채운 후에 돌아서면서 바로 뒤쪽에 엉거주춤 서 있는 윤희의 허리를 안았다. 조철봉의 입술이 다가오자 윤희가 상체를 뒤로 젖히면서 두 손으로 가슴을 밀었다.

"싫어요, 루주 묻어요."

"지우면 돼요."

"루주 가져오지 않았어요."

다시 바를 루주가 없다는 말이었으며 맨입술로 돌아가면 표시가 난다는 뜻이었다. 머리를 끄덕인 조철봉이 허리를 감은 손을 돌려 스커트의 지퍼를 풀었다.

"그럼 샤워할 필요도 없도록 간단하게 끝냅시다."

윤희는 스커트가 벗겨지는 동안 가만있었다. 스커트가 벗겨졌고 팬티스타킹이 팬티와 함께 끌려 내려져 윤희의 한쪽 발에만 걸쳐졌다. 윤희가 발을 흔들어 뭉친 스타킹을 신발과 함께 벗어던졌다. 조철봉도 바지 혁대만을 풀고 팬티를 내렸다.

"뒤에서 할 테니까."

침대 쪽으로 윤희를 밀면서 조철봉이 말했다.

"그래야 화장품이 묻지 않지."

침대로 밀린 윤희는 시키지 않았는데도 침대에 두 손을 짚고 엎드렸다. 방안의 불을 환하게 켜놓아서 윤희의 희고 큰 엉덩이가 선명하게 드러났다. 윤희의 다리를 거칠게 벌린 조철봉은 바로 삽입했다. 그 순간 윤희가 굵고 높은 신음을 뱉어 내었으므로 조철봉의 가슴은 철렁 내려 앉았다. 윤희의 샘물은 이미 가득 차 있었던 것이다. 그리고 채 5분도 지나지 않아서 윤희는 침대 시트를 쥐어뜯으면서 절정에 다다랐다. 온몸을 굳히고 하체를 떨면서 자꾸 침대 속으로 파고들려는 몸짓을 했는데 그렇게도 조심하던 얼굴의 화장은 시트에다 비벼버렸다. 윤희의 떨림이 그치기를 기다려 조철봉이 상반신을 굽히고 물었다.

"더 해도 돼?"

신음 소리를 뱉던 윤희가 금방 머리를 끄덕였으므로 조철봉은 다시 시작했다. 그리고 조철봉이 허리를 편 것은 그로부터 10분쯤 후였다. 마치 죽을 것같이 신음을 뱉어내던 윤희는 침대에 엎어진 채 늘어져서 꼼짝하지 않았다. 화장실에 다녀온 조철봉이 서둘렀다.

"딱 30분 지났어. 일어나."

조철봉이 윤희의 풍만한 엉덩이를 손바닥으로 가볍게 두드렸다.

"당신 괜찮군그래. 시간만 더 있다면 좋았을 텐데."

"나 조금만 쉬었다 갈게."

윤희가 앓는 듯한 목소리로 말했다.

"10분만, 지금은 움직이지 못하겠어."

담배를 꺼낸 조철봉은 쓴 웃음을 지었다. 오늘 서경윤을 만나서 받은 스트레스는 이것으로 풀었다.

다음 날 오전 10시 30분이 되었을 때 조철봉은 에덴클리닉의 사장실로 들어섰다.

"어서 오세요."

오숙진이 환한 표정으로 맞았는데 조철봉이 두 팔만 벌렸다면 품안으로 안겨올 분위기였다.

"잘 끝나서 다행입니다."

정색한 조철봉이 바로 의자에 앉아 숙진은 조금 머쓱한 표정으로 앞

84

에 앉았다.

"철봉 씨 덕분이에요."

"여기 각서 받으세요."

조철봉이 탁자 위로 접힌 종이를 내밀었다. 최갑중의 약혼녀 김지연이 정성들여 쓴 각서였다.

"이제 전화 올 일도 없을 겁니다. 마음 푹 놓으시고."

"고마워요."

종이를 펴고 각서를 읽은 숙진이 어깨를 늘어뜨렸다. 이것으로 사건은 해결된 것이다.

"그런데 참."

숙진이 생각났다는 듯이 머리를 들었다.

"차 계약서 가져오셨죠?"

"그거야 언제나 갖고 다닙니다만."

이맛살을 찌푸린 조철봉이 숙진을 보았다.

"무리하시는 것 아닙니까? 이번에 큰돈이 나갔는데."

"괜찮아요."

얼굴을 펴고 웃은 숙진이 손을 내밀었다.

"어서 주세요, 계약서. 현찰로 구입할 수도 있어요."

"나한테 사례하는 의미로 그러신다면 계약 안 할 겁니다. 숙진 씨가 안 해도 난 실적이 좋으니까요."

"차는 바꿔야겠다고 지난번부터 이야기했었잖아요?"

"그렇다면."

입맛을 다신 조철봉이 손가방 안에서 계약서를 꺼내 탁자 위에 놓왔다.

"크로나 한 대를 계약하면 수수료가 꽤 떨어집니다. 내가 한잔 사지요."

"그래요, 한잔 사주세요."

숙진이 다시 웃더니 계약서를 대충 읽고는 서명을 했다. 7천만 원이 넘는 고급형을 계약한 것이다.

"오늘 돈 입금시켜 드릴게요."

"번호판까지 붙여서 내일 가져다 드리지요."

조철봉이 자리에서 일어섰을 때 따라 일어선 숙진이 바짝 다가섰다.

"안아줘요."

"이런."

쓴웃음을 지은 조철봉이 숙진의 허리를 당겨 안고는 가볍게 입을 맞췄다.

"오늘 저녁에 시간 있어요?"

입술을 떼었을 때 숙진이 뜨거운 숨을 조철봉의 턱 끝에 뱉으며 물었다.

"우리 집에 오셔도 되는데. 친정엄마가 시골 가셨거든요. 가정부는 집에 다녀오라고 하면 되고."

"난 얼굴이 두껍지 못해서. 그리고."

조철봉이 숙진이 엉덩이를 움켜쥐었다.

"딸아이한테 나쁜 기억으로 남게 될지도 모르니까 조심하고 싶은데."

"그래요. 그럼 밖에서 만나요."

몸을 빈틈없이 붙인 숙진이 상기된 얼굴로 말했다.

"철봉 씨 말이 맞아요."

에덴클리닉을 나온 조철봉은 심호흡을 했다. 스모그로 덮인 하늘은 환자의 얼굴색처럼 부옇게 흐렸고 폐 안으로 매연이 들어왔으나 기분은 상쾌했다. 이것으로 오숙진 작전은 종결이다. 물론 AS 차원에서 가끔 만나 오숙진의 몸에 오일교환은 해줘야 할 것이다.

"내가 진심이 없다고 하셨나?"

문득 서경윤의 말을 떠올린 조철봉이 거리를 둘러보며 히죽 웃었다. 옆을 지나던 남녀가 그를 보고 시선을 주고받는다. 조철봉이 다시 혼잣말을 했다.

"내가 오숙진이 앞에서 얼마나 진지했는지 그 장면을 보여주고 싶군."

2. 정상을 향하여

"일주일 만에 넌 두 대나 팔았지만 여의도 영업소에서 다섯 대 판 놈이 있어."

장정수가 은근한 시선으로 조철봉을 보았다. 오후 2시여서 영업소 안에는 여직원 두 명뿐이었고 모두 외출에서 돌아오지 않았다.

"어때? 너, 정상이 한번 돼보지 않을래? 전국에서 일등을 하면 아마 네가 내 자리를 차지하게 될 거다."

"그러면 소장님은 본부 부장으로 옮겨 가시겠지요."

조철봉이 입술을 비틀고 말했다.

"실적에 목매지 않고 느긋하게 똥배 두드리는 자리로 말입니다."

"아니, 이 자식이."

눈을 부릅떴던 정수의 목소리가 다시 사근사근해졌다.

"서른 대만 팔아라. 그러면 정상이다. 김정필이도 눈에 불을 켜고 있던데 곧 또 한 대를 계약할 모양이더라."

서초영업소는 지금까지 크로나 여섯 대를 팔았는데 김정필을 포함하여 네 명이 한 대씩이었고 조철봉만 두 대였다. 조철봉이 쓴웃음을 지었다.

"김정필에게는 내 이야기를 어떻게 하렵니까? 내가 또 한 대를 계약할 모양이라고 하실 거요?

"내가 걔한테 네 이야기를 왜 하겠어?"

"에이, 그만둡시다."

자리에서 일어선 조철봉이 재킷을 집어 들었다. 일 년에 한두 번씩 회사에서는 판매실적 평가를 하는데 이번에는 시상내용을 구체적으로 발표했다. 판매실적 일등인 사원은 일 계급 승진과 함께 포상금 1억 원을 준다는 파격적인 조건이었으니 모두 욕심을 낼 만했다.

조철봉이 남양호텔 커피숍에 들어섰다. 김 마담이 먼저 와 기다리고 있었다.

"어, 기다렸어?"

털썩 앞자리에 앉은 조철봉이 건성으로 말하자 김 마담은 살포시 웃었다. 화장기 없는 피부는 윤기가 났고 생머리를 뒤로 묶어서 긴 목이 드러났다. 갸름한 얼굴에 눈이 맑은 미인이다.

"갑자기 왜 불러낸 거야?"

"부탁할 일이 있어서."

다가온 종업원에게 커피를 시킨 조철봉이 정색하고 김 마담을 보았다. 김 마담은 청담동의 일급 룸살롱 아진의 마담으로, 휘하에 30명 가까운 아가씨들을 거느리고 있다. 조철봉은 눈만 깜박이는 김 마담을 똑바로 보았다. 이 여자는 손님 접대 차 대여섯 번 찾아가 단골이 되었지만 아직 나이가 몇인지도 모른다. 그러나 일급 룸살롱에서 30명 정도의 아가씨들을 거느리고 있을 정도라면 자금력이나 파워가 대단하다고 봐야 한다.

"우리가 동업을 했으면 좋겠는데."

조철봉이 은근하게 말했을 때 김 마담이 다시 생긋 웃었다.

"같이 차 팔자구?"

"차뿐만이 아니라 사업을 같이 하자는 말이야."

"어떤 사업?"

"소득재분배 사업."

"얼씨구."

하지만 김 마담의 눈이 호기심으로 반들거리기 시작했다.

"어떻게 말이야?"

"세금 안 내고 흥청망청 돈 쓰는 놈들한테서 정부를 대신하여 돈을 걷자는 말인데."

"사기를 치자는 말이군."

정색한 김 마담이 의자에 등을 붙였다.

"오랜만에 재미있는 이야기 듣게 되었는데 어디 말해봐."

"그런데 김 마담 본명이 뭐야? 김세미가 맞아? 우선 본명부터 알자고."

조철봉이 묻자 김 마담이 뱉듯이 대답했다.

"김부용이야. 촌스럽지?"

방문을 연 황수남이 이맛살을 찌푸렸다.

"왜 이렇게 늦어?"

"급한 일이 있어서요."

부용은 눈웃음을 치며 수남의 사타구니를 슬쩍 쥐었다 놓고는 방안으로 들어섰다. 논현동의 킹덤호텔은 룸이 70개밖에 안 되었지만 요지에 자리 잡고 있는 데다 시설이 아늑해서 장사가 잘되었다. 킹덤의 주인인 수남은 일주일에 두 번씩 룸살롱 아진의 출근부에 도장을 찍는 단골이다.

"어머, 벌써 5시네."

손목시계를 보는 시늉을 한 부용이 재킷을 벗어 의자 위에 걸치고는 수남에게 등을 내밀었다.

"후크 좀 풀어줘요."

그때까지 찌푸린 표정을 풀지 않던 수남이 마지못한 듯 손을 뻗어 브래지어의 후크를 풀었다. 40대 후반의 수남은 지독한 짠돌이였으나 계산은 철저했다. 매달 아진의 외상값을 현금으로 계산했는데 그날이 바로 부용이 몸을 주는 날이었다. 오늘이 바로 그날인 것이다.

"나 씻고 올게요."

젖가슴과 음부까지 다 드러낸 부용이 수남을 정면으로 보며 말했다. 곧게 뻗은 다리에다 배는 밋밋했고 군살 없는 허리는 아직도 25인치여서 20대의 몸매를 그대로 유지하고 있었다. 부용은 수남의 시선에 열기가 도는 것을 보고는 슬쩍 웃었다.

"뭐해요? 벗고 기다리시지 않고?"

수남은 오래 끄는 스타일이어서 이차를 따라간 아가씨들은 두 번 다시 파트너가 되려고 하지 않았다. 그러나 그것도 상대 나름이다. 부용이 샤워를 마치고 나왔을 때 수남은 이미 침대에 들어가 있었다.

"오늘은 내가 할까?"

시트를 들치고 들어간 부용이 수남의 발기된 물건을 쥐고서 물었다.

"당신은 가만있어요."

수남이 잠자코 있었으므로 부용은 알몸을 바짝 붙였다. 부용의 경험으로 판단한다면 수남은 조루형이다. 그래서 엄청난 인내력으로 전희에 집중하는 것이다. 부용의 혀가 물건에 닿았을 때부터 수남은 꿈틀거리기 시작했다.

"이봐, 살살 해."

신음하듯 수남이 말했다. 이대로 간다면 수남은 2분도 안 되어서 발사할 것이다.

오늘 받을 1540만 원을 머릿속에 떠올린 부용은 입안에 넣었던 수남의 물건을 빼내었다. 2분 만에 끝내주기에는 미안했기 때문이다.

"자기는 정력이 세다고 소문이 났대요."

수남의 손을 끌어 자신의 샘에 넣으면서 부용이 말했다.

"만날 정력제 먹어서 그렇죠?"

"내가 언제."

"나는 물건이 들어와서 곧장 쏘는 것이 좋더라."

부용이 다시 수남의 물건을 입안에 넣었다.

"난 30초면 뺄 수가 있거든요."

"그렇게 빨리?"

"그럼 해봐요, 어디."

상체를 세운 부용이 수남의 몸 위에 올라앉더니 물건을 샘에 넣었다.

"아아아!"

턱을 젖힌 부용이 커다랗게 신음을 뱉었을 때 수남의 얼굴이 일그러졌다. 그리고 물건이 팽창되었는데 부용이 허리를 서너 번 출썩이자 곧 폭발해버렸다. 10초도 걸리지 않았다.

"아아, 좋아."

수남의 몸 위에 엎드린 부용이 꺼져가는 듯한 목소리로 말하고는 온몸을 떨었다. 그리고 곁눈으로 침대 옆 탁자에 놓인 시계를 보았다. 5시 18분이다. 이제 한 번 더 몸을 뻗은 다음에 일어나는 것이 수남에게 부담을 덜 줄 것이다.

조철봉이 커피숍에 들어서자 안쪽에 앉아있던 김부용이 손을 까닥였다. 오후 2시였지만 부용에게는 지금이 아침일 것이다. 털썩 앞쪽에 앉은 조철봉이 부용의 얼굴을 빤히 보았다.

"건수 생긴 거야?"

"사기꾼이 하나 있어."

부용이 차가운 표정으로 말했다.

"손님의 비밀을 지켜줘야 도리지만 그까짓 놈한테 도리 지킬 필요는 없다고 생각해서."

"옳지."

정색한 조철봉이 머리를 끄덕였다.

"그만하면 양심이 있다는 것을 인정해 줄 테니까 어서 본론을 말해."

"킹덤호텔의 주인이야."

"그래서?"

"그자가 보물 사업으로 떼돈을 벌고 있어."

"보물 사업이라니?"

"신문도 안 봐?"

부용이 눈을 치켜떴다.

"여주에 일본군이 묻고 갔다는 금괴가 수백 톤이 있다고 신문에 났잖아?"

"들은 것 같은데."

"그걸로 성화라는 회사 주식이 스무 배가 넘게 뛰었어."

그리고 부용이 목소리를 낮췄다.

"황수남이는 주식을 내다 팔아서 300억 넘게 벌었고."

"황수남이가 킹덤호텔의 주인인가?"

"성화의 대주주이기도 했지."

"그럼 금괴가 있다는 건 주가를 올리려는 사기인가?"

긴장한 조철봉이 묻자 부용이 머리를 끄덕였다.

"사기야, 아주 치밀하게 계획된 사기야. 지금 금괴를 파내려고 작업을 하지만 몇 달 후에는 흐지부지될 것이고 주가는 곤두박질칠 거라구."

"확실해?"

"황수남이는 작전을 아진에서 짰고 회의도 아진에서 했어. 아가씨들 다 내보내고 쑤군댔지만 난 자주 들어갈 수 있었지. 그래서 알 수 있었던 거야."

"으으음."

조철봉이 눈만 껌벅이자 부용은 눈을 치켜떴다.

"자, 어떻게 할 거야?"

"뭘?"

"계획을 세워야 할 것 아냐?"

"그거야…."

"그리고 분명히 해둘 것이 있어."

부용이 정색하고 조철봉을 보았다.

"반씩 나누는 거야. 동의하지?"

"좋아."

머리를 끄덕인 후 조철봉은 차를 시키지도 않고 자리에서 일어섰다. 부용이 대번에 대어가 있는 곳을 알려준 것이다. 하지만 잡는 것은 자신의 몫이다.

그날 오후 5시, 조철봉은 강남구청 앞에서 기다리고 있던 최갑중을 차에 태웠다.

"어이구, 요즘 정신없구먼."

들뜬 표정으로 말하던 갑중이 힐끗 조철봉의 눈치를 살피더니 속주머니에서 서류를 꺼냈다.

"김부용은 지금 혼자 삽니다. 하지만 호적을 보니까 두 번 이혼했고 아들 하나가 있는데 남편이 데리고 있더만요."

갑중이 손에 쥔 서류로 손바닥을 가볍게 두드렸다.

"청담동 아파트는 전세이고 드러난 재산은 1억도 안 됩니다. 그런 계통에 있다 보면 타인 명의로 해놓는 경우가 많으니까 더 조사해 보면 나올지도 모르지요."

"남자관계는?"

"그게 흥미진진합니다."

눈을 가늘게 뜬 갑중이 조철봉을 보았다.

"김부용은 아진의 소유주 오석규의 세컨드라는 것을 알아냈습니다. 이건 아진에서도 아는 사람이 없더만요."

갑중이 정색했다.

"오석규 모르세요? 동양파 부두목 말입니다."

"난 욕심 없어."

쓴웃음을 지은 조철봉이 김정필을 보았다. 영업소 안은 활기찼지만 찬찬히 살펴보면 분위기가 붕 떠 있다는 것을 알 수 있다. 전화로 떠들어대서는 차를 팔 수 없는 것이다. 인맥을 이용하고 꾸준하게 공을 들여야만 한다. 성실한 자세에도 한계가 있는 법이므로 기발한 착상도 필요하다. 영업장은 공사현장이나 마찬가지다. 몸으로 뛰고 겪어야 한다. 제아무리 계획이 치밀해도 몸이 따라주지 않으면 효과는 반감된다. 조철봉이 다시 말을 이었다.

"자네가 일등 해. 내가 밀어줄 테니까."

"나아, 참."

정필이 기가 막힌다는 표정으로 조철봉을 보았다.

"갑자기 또 왜 이러십니까? 그러다가 뒤통수 맞으라구요?"

"글쎄, 나는 회사 장단에 맞춰서 춤을 추는 것에 질렸다니까."

"어디 아프쇼?"

"피곤해졌어, 모든 것이."

"오후에 감사반이 온답니다."

정색한 정필이 목소리를 낮췄다.

"소장이 서류 맞추느라고 정신없어요."

정필은 요즘 자주 조철봉에게 접근해 왔는데 그것은 경쟁자로서 탐색하려는 심보였지 결코 도와주려는 의도가 아니었다. 실적에 따라 냉혹하게 평가받는 조직사회에서 정보는 곧 재산인 것이다. 정필은 어제 고급형 크로나를 한 대 더 계약해 조철봉과 같이 두 대의 실적을 기록했다. 계약자는 하이나를 팔았던 고객이었는데 지방에서 사고가 났을 때 새벽에 달려 내려간 정필에게서 감동을 받은 사람이었다.

오후에 영업소로 찾아온 감사반은 세 명이었다. 감사반장은 이은영이라는 여자였고 인사를 나눌 때 받은 명함에는 본사 기조실의 과장으로 적혀 있었다.

"부담 느끼시지 않았으면 좋겠어요."

뒤에 선 이은영 과장이 영업소를 둘러보며 낭랑한 목소리로 말했다.

"이번 특판 기간이 끝날 때까지 같은 영업소 직원으로 생각해 주시면 고맙겠습니다."

"아니, 그러면."

조철봉이 자리에서 일어났고 모두의 시선이 그에게로 쏠렸다. 영업소장 장정수는 낮게 혀를 찼다.

"끝날 때까지 여기에 있는다는 말입니까?"

"네, 그래요."

은영이 조철봉을 똑바로 보았지만 두 볼이 조금 굳어졌다.

"감사만이 목적이 아닙니다. 특판 활동을 도와주라는 지시를 받았습니다."

"어떻게 말입니까?"

"그것은…."

그때 정수가 눈을 부릅뜨고 한 걸음 나섰다.

"야, 주둥이 닥치고 앉아."

"애로사항이 있으면 언제든지 말씀해 주세요."

은영이 바로 말을 받았으므로 분위기가 조금 풀어졌다.

"영업소 안에 화장실이나 만들어 주십쇼. 싸는 것도 마음대로 못 하고 있수다."

털썩 앉으면서 조철봉이 말하자 직원 몇 명은 큭큭 웃었고 정수는 잡아먹을 듯한 표정으로 노려보았다. 은영이 정수를 따라 소장실로 들어갔을 때 여직원이 다가와 시키지도 않은 커피를 조철봉 앞에다 내려놓았다.

"조 과장님 파이팅."

속삭이듯 말한 여직원이 서둘러 몸을 돌리더니 자리로 돌아갔다. 작년에 여상을 졸업한 경리사원이다.

"아예 목에다 개줄을 묶으라는 것이 낫겠구만."

혼잣소리처럼 중얼거린 조철봉은 손을 뻗어 전화기를 들었다. 이번 작전은 크로나 고급형 수백 대분과 맞먹는다. 감사반 따위는 무시할 만하다.

담배를 비벼 끈 오석규가 머리를 돌려 부용을 보았다.

"황수남에겐 배후가 있지만 아직 누군지는 알 수 없어, 하지만 막강한 놈일 거야."

아침 겸 점심으로 식사를 마친 후여서 부용은 설거지를 하는 중이었다. 석규가 말을 이었다.

"어떤 놈인지는 알 필요가 없지. 큰 몫은 황수남이 쥐고 있으니까 말이야."

"현금으로 갖고 있을까?"

"아마 여러 곳으로 분산시켜 놓았을 거야, 외국으로 빼돌리기도 했을 것이고."

소파에 등을 댄 석규가 두툼한 입술을 찌그러뜨리며 웃었다.

"더러운 자식. 성화 주식이 그렇게 뛸 때 시치미를 딱 떼고 나한테 죽는 소리만 해댔단 말이지. 어디, 두고 보자."

"언제 일을 시작할 건데?"

몸을 돌린 부용이 석규를 정색을 하고 보았다.

"정말 괜찮을까?"

"그놈은 신고도 못 한다니까 그러네."

석규가 눈을 부릅뜨자 흰자위가 많은 두 눈에 살기가 느껴졌다. 40대 초반이었지만 석규는 지금도 현역 때처럼 몸으로 뛴다. 손짓으로 부용을 불러 앞쪽 소파에 앉힌 석규가 목소리를 낮췄다.

"아마 이달 안으로 성화 주가조작 사건이 터질 거야. 지금 주가가 계속 곤두박질치고 있어서 투자자들이 아우성을 치고 있거든."

"그럼 곧 황수남이 걸려들겠네."

"그놈은 배경을 믿는 모양이지만 여차하면 외국으로 튈지도 몰라, 그러니까."

석규가 정색하고 부용을 보았다.

"내일 오후에 황수남을 불러내. 식사나 같이 하자면서 말이야."

"그래서?"

"애들 시켜서 그놈을 납치하는 거지. 그 방법이 제일 간단해."

"그럼 내가 주모자가 되겠네?"

"너한테도 한몫 떼어준다고 했잖아? 내 말대로 일본에 잠깐 나가있어, 애 데리고 말이야."

"얼마 줄 건데?"

"10억"

손가락 하나를 세워 보인 석규가 덧붙였다.

"네가 일본에 있는 동안 생활비도 넉넉히 보내줄게."

한참 눈만 깜박이던 부용이 이윽고 머리를 끄덕였다.

"알았어. 약속이나 지켜."

부용은 조철봉에게 황수남에 대해서 술좌석에서 가다오다 들었다고 했지만 사실은 석규로부터 받은 정보였다. 오석규와 황수남은 골프를 함께 치고 포커판을 같이 돌아다니면서 서로 형님 동생 하는 사이였다. 문득 시계를 본 부용이 서둘러 일어섰다.

"어머, 세 시네. 네 시에 외상값 받기로 했는데."

부용이 아파트를 나간 후 석규는 휴대전화를 집어 들었다. 동양파는 사정당국의 사찰에 걸려 풍비박산이 났지만 석규는 멀쩡하게 살아남았다.

그것은 자잘한 일에는 손을 대지 않는 배포가 큰 성격 때문이기도 했지만 무엇보다도 치밀한 계획을 세우지 않고는 움직이지 않는다는 그의 철칙 덕이었다. 그러나 일단 계획이 정해지면 벼락처럼 집행하고 꼬리를 감춘다. 전화기를 귀에 댄 석규의 얼굴에 희미한 웃음이 번졌다.

물론 이번에도 대타를 내세울 것이다. 수화기에서 말소리가 들리자 석규는 불쑥 말했다.

"내일이다."

"예, 형님"

"너까지 포함해서 넷이다, 알았나?"

"예, 형님."

"절대로 새나가면 안 된다."

석규는 만족한 표정으로 전화기를 내려놓았다.

"저 좀 보세요."

뒤에서 부르는 소리에 조철봉은 몸을 돌렸다. 영업소 사무실 밖의 복도에서 이은영이 다가오고 있었다. 다가선 은영이 눈초리를 내리며 웃었다.

"조 과장님, 저한테 개인적인 유감은 없으시죠?"

오후 네 시, 업무 효율성이 가장 떨어지는 시간이다. 이 시간이면 영업소 직원 대부분은 출장을 나가는데 그중 반은 사우나에 가 있을 것이었다. 조철봉이 은영을 보며 비슷한 표정을 지으며 웃었다.

"그럴 리가. 한번 튀려고 그런 거죠, 뭘."

"하지만 듣던 대로 역시 괴짜세요."

"어떤 면이 말이오?"

"고객 대부분이 여자분이라면서요?"

"내가 카바레에서 고객 만난다고 합디까?"

"우리 저쪽에서 이야기해요."

은영은 복도 안쪽의 창가를 턱으로 가리켰다. 그들은 오후의 햇살이 비스듬히 들어오는 창가에 나란히 섰다. 은영은 30세로 아직 미혼이다. 대학은 제일대 영문과 출신이니 최고 학벌이었고 입사 후 바로 기조실에 배치되어 작년에 과장이 되었다. 그러나 입사 기수로 따지면 조철봉의 3년 후배였고 진급은 2년 빠른 셈이다. 창밖으로 시선을 둔 은영이 팔짱을 끼고 섰다. 방어적인 동작이다. 대개 사람들은 둘이 있을 때 무의식중에 몸으로 말을 한다. 이런 태도를 통해 조철봉은 상대의 상태를 짐작할 수 있었다. 이 여자는 지금 경계하고 있는 것이다.

"제가 조 과장님하고 한 팀이 돼서 일을 할 수는 없을까요?"

가라앉은 목소리로 은영이 말했을 때 조철봉은 퍼뜩 시선을 주었다. 은영의 귀가 바로 눈앞에 있었다. 아담했고 귓불이 탐스러웠다. 그리고 짧은 머리칼 뒤쪽의 목에 솜털이 보송보송 돋아나 있다. 시선을 느낀 은영이 조철봉을 보았다.

둘의 눈동자에는 상대방의 얼굴이 박혀 있다. 은영은 맑은 눈에 콧날이 조금 치켜졌지만 전체적으로 밝고 또랑또랑한 인상이다.

"안 되겠는데."

시선을 그대로 둔 채 조철봉이 말했다.

"나한테 전혀 도움이 되지 않을 것 같아서 말이오."

"물론 실적은 조 과장님 혼자서 올리시는 걸로 됩니다."

"글쎄, 방해가 된다니까요."

조철봉이 이맛살을 찌푸렸다.

"왜 하필 납니까? 김 과장도 있지 않습니까? 대리급도 있고."

"본사에서부터 체크하고 왔어요. 소장님 허락도 받았고."

"소장 지가 뭔데? 내 실적을 책임져준다고 합디까?"

"부탁합니다."

팔짱을 푼 은영이 조철봉에게 머리를 숙였다.

"본사 방침이고 이미 컨펌이 된 상황입니다."

"제길."

조철봉이 눈을 부릅떴다.

"혹시 내가 따먹은 여자가 본사에다 진정서를 낸 거 아뇨?"

"그런 거 없어요."

"내가 문제가 많아서 그런 거요?"

"오히려 A급으로 평가되어 있습니다. 그래서 제가 배우려는 거예요."

꾹 다문 입 사이로 신음 소리를 뱉어낸 조철봉이 은영을 노려보았다.

"또 다시 여난이 닥쳐왔군."

"조수로 생각하시고 일을 시켜주세요."

"빌어먹을."

손목시계를 내려다본 조철봉이 몸을 비스듬히 돌렸다.

"난 지금 어머니를 만나고 올 테니까 그동안 내 전화나 받아줘요."

"네."

은영이 환하게 웃었으나 조철봉은 정색했다.

"여자 전화는 친절하게 받고 남자 전화는 메모하지도 마요."

서둘러 다가온 조철봉이 앞에 앉자 김부용이 눈을 흘겼다.

"시간 좀 지켜."

"누가 잡는 바람에."

메트로호텔의 커피숍은 항상 한산한 데다 4시 반이어서 어중간한 시간이다. 손님이 세 테이블에만 있어도 부용은 구석자리에서 기다렸다. 곧 다가온 종업원에게 커피를 시키고 난 부용이 조철봉을 보았다.

"내일 황수남이 납치될 거야."

"누구한테?"

긴장한 조철봉이 묻자 주위를 둘러 본 부용이 목소리를 낮췄다.

"아진 회장의 부하들한테."

"아진 회장이 누군데?"

"당신은 몰라도 돼. 주먹깨나 쓰는 사람이야."

"그럼 그놈이 선수를 친 건가?"

"결국 돈 갖게 되는 사람이 이기는 거지."

부용이 반들거리는 눈으로 조철봉을 보았다.

"내가 황수남을 어디로 데려갈지도 다 알고 있어."

"아니, 어떻게?"

"내가 회장 부하들을 지휘해서 황수남을 족칠 테니까 말이야."

"으으음."

조철봉이 탄성 같은 신음을 뱉었을 때 종업원이 다가와 커피를 내려놓았다. 커피 잔을 든 부용이 종업원의 뒷모습을 보며 말했다.

"아진 회장은 황수남과 친한 사이라 나타나지 않고 내가 나서는 거지."

"그럼 김 마담만 걸려들 것 아냐?"

"난 일본으로 도망치기로 되어 있어."

"다 뒤집어쓰고 말이지?"

"하지만 뒤가 구린 돈이라 황수남이 신고를 안 할지도 몰라."

"어쨌든 이용만 당하는군그래. 얼마를 받기로 했는데?"

오석규가 했던 것처럼 손가락 하나를 펴 보인 부용이 쓸쓸하게 웃었다.

"10억. 그리고 매달 생활비를 일본으로 보내 준다는군."

"나쁜 놈. 도대체 어떤 놈이야, 그놈이?"

묻긴 했지만 조철봉은 더 추궁하지 않았다. 오석규에 대해서는 이미 다 알고 있는 것이다. 부용이 털어놓지 않는다면 시치미를 떼고 있는 것이 낫다. 부용이 다시 입을 열었다.

"내일 아진 회장의 부하들이 황수남을 납치할 때부터 작전이 시작될 거야. 정신 바짝 차려야 돼."

"그렇군."

"미사리로 들어가면 오른쪽에 극동모텔이 있어. 한적한 곳이야. 나하고 황수남은 그곳에 오후 4시까지 들어갈 거야."

그러고는 부용이 입술을 일그러뜨렸다.

"4시 반에 남자들이 덮칠 것이고, 몇 명인지는 나도 몰라."

"황수남과 약속했어?"

"조금 전에, 아진 회장하고도 말 맞췄고."

"으으음."

조철봉이 다시 신음했다. 작전을 지휘하는 것은 부용인 것이다. 이런 자세라면 오석규가 부하들을 붙여 능히 일을 맡길 만했다. 부용과 헤어진 조철봉이 영업소로 돌아왔을 때는 저녁 7시 반이었다. 조철봉의 책상 옆에 빈 책상을 붙여놓고 앉아 있던 이은영이 눈웃음을 쳤다.

"어머니 만나셨어요?"

"아, 예."

직원들이 모두 있는 데다 뒤쪽에 있던 장정수가 눈썹까지 곤두세운 얼굴이어서 조철봉은 정색을 했다.

"하영옥 씨란 분한테서 전화가 왔었어요. 휴대전화가 꺼져 있다면서."

조철봉이 머리만을 끄덕이자 이은영이 그에게로 상반신을 기울였다.

"오늘 저녁에 한잔하실래요? 제가 살 테니까."

눈만 껌벅이는 조철봉을 향해 이은영이 웃었다.

"같은 팀이 된 기념으로."

곱창 안주에다 소주를 시키고 나서 이은영이 머리를 기울이며 조철 봉을 보았다.

"무슨 고민 있어요?"

"아니, 별로."

조철봉이 술병을 들어 잔을 채웠다. 논현동 골목의 좁은 식당 안은 저녁 손님들로 혼잡했고 고기 굽는 연기가 가득 차 있었다.

"조 선배는 꿈이 뭐예요?"

어느덧 은영은 조철봉을 선배라고 부르고 있었다.

"꿈이라면 크로나를 이번 행사기간 동안 백 대쯤 파는 것이지."

"우리 까놓고 말합시다."

술잔을 든 은영이 피식 웃었다.

"조 선배는 다른 꿈이 있는 것 같아."

"속단하지 마라. 난 평범한 영업사원이야."

"과연 그럴까요?"

한 모금에 막소주를 삼킨 조철봉이 정색하고 은영을 보았다. 아직 서로간의 긴장은 풀리지 않았다. 은영의 눈빛을 보면 알 수 있는 것이다.

"나에 대해서 얼마나 조사했어?"

이제 조철봉은 거침없이 말을 놓았는데 은영도 자연스럽게 받아들인다.

"약간."

은영이 엄지와 검지를 붙여 내밀었다.

"조 선배가 굉장한 수완가라는 것, 그리고."

"그리고?"

"대단히 위험한 성품이라는 것."

"소장이 그렇게 보고했나?"

"기조실에서 인사고과를 볼 수는 없어요."

"그럼 내통자가 있군."

먹음직스럽게 익힌 곱창안주가 왔다. 조철봉은 다시 술을 삼키고는 안주를 씹었다. 얼마든지 가능한 일이었다. 본사 비서실에서는 간부사원의 사생활에 대한 기록도 보관하고 있다. 기조실에서만 6년을 지낸 은영은 마음만 먹는다면 비서실 자료를 볼 수 있는 위치였다.

"참 신기했어요. 조 선배는 실적의 90%를 여자 고객으로 채웠더군요."

"모두 내 코에 혹한 거지."

그러고는 조철봉이 눈을 치켜떴다.

"차를 사준 여자 고객에게는 무료 봉사를 해주고 있어. 코피가 만날 터진다구.”

“난 이번 행사기간이 끝나면 영업 전략에 대한 보고서를 제출해야
돼요.”

은영이 정색하고 말을 이었다.

“그래서 본사에서 조사한 다음에 조 선배를 협조 대상으로 정하고
서초영업소에 온 것입니다.”

“그럼 보고서에 이렇게 써.”

조철봉도 정색하고 은영을 보았다.

“첫째로 연장이 12기통 엔진처럼 강해야 할 것. 마력 수는 높을수록
좋아.”

입맛을 다신 은영이 시선을 내렸으나 조철봉이 손을 휘저으며 말을
이었다.

“연장의 지구력도 중요해. 10시간쯤 최고속도로 달려도 꺼지지 않아
야 된단 말이지.”

“조심하셔야 돼요.”

술병을 든 은영이 조철봉의 잔에 술을 채웠다.

“조 선배는 자포자기한 사람같이 보이다가 때론 무슨 음모를 꾸미는
것처럼 느껴져요.”

“미친놈 같다고는 생각하지 않았나?”

“매력도 있어요.”

눈웃음을 친 은영이 소주를 한 모금 삼켰다.

“그래서 여자 고객이 많은 건가?”

“나한테 같이 자자고는 하지 마라.”

의자에 등을 붙인 조철봉이 눈을 가늘게 뜨고 은영을 보았다.

"요즘은 엔진 오일을 너무 자주 갈아주었더니 지쳤어."

가늘게 뜬 시야 안으로 들어온 은영의 두 볼은 발갛게 상기되었고 입술은 붉다. 불끈 성욕을 느낀 조철봉이 피식 웃었다. 내일은 거사 날이다. 몸을 정갈하게 간수해야 하는 것이다.

오석규의 벗은 몸을 보면 김부용은 언제나 달아올랐다. 스스로도 이상하다고 느껴질 만큼 그의 알몸을 본 순간부터 몸이 뜨거워지는 것이다. 석규는 40대였지만 군살이 없는 근육질의 체격이었다. 배와 가슴, 그리고 한쪽 어깨에 긴 칼자국이 나 있었는데 그 부분은 검붉은 색이었다. 알몸의 석규는 거침없이 다가오더니 침대 시트를 들치고 부용의 옆에 누웠다.

"황수남의 스타일은 어때?"

어깨를 안으면서 석규가 묻자 부용이 퍼뜩 시선을 들었다.

"뭐가 말이야?"

"섹스 말이지 뭐긴 뭐야?"

부용이 석규의 팔을 뿌리치고 상반신을 일으켰다. 젖가슴이 다 드러났다. 알맞게 솟은 젖가슴에 젖꼭지는 건포도만 했다.

"날 뭘로 보고 그런 말을 해?"

쨍쨍한 목소리로 묻자 석규가 손을 뻗어 부용의 허리를 감았다.

"다 알아. 네가 황수남 만나서 모텔 간다는 걸. 어느 모텔인가도 말해주랴?"

"봐. 이거."

하지만 부용은 석규가 허리를 당기는 바람에 비스듬히 안겨왔다.

"내가 다 이해하고 있어, 인마."

석규의 몸이 덮치면서 입술이 곧 부용의 젖꼭지를 빨아 세웠다.

"마누라 물장사 시키자면 할 수 없는 일이지."

부용은 아직 석규의 어깨를 두 팔로 밀고 있었지만 점점 힘이 약해졌다. 그러고는 석규의 입술이 아랫배를 지나 밑으로 내려오면서부터 엷은 신음을 뱉었다. 석규와의 섹스에는 언제나 만족했던 터라 부용의 가슴은 흥분과 기대감으로 뛰었다. 성의 쾌락을 알고는 있었으나 석규를 만난 후부터 부용은 다시 태어난 느낌이었다. 마음이 통하지 않아도 섹스만으로 완벽한 쾌감을 느끼게 된다는 것을 석규를 통해 알게 된 것이다. 석규는 의식적으로 전희를 오래 끌지 않았다. 딱 적당한 시간에 진입하여 마치 가려운 곳을 긁어주는 듯이 부용의 몸을 굴렸는데 그 모든 순간에 부용은 전율했으며 환성을 질렀다. 그런데 오늘 밤의 석규는 달랐다. 강약을 조절하지 않고 자꾸 강하게만 밀어붙였으며 의도적으로 오래 끌려는 기색이 드러났다.

"그만 해. 나 했어."

마침내 땀으로 범벅이 된 부용이 석규의 가슴을 밀었다.

"나 이러다가 죽겠어."

그때서야 석규는 신음 소리를 뱉더니 몸을 굳혔다. 부용은 탄성 대신 긴 숨을 뱉었다. 몸을 굴려 옆으로 엎어진 석규가 손을 뻗어 담배를 집더니 헐떡이며 말했다.

"황수남은 은행도 믿지 않는 놈이야. 그래서 돈이나 증권을 모두 집에 있는 금고에 보관하고 있어."

담배에 불을 붙인 석규가 연기를 거칠게 뿜어냈다.

"집에는 식구가 다섯이 있다. 마누라하고 자식 셋 거기에다 가정부까지."

"그럼 어떻게 해?"

"황수남을 집으로 데려가야지."

"어떻게?"

"밴에다 싣고 가면 돼. 집 안으로 들어가면 애들이 다 알아서 할 거다."

"몇 명이 가는데?"

"네 명. 너까지 다섯이다."

그러더니 석규가 부용의 입에 담배를 물려주었다. 이것도 처음 있는 일이다. 부용이 담배 피우는 것을 알고 있었지만 석규는 제 앞에서 피우는 것을 극도로 싫어했던 것이다. 담배 연기를 천장에 뿜어낸 부용이 가라앉은 목소리로 물었다.

"자기는 그동안 어디 있을 거야?"

"난 골프 할 거야."

알리바이를 확보하려는 것이다.

"시설은 좋군."

특실로 들어선 황수남이 주위를 둘러보더니 얼굴이 조금 펴졌다. 방은 특급호텔 수준보다 좋았다. 흠이 있다면 조금 야한 느낌이 든다는 것 뿐이다.

천장은 유리로 모자이크 된 남녀의 그림으로 현란했고 구석에는 러

닝머신까지 있었다. 이곳저곳을 둘러보던 수남이 냉장고 옆의 커피포트 앞에 섰을 때는 찜찜한 기분이 완전히 풀어진 듯 눈을 가늘게 뜨고 웃었다.

"도대체 이런 곳을 어떻게 개발한 거야?"

"애들한테 말로만 들었다니까요. 정말 웃기는 곳이네, 그죠?"

따라 웃은 부용이 화장실 문을 열더니 놀란 듯 목소리를 높였다.

"어머나, 사우나까지 있네. 봐요."

"어, 그래?"

서둘러 다가온 수남이 부용을 밀치고 화장실 안으로 들어섰다.

"이야, 이 자식들, 아주 완전하게 벗겨먹을 작정을 했구나."

넓은 화장실 안의 사우나로 다가간 수남은 문을 열었다.

"어이구, 이거 사우나부터 해야겠다. 그러고 나서 한숨 자면 확 풀리겠군."

그때 몸을 돌린 부용은 잠겨 있던 문고리를 풀고 TV 앞의 소파에 앉았다. TV세트 밑에 부착된 전광 시계가 오후 4시 35분을 가리키고 있었다. 계획보다 5분 늦었다. 수남이 붉은 얼굴로 화장실을 나왔을 때 부용은 그의 뒤쪽 문이 열리면서 사내들이 쏟아져 들어오는 것을 보았다. 사내들은 기다리고 있었던 것이다.

"어머나!"

눈을 크게 뜬 부용이 벌떡 자리에서 일어섰다. 그 순간 수남이 몸을 돌렸다가 사내들이 밀치는 바람에 앞으로 엎어졌다.

"당신들 누구야?"

부용이 소리쳤을 때 사내 하나가 다가와 손바닥으로 입을 틀어막았다.

"이년아, 가만있어."

그러나 손바닥은 덮는 시늉만 했을 뿐이다. 그사이에 수남은 엎어진 채 두 손과 다리가 묶였고 입에는 타월로 재갈이 물렸다.

"저년도 묶어."

지휘자로 보이는 스포츠형 머리가 치켜뜬 눈으로 부용을 가리켰다.

"저년도 데려간다."

미사리 극동모텔은 외진 곳에 있는 데다 손님의 비밀을 보장해 준답시고 5층 건물에 엘리베이터가 4개나 있다. 손님들끼리 마주치는 어색함을 덜어주기 위한 것이다.

거기에다 입실할 때만 프런트에서 키를 받아갈 뿐 퇴실할 때는 키를 엘리베이터 안의 바구니에 넣거나 주차장에 비치된 바구니에 던져 놓으면 된다. 먼저 사내들에게 둘러싸인 수남이 손과 입을 묶이고 막힌 채 밖으로 끌려 나갔을 때 부용은 사내 하나와 방에 남았다.

"너무 세게 묶었어, 다시 묶어."

부용이 묶인 손을 내밀자 사내가 멋쩍게 웃었다.

"미안합니다. 쇼를 확실하게 하려고."

사내가 손을 다시 묶는 동안 부용이 초조한 표정으로 물었다.

"회장님은 어디 계셔?"

"저희들은 모릅니다."

"연락은 할 것 아냐?"

"예, 하지만 어디 계신지는."

그때 사내의 주머니에서 벨소리가 났다. 둘은 말을 그쳤다. 휴대전화를 꺼내 귀에 붙인 사내가 금방 통화를 끝내더니 부용을 보았다.

"밴에 실었답니다. 자, 가시죠."

부용은 실크 머플러로 묶인 손을 덮고 일어섰다. 입의 재갈은 지하차고로 내려갔을 때 밴의 뒤쪽에서 묶으면 될 것이었다.

밴의 뒷좌석에 기대앉은 부용은 핸드백에서 담배를 꺼내 물었다. 차고 안은 조용해서 자신의 숨소리까지 들렸지만 바로 머리 위에서는 긴박한 상황이 벌어지고 있을 것이었다. 담배 연기를 내뿜은 부용은 손목시계를 보았다. 7시 10분 전이다. 논현동 황수남의 저택 차고에 들어왔을 때가 6시 50분이었으니 20분이 지났다. 오석규는 역시 용의주도한 사내였다.

만일의 경우에 대비하여 지금쯤 여럿과 함께 있으면서 알리바이를 확보해 놓는 한편으로 부하들과 자신을 서로 감시하게 만들고 있는 것이다. 부용이 다시 손목시계를 보았을 때 안채로 통하는 문이 열리면서 어깨에 자루를 멘 사내가 차고로 들어섰다. 금고를 연 것이다. 사내 하나가 또 들어서자 부용은 밴의 문을 열었다.

"연 모양이네."

자루를 내려놓는 사내에게 부용이 환한 얼굴로 물었다.

"많이 들어 있어?"

"현금과 수표, 달러까지 합하면 자루 스무 개도 모자랄 것 같습니다."

두 번째 자루를 내려놓던 사내가 대답했다.

"은행 금고 같아요. 엄청납니다."

준비해간 자루는 스무 개다. 사내들이 차고를 나갔을 때 부용은 심호흡을 했다. 황수남은 소문대로라면 성화 주식으로 300억 원이 넘는 차익을 챙겼다. 집 안 금고에 반만 넣어 놓았다고 해도 150억 원이 되는 것이다. 사내들은 바쁘게 움직였다.

네 명의 사내 중에서 두목인 스포츠머리가 감시를 하고 붕어눈이 금고의 돈을 쓸어 담으며 서열이 낮은 둘이 돈 자루를 나르게 되어 있다. 그리고 부용은 차를 지킨다. 밴도 출발하기 수월하도록 입구 쪽으로 돌려놓았으니 차고 문만 열면 떠날 수 있다. 사내들은 처음에는 같이 왔지만 차츰 간격이 벌어지면서 불규칙해졌다. 밴에 자루가 16개 놓였을 때 부용이 사내에게 물었다.

"몇 개나 남은 것 같아?"

"네 개쯤요. 방 하나를 아예 금고로 만들어서요. 벽으로 위장되어 있어서 밖에서는 표시도 나지 않습니다."

지쳤지만 눈에 생기를 띤 사내가 보여주고 싶다는 얼굴로 말했다. 그때 다른 사내가 자루를 들고 차고로 들어섰다.

"앞으로 대여섯 개 남았다."

자루를 내려놓은 사내가 이제는 긴장이 풀린 듯 묻지도 않았는데 말했다.

"두 번씩만 더 오면 돼."

사내들이 다시 차고를 나갔을 때 부용은 밴에서 내렸다. 그러고는 문으로 다가가 안에서 열쇠를 채운 다음 옆쪽 벽에 부착된 버튼을 눌렀다. 그러자 차고의 바깥문이 천천히 올라가기 시작하면서 바깥 골목이 드러났다. 가로등이 비치는 골목길은 한산했다. 문이 다 올라갔을 때였다. 문 오른쪽에서 사내 하나가 미끄러지듯이 안으로 들어섰다. 불빛에 비친 사내는 조철봉이었다.

"어서."

운전석 옆쪽 문을 열면서 부용이 서두르듯 말했다. 조철봉이 재빨리 운전석에 오르더니 꽂힌 키로 시동을 걸고 나서 핸드브레이크를 풀었다.

"차가 괜찮은데."

차고를 나와 오른쪽으로 핸들을 꺾으면서 조철봉이 말했으나 긴장을 풀려는 허세여서 목소리가 딱딱하게 굳어 있었다. 30미터쯤 골목을 서행하고 나서 다시 우회전했을 때 길은 2차로로 넓어졌다. 가속기를 밟은 조철봉은 백미러를 보았다.

"강도의 물건을 훔쳐도 죄가 되는 건가?"

이제 조철봉의 목소리는 조금 풀렸고 부용은 대답 대신 크게 숨을 뱉었다.

"우회전 해."

수원 인터체인지를 지나 시내 쪽으로 2킬로미터 넘게 달렸을 때 부용이 네거리를 가리키며 말했다. 톨게이트를 빠져나오는 데만 한 시간이 걸리는 바람에 9시가 되어가고 있었다. 네거리에서 우회전을 한 조철봉은 2차로 도로 양쪽에 늘어선 신축 건물들을 보았다.

"10분쯤만 더 가면 돼."

조철봉의 분위기를 알아챈 듯 부용이 가라앉은 목소리로 말하더니 힐끗 시선을 주었다.

"우리 손발이 잘 맞았어, 그지?"

"지금까지는."

황수남의 저택 차고의 문이 열리기를 기다리는 30분 동안은 입안의 침이 다 말랐고 간이 졸아드는 느낌이었다. 거기에다 6시부터 골목 건너편에서 대기하고 있었던 터라 기다린 시간은 한 시간 반이나 된다.

"내가 제일 걱정했던 건 그놈들이 차 키를 뽑아가는 것이었어. 그때는 꼼짝할 수가 없었을 테니까."

부용의 목소리가 밝아졌다. 차가 밀려서 톨게이트를 빠져나오는 한 시간여 동안 부용은 긴장해서 거의 입을 열지 않았다.

"그리고 두 번째는 차에 한 놈이 남아있지나 않을까 하는 것이었는데 돈 자루가 스무 개가 넘는다는 말을 듣고 마음을 놓았지."

"그래도 난 긴가민가했어."

앞쪽을 바라본 채 조철봉이 말했다.

"차를 지키는 일을 맡았다고는 했지만 감시를 벗어나기가 쉽지 않을 것 같아서 말이야."

"기회를 노리는 사람한테는 얼마든지 그 기회가 오는 법이야."

"대단해, 당신은."

"날 우습게보았어, 오석규가."

정색한 부용이 혼잣말처럼 말했지만 조철봉은 알아들었다. 그러나 못들은 체 뒤쪽의 백미러를 보았다.

"어쨌든 엄청난 돈이야. 저것이 쌀가마라고 해도 든든할 텐데 다 돈이라니."

"황수남은 신고도 못해. 그리고 오석규도."

이번에는 발음도 또렷했으므로 조철봉이 부용에게로 시선을 돌렸다.

"오석규가 누구야?"

117

"아진 회장, 이번 작전의 지휘자."

자르듯 말한 부용이 손을 들어 우측의 샛길을 가리켰다.

"다 왔어. 샛길로 들어가."

밴이 샛길로 우회전하자 앞쪽 일차선 도로 양쪽에 신축 중인 건물들이 을씨년스럽게 나타났다. 어두웠다, 가로등도 없었다.

"저기 왼쪽 흰 건물로 들어가."

라이트에 비친 흰색 3층 건물은 외벽에 흰 타일을 붙였으나 아직 창도 달지 않고 건축자재가 앞쪽에 수북하게 쌓여 있었다. 건물의 마당에 들어섰을 때 조철봉은 안쪽에 주차되어 있는 트럭을 보았다. 뒤에 탑이 씌워진 1.5t짜리였고 옆에는 냉동회사 상표가 붙어 있다.

"저 차에다 옮겨 실어야 돼."

밴을 바짝 붙여 세웠을 때 부용이 억양 없는 목소리로 말했다.

"아마 지금쯤 오석규가 사람을 사방에다 풀어놓았을 거야."

"제법 용의주도하군."

밴의 라이트와 엔진을 끈 조철봉이 어둠 속에서 이만 드러내며 웃었다.

"해산물 냉동 트럭이라니."

"여기 키 있어."

부용이 키를 내밀었다.

"이거 옮겨 싣는 데 힘깨나 들겠군."

차에서 내린 조철봉은 트럭으로 다가가 키를 꽂았다. 그때였다. 옆쪽 건물의 그늘에서 인기척이 들리더니 다가오는 사내의 윤곽이 드러났다. 그리고 그 옆에 또 있다. 모두 세 명이다.

다가선 사내들은 조철봉을 둘러쌌다.

"당신들 누구야?"

트럭에 등을 붙인 조철봉이 물었으나 대답 대신 사내들은 바짝 다가섰다. 그 긴박한 순간에 조철봉은 앞쪽에서 울리는 엔진 소리를 들었다. 다음 순간 라이트가 켜졌으므로 미간을 좁혔다. 부용이 차를 움직이는 것이다.

"야, 이것 봐."

조철봉이 버럭 소리친 순간이었다. 옆쪽에서 날아온 주먹이 조철봉의 뺨을 스치고 트럭의 철판을 쳤다.

"아이고."

사내가 앓는 소리를 질렀을 때 조철봉의 발끝이 옆쪽 사내의 사타구니를 차 올렸다. 묵직한 촉감과 함께 목구멍으로 헛바람 소리를 뱉으며 사내가 온몸을 오그렸다. 그러나 그 순간 반대편 사내가 내려친 쇠뭉치가 조철봉의 어깨를 쳤다.

"으윽."

저도 모르게 신음을 뱉은 조철봉은 온몸을 던지듯이 사내에게로 덮쳐갔다. 막 다시 쇠뭉치를 치켜들었던 사내는 눈을 부릅떴지만 늦었다. 조철봉의 이마에 콧잔등을 정통으로 박힌 사내가 뒤로 벌떡 넘어졌다.

"이 새끼."

그 순간 조철봉은 뒤쪽에서 울리는 비명 같은 고함소리를 들었다. 아직 중심을 잡지 못한 상태였으므로 조철봉은 비틀려던 몸을 아예 땅바닥으로 굴렸다. 그 순간 등에서 얼음을 댄 것 같은 느낌이 왔다. 칼에 베인 것이다. 몸을 굴린 조철봉은 손바닥으로 땅을 훑어 벽돌 한 장을 쥐었다. 그러고는 바짝 다가와 칼끝을 겨눈 사내의 면상을 향해 내던졌다.

"아이고!"

1미터도 안 되는 거리여서 벽돌에 얼굴을 맞은 사내가 떠나갈 듯한 비명을 지르며 주저앉았을 때였다.

"형님!"

뒤쪽에서 외치는 소리가 울렸다. 그러나 몸을 일으킨 조철봉은 다시 땅바닥에서 벽돌 하나를 집어 들고는 아직 꿈틀대는 사내 하나에게로 다가가 어깨를 내리찍었다.

"아이고오!"

이번의 비명은 겁에 질려 있었다.

"아이고!"

다시 두 번째 사내의 무릎에 벽돌을 내리쳤을 때는 자지러지는 소리가 났다.

"형님!"

헐떡이며 다가선 사내는 최갑중이다. 그는 손에 길이가 1미터쯤 되는 쇠파이프를 치켜들고 있었는데 쓰러진 세 사내를 두 번이나 훑어보다가 늘어뜨렸다. 세 명 모두 늘어져 있었기 때문이다.

"저년은 아직 차에 있습니다."

갑중이 소리쳤다. 조철봉은 시선을 입구 쪽으로 옮겼다. 그곳에 밴이 세워져 있었다. 아직 라이트를 켜고 있어서 입구를 가로막고 있는 5톤 이삿짐 트럭이 환하게 드러났다. 밴은 트럭에 가로막혀 나가지 못한 것이다.

"어, 형님, 다치셨는데."

다가선 갑중이 놀라 말했을 때 조철봉은 갑중의 손에서 쇠파이프를 빼앗아 쥐었다. 조철봉이 밴으로 다가갔을 때 선팅이 된 운전석은 보이지 않았다. 그러나 아직 엔진은 켜져 있었고 밴의 라이트는 이삿짐 트럭의 차체에 바짝 붙어서 밀고 나갈 태세였다. 조철봉은 쇠파이프로 운전석 옆쪽의 유리창을 내리쳤다. 세 번째 내리쳤을 때 유리창이 하얗게 부서지면서 떨어져 버렸고 막 옆쪽으로 몸을 비키는 부용의 모습이 드러났다. 조철봉은 문의 고리를 풀고는 안으로 들어가 후진 기어를 넣었다.

"야, 차를 안으로 끌고 와."

다가온 갑중에게 소리쳐 말한 조철봉은 밴을 맹렬히 후진시켰다. 밴이 건물 바로 앞에서 멈췄을 때 조철봉이 부용을 보았다.

"넌 기회를 놓치고 똥 잡았어."

국도를 달리던 이삿짐트럭이 다시 용인 근처에서 샛길로 들어섰을 때는 밤 12시가 되어갈 무렵이었다.

"형님, 괜찮으시겠어요?"

운전석에 앉은 갑중이 몇 번째인가 다시 물었을 때 조철봉은 머리만 끄덕였다.

그러나 어깨는 부어올랐고 칼에 베인 등에서는 피가 번져 나와 끈적였다. 포장도 되어 있지 않은 산길을 3킬로쯤 달린 트럭은 작은 야산 기슭의 민가 앞에서 멈춰 섰다. 주위에는 풀숲만 무성한 데다 골짜기 쪽에 박혀 있는 외딴집이다. 그리고 불도 켜지 않아서 마치 흉가 같았다. 차에서 내린 갑중이 대문을 열어 젖혔다. 조철봉은 마당 안으로 주차시켰다.

"자, 내려."

조철봉이 꼼짝하지 않고 앉아 있는 부용에게 말했다. 그는 이곳까지 부용을 끌고 오면서 한 마디도 하지 않았다. 부용이 차에서 내렸을 때 조철봉은 입술 끝을 비틀고 말했다.

"역시 대단하군. 한 마디도 변명을 하지 않는구나."

민가는 단층 시멘트 건물로 집 안이 어수선했지만 전기는 들어왔다. 응접실이 넓었고 방이 다섯 개나 되어서 꽤 공을 들여 지은 집이었다.

"어이구, 형님, 많이 다치셨네."

밝은 불빛에 비친 조철봉의 등을 본 갑중이 질겁하면서 다가왔다. 그러고는 너덜거리는 셔츠를 찢어냈다.

"우선 소독을 해야."

갑중이 주위를 두리번거리자 부용이 서둘러 주방 쪽으로 다가갔다. 조철봉의 등은 어깨 밑에서 허리까지 비스듬히 베였고 아직도 피가 배어나오고 있었던 것이다.

"이거 꿰매야겠는데."

"깊게 벤 것 같지는 않아. 우선 닦고 상처를 묶어야겠다."

"피를 많이 흘렸어요."

"안 죽어."

그때 부용이 물에 적신 수건을 가져오더니 말없이 조철봉의 상처 주위를 닦았다. 조철봉이 머리를 들고 갑중을 보았다.

"이 여자가 다시 날 죽이지는 못 하니까 넌 자루나 날라."

"어, 독한 년."

다시 화가 치밀어 오르는 듯 부용에게 눈을 치켜떠 보인 갑중이 몸을 돌렸다.

"그 놈들 셋은 물론 밴에 돈 자루가 가득 실려 있다는 건 모르고 있었 겠지?"

앞쪽을 바라본 채 조철봉이 묻자 부용의 손길이 조금 늦춰졌다.

"날 뭘로 봐? 그놈들은 당신이 냉동차 운전사인 줄로만 알아."

"냉동차 운전사를 죽이라고 청부한 거냐?"

"죽이라고는 안 했어. 사기꾼이니까 데려가 혼 좀 내라고 했지."

"그 사이에 너 혼자서 자루를 냉동차에 옮겨 싣고 튈 작정이었어?"

"20분이면 돼."

"그 사이에 내가 놈들을 설득해서 돌아온다면?"

"그럴 리가."

"무조건 패 죽이라고 했겠군. 어떤 말도 듣지 말고 말이야."

그때 상처를 다 닦은 부용이 마른 헝겊으로 상처를 덮으며 물었다.

"당신도 배신할 작정이었어. 트럭을 그곳으로 끌고 온 걸 보면 말 이야."

"물론이지."

상처가 아픈지 허리를 움찔거린 조철봉이 이 사이로 말했다.

"네가 오후 2시에 냉동트럭을 그곳에 갖다 놓은 것까지는 이해할 수 있었지."

몸을 돌린 조철봉이 부용을 정색하고 보았다.

"하지만 그놈들을 그동안 두 번이나 만나 수군댄 것이 수상쩍더란 말이야."

자루를 다 옮긴 최갑중이 응접실로 들어서면서 싱글벙글 웃었다.

"현금 뭉치만 있는 것이 아닙니다, 형님. 소액권 수표가 다발로 묶여 있어서 수백억입니다."

갑중의 시선이 소파의 구석에 앉은 부용에게로 옮겨졌다.

"자, 이년만 처리하면 되겠습니다."

그때 부용이 조철봉을 보았다.

"오석규도 알고 있었지?"

조철봉이 눈을 크게 뜨자 부용은 희미하게 웃었다.

"날 조사했으면 오석규가 배후라는 것을 모를 리가 없지."

"그래서 어쨌다는 거야?"

"오석규가 가만있을 것 같아?"

"널 찾겠지, 나는 아냐."

"날 찾으면 어떻게 되겠어?"

그 순간 조철봉과 갑중의 시선이 마주쳤다. 그러나 대답은 갑중이 했다.

"널 찾지는 못해, 왜냐 하면 죽어서 땅에 묻혀 있을 테니까."

조철봉은 부용의 옆얼굴만 똑바로 보았다. 그때 부용이 흰 이를 드러내고 웃었다.

"당신들은 살인까지 할 만큼 막돼먹지는 않았어."

"얼씨구."

열이 뻗친 갑중이 눈을 부릅떴다.

"이년아, 돈 몇백 가지고도 살인이 나는 세상이여, 이건 몇백억이란 말이다."

"내가 오석규를 배신할 때 대책도 세우지 않았을 것 같아?"

그러고는 부용이 옆에 놓았던 핸드백을 잡더니 안에서 소형 녹음기를 꺼냈다. 녹음기를 탁자 위에 내려놓은 부용이 버튼을 눌렀다.

"황수남에게 배후가 있지만 아직 누군지는 알 수 없어, 하지만 막강한 놈일 거야."

갑자기 녹음기에서 굵은 사내의 목소리가 울리자 조철봉과 갑중은 긴장했다.

다시 사내의 말이 이어졌다.

"어떤 놈인지는 알 필요가 없지. 큰 몫은 황수남이 쥐고 있으니까."

그러자 곧 부용의 목소리가 울렸다.

"현금으로 갖고 있을까?"

부용이 녹음기의 빨리가기 버튼을 누르고 난 뒤, 다시 시작버튼을 눌렀다.

"애들 시켜서 그놈을 납치하는 거지. 그 방법이 제일 간단해."

사내가 거친 목소리로 말했을 때 부용이 멈춤 버튼을 눌렀다.

"이게 내 보험이야."

정색한 부용이 조철봉을 보았다.

"이 테이프 사본을 오석규한테 보내면 돼. 가만있지 않으면 이걸 사방에다 뿌리겠다고 할 거야."

"으음."

갑중이 먼저 감탄 같은 신음을 뱉더니 조철봉을 보았다.

"형님, 아주 지독한 여우구만요."

"넌 어떻게 할 계획이었어?"

상체를 반듯이 세운 조철봉이 표정 없는 얼굴로 물었을 때 부용은 다시 희미하게 웃었다.

"돈을 달러로 바꾼 다음에 애 데리고 프랑스로 갈 작정이었지. 물론 사건이 잠잠해질 때까지 기다려야 하겠지만."

"너 혼자서?"

"난 아무도 믿지 않아."

정색한 부용이 머리를 저었다.

"당신과 마찬가지로."

"얼마 필요하냐?"

조철봉이 묻자 부용은 놀란 듯 눈을 크게 떴다. 그러더니 곧 시선을 내렸다.

"실패했으니 20억만 줘. 내가 테이프까지 줄 테니까. 그 돈이면 애 데리고 외국 나가서 충분히 살 수 있어."

"30억을 주지."

손가락 셋을 펴 보인 조철봉이 웃었다.

"난 저 돈으로 치부할 생각은 없다."

"어디 아프세요?"

다가선 이은영이 물었을 때 조철봉은 반걸음쯤 물러섰다. 영업소의 복도에는 오가는 사람들이 많았다.

그들은 벽 쪽으로 붙어 섰다. 오전 9시 반, 영업소장 주재의 회의를 막 마친 참이다.

"아니, 별로."

"안색이 창백해요."

"피곤해서 그런가 본데."

손바닥으로 뺨을 쓸어본 조철봉이 은영을 보았다. 이틀 동안을 출장으로 보고하고 오늘 출근한 것이다.

"그동안 별일 없었지?"

"여자 몇 명한테서 전화가 왔었어요. 책상 위에 메모해 놓는데."

"그건 보았고."

조철봉이 은영의 검은 눈동자를 똑바로 보았다. 여자의 눈빛만으로 자신에 대한 호불호(好不好)를 읽어낼 수 있다고 자신해온 조철봉이다. 그러나 은영의 반짝이는 눈동자를 보면 먼저 정신부터 산만해졌다. 드문 경우이다. 감시자라는 선입견이 있기 때문인가? 등을 온통 붕대로 감고 있는 터라 조철봉은 벽에서 비스듬히 섰다.

"나, 외출을 해야겠는데. 구매자를 만나려고 말이야."

"같이 가요."

은영이 정색했다.

"오늘은 같이 가야겠어요."

은영의 시선을 받은 조철봉이 풀썩 웃었다.

"내가 몸 팔아서 계약하는 꼴을 보고 싶다면."

"막말하지 말아요."

"이 과장이 따라가면 구매자가 싫어할 텐데."

조철봉이 목소리를 낮췄다.

"영업사원이 왜 혼자 돌아다니는 줄 알아? 그것은 자존심이고 뭐고 다 버린 꼴을 남에게 보이고 싶지 않기 때문이야."

"그러나 일에 자부심을 갖고 있다면."

얼굴을 굳힌 은영이 억양 없는 목소리로 말했다.

"굳이 숨길 이유도 없지요. 그것은 결국 회사를 위한 일일 테니까."

"좋아."

어깨를 늘어뜨린 조철봉이 천천히 머리를 끄덕였다.

"같이 가자구."

한 시간쯤 후 10시 반에 그들이 들어선 곳은 논현동의 스타호텔이다. 로비를 가로질러 곧장 프런트로 다가간 조철봉이 키를 받아들더니 뒤에 서 있는 은영을 보았다.

"내가 룸에서 전화를 하면 구매자가 방으로 오기로 되어 있어. 어때? 방까지 같이 갈 거야?"

"좋아요. 여기서 기다릴 테니까."

은영이 힐끗 조철봉의 손에 든 키를 보았다.

"일 마칠 때까지 커피숍에 있겠어요."

"두 시간쯤 걸릴 거야."

손목시계를 보는 시늉을 하면서 조철봉이 말했다.

"길면 길수록 배기량이 높아지거든."

방으로 들어선 조철봉은 옷을 벗고 셔츠와 팬티 차림이 되어서 쓰러지듯 침대에 엎드렸다.

등의 상처는 꿰매고 나서 붕대를 감았지만 따끔거렸고 부은 어깨도 아직 가라앉지 않았다. 엎드린 채 곧장 깊게 잠들었던 그가 벨 소리에 깨어났을 때는 그로부터 한 시간쯤 후였다. 탁자 위에 놓인 휴대전화를 집어 귀에 붙이자 곧 김부용의 목소리가 울렸다.

"나야."

"그래, 지금 어디야?"

"애하고 중국에 왔어."

"잘 빠져나갔구나."

"며칠 있다가 다시 연락할게."

그러고는 전화가 끊겼을 때 조철봉은 쓴웃음을 지었다. 부용은 대부분의 돈을 맡기고 떠난 것이다. 아무도 믿지 않는다고 했지만 예외는 꼭 있는 법이다.

성화의 주가조작 사건이 터진 것은 그로부터 사흘 후였다. 언론은 일제히 성화의 대주주인 황수남이 1,000억 가까운 시세차익을 남겼으며 정치권이 개입한 희대의 사기 사건이라고 보도했다. 그러나 행차 뒤의 나팔소리였으며 버스 떠난 후에 손 흔든 꼴이었다. 영장을 발급받은 검찰이 들이닥쳤을 때 황수남은 바로 전날 미국으로 출국했기 때문이다. 따라서 주모자 없는 사건은 흐지부지되어 버렸고 구설수에 올랐던 정치인들은 오히려 명예를 훼손당했다면서 언론사를 고소했다. 심증은 갔지만 물증을 쥐고 있는 황수남이 도주한 터라 검찰로서도 속수무책이었다.

"거창하군."

여주의 야산을 반이나 깎아놓은 보물 발굴 현장이 TV화면에 비쳤을 때 영업소장 장정수가 말했다. 점심을 마친 그들은 전시장 한쪽에 모여 뉴스를 보는 중이다.

"무지막지한 놈들 같으니, 산을 반이나 깎았잖아."

"저런 공사를 벌였으니 속아 넘어갈 수밖에요."

눈을 치켜뜬 김정필이 말을 이었다.

"내 동서가 성화주식을 샀다가 깡통을 찼단 말입니다."

조철봉은 소파에 비스듬히 앉은 채 끼어들지 않았다. 도망친 황수남의 금고에서 꺼내온 현금은 230억이 넘는다. 그중 김부용의 몫과 최갑중의 수당을 떼고 나서도 200억이 남는 것이다. 돈은 돈다. 돌지 않는다면 돈이 아니다.

그 시간에 오석규는 해운대의 모텔 방에 앉아 있었다. 다급하게 내려온 참이어서 갈아입을 옷도 준비하지 못했다. 그래서 사흘째 입은 셔츠의 목깃에 때가 심했다.

"그놈이 악에 받쳐서 무슨 짓을 할지도 몰라, 마음을 놓을 수가 없어."

석규가 이런 식으로 말을 한 건 처음이었다. 앞에 앉은 박대성이 눈만 끔벅였다. 이를 악문 석규가 말을 이었다.

"그년이 나한테만 테이프를 보냈을 것 같으냐? 천만에, 황수남이한테도 틀림없이 보냈을 것이다. 내가 그년을 알아."

"아직 저쪽은 잠잠합니다."

대성은 검찰의 동향을 말하는 것이다.

흘끔 석규의 눈치를 살핀 대성이 탁자 위에 티켓을 내려놓았다.

"오후 네 시 반 출발이니까 공항에 세 시까지는 나가셔야."

"빌어먹을."

꽉 물었던 이를 풀면서 석규가 어깨를 늘어뜨렸다. 부용으로부터 택배로 받은 테이프 내용을 들어보고 나서도 석규는 단념하지 않았다. 부용을 잡기만 하면 그까짓 테이프는 회수할 자신이 있었던 것이다. 그러나 황수남의 사건이 예상보다 훨씬 일찍 터지는 바람에 일이 급박하게 되어버렸다. 역시 악에 받친 황수남이 검찰에까지 쫓기게 되었으니 가만있지 않을 것이 틀림없었기 때문이다. 부용은 제 꼬리를 감추려고 황수남에게도 테이프를 줄 여우이다.

"일주일 후에 조 사장이 너한테 갈 것이다."

머리를 든 석규가 다짐하듯 말했을 때 대성은 머리를 끄덕였다.

"염려하지 마십시오, 회장님."

"내가 일단 100만 불은 빌릴 테니까 한화로 준비해 놓고,"

"예, 회장님."

"내가 수시로 연락할 테니까."

그러고는 석규가 자리에서 일어섰다.

오후 네 시 반 비행기로 홍콩으로 도피하려는 것이다. 그곳에서 카지노를 경영하는 중국인 위 사장을 만나 백만 불을 빌리고 한국에서 대리인에게 원화로 갚으면 된다. 저고리를 걸치면서 석규가 이 사이로 말했다.

"이년을 내가 잡기만 하면…."

그러나 목소리에는 힘이 빠져 있었다.

"너, 요즘 이상해졌어."

책상 앞으로 다가선 장정수가 눈을 가늘게 뜨고 조철봉을 보았다. 오전 10시 반, 사무실 안에는 서너 명의 영업사원만 남아 있어서 조용했다.

"인마, 김정필이는 벌써 넉 대를 했어. 그런데 넌 두 대하고 끝이냐?"

"요즘 여자들이 약아빠져서 말이죠."

조철봉이 컴퓨터를 끄고는 의자에 등을 붙였다. 이은영이 오늘 본사에 다니러 간 바람에 등에 진 짐을 내려놓은 기분이었다.

"서비스 몇 번으로 계약을 하려들지를 않는단 말입니다."

"농담할 때가 아녀."

이제는 정수가 눈을 부릅떴다.

"책상에 붙어있으면 구매자가 굴러들어 오냐? 발로 뛰란 말이다, 이 자식아."

"뛴다고 되는 일이오?"

했지만 조철봉은 자리에서 일어섰다. 아닌 게 아니라 요즘 잦은 외출에 비하여 실적이 안 좋았으니 정수가 이상한 낌새를 느낄 만도 했다. 영업소를 나온 조철봉은 휴대전화를 꺼내들고는 다이얼을 눌렀다. 이 시간이면 고현주가 골프연습장에 있거나 불가마로 가는 중일 것이다.

그로부터 한 시간 반쯤이 지난 12시경 조철봉은 프린스호텔의 커피숍에 앉아 있었다. 앞자리의 현주는 불가마로 가다가 이곳으로 왔다.

"갑자기 웬 바람이 불어서 전화를 했지?"

동그랗게 눈을 뜬 현주는 42세였지만 피부가 팽팽해서 30대 중반쯤으로 보였다. 그러나 작년에 대성의 최고급형 승용차인 매리트를 구매한 터라 몇 년은 더 타야 할 것이다.

"봄이 되니까 온몸이 근질거려서."

커피를 시킨 조철봉이 눈의 초점을 현주의 가슴께에다 맞췄다. 현주는 가슴이 남달리 예민해서 섹스를 할 적에도 계속해서 애무해주는 것을 좋아했다.

"어때? 올라가서 몇 시간 쉴까?"

조철봉이 눈으로 천장을 가리켰다.

"당신 젖꼭지를 지근지근 씹고 싶어."

"미쳤나봐, 대낮에."

그러면서도 현주는 싫지 않은 눈치였다.

"그럼 내가 키를 가져올게."

조철봉이 자리에서 일어났지만 현주는 말리지 않았다. 처음 현주와 거래를 틀 적에도 이랬던 것이다. 그때도 환한 대낮이었는데 호텔 식당에서 밥을 먹고 나서 키를 가져오겠다고 말했을 때 현주는 놀란 척하면서도 말리지 않았었다. 프린스호텔은 무궁화 세 개짜리였지만 낮 손님의 편의를 위해 키를 프런트에 반납하지 않아도 되었다. 숙박부에 주소 성명을 기록할 필요도 없이 돈만 내면 말없이 키를 준다. 키를 받아들고 먼저 방으로 올라간 조철봉은 휴대전화로 커피숍에 앉아 있는 현주를 불러올렸다. 같이 엘리베이터를 타고 올라가는 어색함도 휴대전화 덕분에 없어졌다. 놀 만한 세상이다. 현주는 방으로 들어서자마자 재킷을 벗어 의자 위에 놓더니 조철봉의 앞에서 돌아섰다.

"브래지어 풀어줘."

조철봉은 브래지어의 후크를 벗기고는 두 손으로 가슴을 움켜쥐었다. 가슴은 컸지만 늘어지지는 않았다. 조철봉의 손가락이 젖꼭지를 가볍게 문질렀을 때 현주는 몸을 비틀었다.

"더 세게."

현주의 목덜미에서 짙은 향수 냄새가 났다. 상반신은 알몸이었지만 아직 아래쪽은 정장 차림이다. 조철봉의 입술이 목과 어깨를 스치고 내려왔을 때 현주는 달아올랐다. 이미 숨결은 가팔랐고 탄성이 배어나오기 시작했다. 현주의 등을 껴안은 채 조철봉은 뒷걸음으로 침대에 다가가 앉았다. 예전에 현주는 한 차례 행사를 치르고 나면 50만 원을 주곤 했었다.

행사를 치르고 났을 때의 분위기야 거의 비슷하지만 몰입했을 때는 모두 다르다. 성감대가 다르고 자세도 제각각이며 속도까지 틀린 것이다. 신음 소리도 다르며 향내도 제각각인 데다 부딪치는 감촉도 다르다. 현주는 빨리 달아오르는 스타일이었으나 한 번으로는 절대 만족하지 않는다. 그러나 강약 조절만 하면 다른 대상과 비교해서 평균 시간 안에 세 번을 올랐다가 내려올 수 있었다. 그래서 땀으로 범벅이 된 조철봉의 몸과 떨어졌을 때 시간은 25분밖에 지나지 않았지만 현주는 크고 작은 산을 세 번이나 올랐다가 내려왔다.

"자기하고는 맞아."

반듯이 누운 채 헐떡이며 현주가 말했는데 화장이 지워진 눈 밑의 주름이 선명해서 나이가 제대로 드러났다.

"아직도 가득 차 있는 것 같아."

눈을 감은 현주의 뱃살이 출렁거렸다.

호텔에서 냉장고에 서비스로 넣어둔 생수병을 들고 온 조철봉이 현주를 내려다보았다.

"물 줄까?"

"싫어, 눈 뜨기도 귀찮아."

"구매자 한 사람만 소개시켜주면 내가 당신 차를 이번에 새로 나온 크로나로 바꿔주지."

그러자 현주가 눈을 떴다.

"그게 무슨 말이야?"

"메리트 할부금만 내면 돼. 내가 메리트를 팔아 줄 테니까. 그러면 크로나 계약금과의 차이가 천만 원쯤 날 텐데 그걸 내가 부담한단 말이지."

"그렇게 손해를 보면서까지 차를 팔아야 돼?"

"승진과 관계가 있어. 그리고 구매자를 소개시켜 준다면 그쪽에서 남는 리베이트도 있으니까 조금 상쇄도 될 것이고."

누운 채로 현주가 눈을 깜박이며 조철봉을 보았다. 현주는 빌딩 임대업을 하는 박만식과 재혼을 했지만 경제권은 쥐지 못했다. 그러나 한 달에 5백만 원 정도는 용돈으로 쓸 수 있는 터라 제법 놀 수는 있다.

"한 사람 있기는 해."

이윽고 현주가 눈썹을 모으며 말하더니 그때서야 시트로 하체를 가렸다.

"우리 골프 회원으로 일본인 현지처가 하나 있는데 돈을 잘 써. 지금 벤츠를 타고 다니는데 차가 낡았다고 바꿔야겠다는 말을 한 적이 있어."

"데리고 나와. 성사가 된다면 내가 그날로 크로나를 가져다 줄 테니까."

"고급형으로 줄 거야?"

"물론이지."

"할부금도 메리트 할부금하고 같게 해준단 말이지?"

"그러니까 부족한 계약금을 내 돈으로 막는다고 했지 않아?"

"좋아."

시트를 걷고 일어나 앉은 현주가 활짝 웃었다.

"한번 해보지."

크로나 고급형의 계약금은 최소한 3000은 내야한다. 거기에다 매리트의 할부금과 같게 하려면 계약 기간을 더 늘려야할 것이다. 기간을 다시 3년으로 잡아 늘린다고 해도 할부를 낀 매리트를 팔고 나서 천만 원은 더 보태야만 계산이 맞는다. 타산이 빠른 현주는 이미 속셈을 끝낸 것이다.

"약속 분명히 지켜야 돼."

알몸으로 화장실로 향하던 현주가 다짐하듯 말했으므로 조철봉은 풀썩 웃었다.

"그 현지처한테 피알이나 잘 해줘. 다른 걱정은 말고."

"걔 남편 야쿠자야."

화장실 문의 손잡이를 잡은 현주가 눈을 가늘게 뜨고 말했다.

"그러니까 허튼 수작을 했다가는 잘리는 수가 있어."

"겁나는구먼."

조철봉이 다시 웃었다.

"다 끝냈습니다."

최갑중이 조철봉의 앞에 두툼한 봉투 하나를 내려놓으며 말했다. 봉투 안에는 50여 개의 주식 통장이 도장과 함께 들어 있었는데 황수남의 금고에서 빼낸 돈이 모두 주식으로 환원된 것이다. 물론 모두 차명이다. 그동안 갑중은 창고에 쌓아놓은 돈 자루를 매일 한두 개씩 증권시장에다 쏟아 부었다. 그 때문인지 요즘 주가는 계속 오르는 중이었다.

"모두 상장회사의 우량주니까 전쟁만 일어나지 않는다면 손해 보지 않는답니다."

갑중이 자신 있게 말했다. 그도 이번에 수당으로 받은 10억 원을 조철봉의 지시에 따라 주식으로 바꾼 것이다.

"당분간 이건 건드리지 않는다."

조철봉이 손끝으로 탁자 위에 놓인 봉투를 두드리며 말했다.

"너도 마찬가지야. 꺼내 쓰면 안 된다."

"알겠습니다, 형님."

"곰곰이 생각했는데 돈 잘못 쓰면 폐인이 되기 십상이야."

눈만 껌벅이는 갑중을 향해 조철봉이 정색했다.

"하지만 잘 이용하면 약이 되지. 어때, 너는 10억이 통장에 있다는 생각을 하면 든든하지 않더냐?"

"밥을 안 먹어도 배가 부릅디다."

"바로 그거야."

조철봉이 머리를 끄덕였다.

"그 자신감이 약이란 말이다. 앞으로 너는 하는 일마다 잘 풀릴 거다. 왜냐?"

눈을 크게 뜬 조철봉이 갑중을 보았다.

"자신감이 있으니까. 무슨 일이 잘못되어도 10억 통장을 떠올리면 금방 기운이 날 것이란 말이다."

"그렇다면 형님은."

"내가 너보다 스무 배는 더 기운이 날 것이라고?"

조철봉의 입술이 부풀려졌다.

"물론 기운이야 나겠지만 나는 그 돈이 돈 같지가 않아."

"황수남과 김부용이 떠난 이상 그 돈을 찾아낼 놈은 아무도 없습니다."

"나는 그 돈은 잊고 다시 시작할 테다."

힐끗 봉투에 시선을 준 조철봉이 말을 이었다.

"고생 끝에 얻어낸 성취감은 이까짓 돈에 비할 바가 아니야. 남자는 그런 성취감을 쌓아가야 폐인이 안 돼."

"그렇지요."

대답은 그렇게 했지만 갑중은 별로 감동을 받은 기색이 아니었다. 그것은 조철봉이 해온 행태를 그가 제일 잘 알고 있기 때문일 것이다. 조철봉은 편법과 사기의 달인이다. 거짓말을 숨 쉬는 것처럼 자연스럽게 해왔으며 등쳐먹고 나서도 전혀 양심의 가책을 느끼는 것 같지가 않았다. 그런 조철봉이 고생 끝에 얻은 성취감 운운하는 것을 들으니 시선을 마주치기도 멋쩍어진 것이다. 헛기침을 한 조철봉이 말을 이었다.

"나는 우선 이번 행사에서 전국 일등을 하는 것이 목표야. 정상에 서는 것이지."

"몇 대를 팔아야 되는데요?"

"50대면 일등할 거야"

"일등하면 어떻게 됩니까?"

"상금 일억에 일 계급 승진."

조철봉이 힐끗 갑중을 보았다. 갑중은 시선을 피했지만 시큰둥한 표정이다.

"난 승진하면 본사 근무로 옮길 테다. 큰 마당에서 놀아야지."

커피숍 안에는 손님이 그들까지 세 팀뿐이었고 주위 테이블은 비어 있었지만 조철봉은 목소리를 낮췄다.

"물론 영업부서로. 그쪽이 승부가 확실하게 나니까."

대성자동차는 영업소도 본사 직영이어서 영업소 출신이 본사로 옮겨갈 수는 있다. 그러나 그런 경우는 극히 드물다.

"이번 고객은 어떻게 해서 상담하게 되었죠?"

이은영이 눈을 깜박이며 조철봉을 보았다. 오전 9시 반이어서 출근 시간이 지난 테헤란로는 교통체증이 다소 풀렸지만 신호가 두 번은 바뀌어야 사거리를 건널 수 있다. 핸들을 손끝으로 가볍게 두드리던 조철봉이 입을 열었다.

"친지 소개로."

"그 친지는 누군데요?"

"어제 매리트를 크로나로 바꾼 여자."

"그럼 이번 고객도 여자?"

머리를 끄덕인 조철봉은 바뀐 신호를 보고는 차를 발진시켰다. 은영을 상담에 동행 시킨 것은 이번이 처음인 것이다. 그들이 르네상스호텔의 라운지에 들어섰을 때는 10시 5분 전이었는데 민유진은 이미 와 있었다. 손님들이 많았지만 구석자리에 혼자 앉아 있는 여자는 그녀뿐이어서 조철봉은 곧장 다가갔다.

"민유진 씨세요?"

"네, 제가."

부드러운 표정의 민유진은 윤곽이 뚜렷한 미인이었다. 콧날이 곧고 높은 데다 쌍꺼풀 없는 눈이 컸고 입술도 육감적이다. 파마한 긴 머리가 어깨 밑까지 출렁대도록 늘어진 데다 자주색 재킷 밑의 가슴도 풍만했다. 인사를 하고 나서 앞쪽에 마주보며 앉자 정색한 유진의 시선이 조철봉에게 옮겨졌다.

"현주 언니한테서 말씀 많이 들었어요. 수완이 좋으시다면서요?"

"고객을 실망시켜 드리진 않죠."

조철봉이 눈을 가늘게 뜨고 웃었다.

"가능한 한 요구조건을 다 들어드립니다."

웃고는 있었지만 조철봉은 유진이 녹록치 않은 것을 느끼고 긴장했다. 영업직으로 8년을 뛰다보면 처음 몇 마디로 상대방의 기질과 호감도를 알 수가 있는 것이다. 유진은 지금 거부감을 품고 있으며 이 상태에서 설명서를 꺼내 놓았다가는 상담시간이 더욱 단축될 뿐이다.

"크로나 최고급형 가격이 옵션 포함해서 9천 가깝게 됩니다."

의자에 등을 붙인 조철봉이 턱을 들고는 시선 끝을 유진의 가슴께에다 놓았다.

"그 가격이면 외제차 사겠다고 하는 분들도 계시겠지만 그건 할 수 없는 일이죠. 국산 최고급을 살 것이냐, 아니면 그 돈으로 외제 중형을 살 것이냐는 고객 맘이니까."

옆에 앉은 은영은 아까부터 조마조마했다. 갑자기 조철봉이 거만한 태도로 뜬금없는 이야기를 꺼냈기 때문이다. 그때 조철봉의 말이 이어졌다.

"국산차를 사야 애국하는 것도 아닙니다. 외제차를 사면 세금을 엄청나게 내기 때문에 그것도 국가 재정에 도움이 되지요.”

“지금 무슨 말씀을 하시는 거죠?”

정색한 유진이 물었을 때 은영은 어깨를 늘어뜨렸다. 자신이 하고 싶은 말이었다. 이게 도대체 무슨 수작이람.

“벤츠 타고 다니신다면서요?”

조철봉이 오히려 되묻더니 정색했다.

“집은 50평 아파트에서 30평으로 줄여서 살 수 있어도 차는 힘들어요. 제가 잘 압니다. 아마 벤츠를 처분하고 크로나를 사신다면 강남의 30평 아파트를 처분하고 강원도의 60평짜리로 옮기신 기분보다 더 찜찜하실 겁니다.”

그때 유진이 피식 웃었으므로 은영의 가슴은 철렁 내려앉았다.

“강원도 아파트가 잘만 지어졌다면 못할 것도 없죠.”

그 말에 은영의 가슴이 다시 한 번 내려앉았다. 조철봉이 입술을 비틀고 말했다.

“제가 내일 차를 번호판까지 붙여서 빼 드릴 테니까 한 달만 타 보시죠. 마음에 들지 않으신다면 두말 않고 돌려받는다는 각서를 써 드리겠습니다.”

돌아오는 차 안에서 은영은 한동안 앞만 바라보며 입을 열지 않았다. 그러다가 영업소에 거의 다 왔을 때야 머리를 돌려 조철봉을 보았다.

“내일 차 빼주실 거예요?”

“당근이지.”

조철봉이 당연한 일을 왜 묻느냐는 듯이 눈을 크게 떴다.

“일단은 내 돈을 쏟아 부어야겠지.”

"몇천만 원 들 텐데."

"3년 할부로 하면 번호판 붙이는 것까지 3천 정도."

"만일 한 달 후에 못 타겠다고 돌려준다면?"

"내가 뒤집어 쓰는 거지. 하지만⋯."

"하지만 뭐죠?"

"한 달 후에 돌려받는다면 난 영업사원 자격이 없는 거야."

눈만 깜박이는 은영을 향해 조철봉이 피식 웃었다.

"일단 차를 받은 것은 차에 대해서 관심이 있다는 증거이고 절반은 성공이야. 차에 결함이 없는 한 한 달 동안 내가 어떻게 하느냐에 달려 있어."

"어떻게 하실 건데요?"

"그건 보고서에 쓸 만한 일이 못 돼."

영업소의 주차장에 차를 세우며 조철봉이 히죽 웃었다.

"그냥 충실한 서비스로 고객이 만족했다고만 써."

"그럼 이것까지 4대가 되었어요."

은영이 여전히 정색한 얼굴로 말했다.

이틀 동안에 2대가 추가되어 조철봉의 실적도 김정필과 같은 4대가 된 것이다.

사무실로 들어온 은영은 조철봉의 일거수일투족에 신경을 쏟았다. 조철봉은 오늘의 성과에 대해서 소장에게 보고했는데 그저 크로나 최고급형 1대를 팔았다고만 하고 분주하게 공장에 발주서를 띄우는 것이었다. 소장 장정수가 희희낙락하는 꼴을 보면서 은영은 저도 모르게 쓴 웃음을 지었다. 만일 장정수가 내막을 안다고 하더라도 상황이 달라지지는 않을 것이었다. 아니 오히려 조철봉의 이미지에 흠만 낼 뿐이다. 제 돈을 쏟아붓고 한 달 후에 정식으로 차를 인수하겠다는 비밀계약은 조철봉 혼자서 짊어져야 할 책임이니까. 그리고 어쨌든 회사로서는 크로나 1대는 판 셈이지 않은가? 조철봉이 저고리를 집어 들고 자리에서 일어섰으므로 은영의 생각은 중단됐다. 이번에는 은영이 묻기도 전에 조철봉이 다가오더니 말했다.

"전화가 왔어, 그 여자한테서."

은영이 눈만 크게 떴을 때 조철봉은 히죽 웃었다.

"벤츠를 가져가라는 거야. 이로써 한 달 후의 반환 가능성은 더 줄어든 거지."

"아까는 그런 말이 없었는데 마음이 변한 것일까요?"

"여자의 마음은 그렇게 단순하지 않아."

정색한 조철봉이 책상 앞으로 바짝 다가붙더니 목소리를 더 낮췄다.

"특히 물이 잔뜩 오른 30대 후반의 여자들은 말이야."

"됐어요, 그만해요."

"적당한 이성이 눈앞에 나타났을 때 눈빛부터 달라지지. 아니, 감추고 있었던 본능을 서슴없이 드러낸다고나 할까?"

"얼씨구."

은영이 재빠르게 주위를 둘러보았다.

장정수는 옆쪽 전시장에 가 있었고 이쪽에 신경을 쓰는 직원은 없었다. 조철봉의 말이 이어졌다.

"나는 아까 그 여자의 눈빛에서 순간순간 감춰진 본능을 읽었어. 그리고 그 여자도 내가 보내는 눈빛을 읽었고."

"독서들 많이 하네."

"그래서 내가 지금은 혼자 가야겠는데, 이해하겠지?"

본론은 이것이었다. 은영은 시선을 돌렸다.

민유진을 만나러 간다는 것은 거짓말이었다. 그로부터 한 시간쯤 후에 조철봉이 들어선 곳은 시청 뒤쪽의 카페였다. 낮에는 커피 등 음료를 팔고 밤에는 룸살롱으로 바뀌는 곳이어서 서빙하는 종업원들은 눈이 휘둥그레질 정도로 미끈한 몸매의 미인들이었다. 룸살롱 아가씨들이 낮 당번을 맡는 것이다. 카페 안쪽 칸막이가 되어 있는 자리에서 최갑중이 사내 하나와 함께 기다리고 있다가 그를 맞았다.

"사장님, 이분이 김동수 씨입니다."

자리에서 일어선 갑중이 사내를 소개했다.

"제가 김동수입니다."

허리를 굽힌 사내는 40대 중반쯤으로 보였는데 볕에 그을린 피부에다 마른 체격이었다. 악수를 나누던 조철봉은 문득 시선을 내려 사내의 손을 보았다. 사내의 손가락은 셋뿐이었다. 엄지와 검지가 잘려나가 끝이 뭉툭하다. 조철봉의 시선을 느낀 동수가 손을 내리더니 얼굴을 일그러뜨리며 웃었다.

"죄송합니다."

"아닙니다. 앉읍시다."

자리에 앉은 조철봉은 동수의 나이가 37세라는 것을 떠올렸다. 신문에 나온 적이 있다. 몇 줄짜리 기사라고 해도 이름과 나이는 꼭 나온다. 커피를 시키고도 동수는 긴장을 풀지 않았다. 갑중이 자세한 내막을 말해주지 않았기 때문에 당연했다.

갑중도 조철봉한테서 동수를 찾아 데려오라는 지시만 받았을 뿐이라 내막을 모르고 있었다.

"중국에 언제 돌아가시오?"

조철봉이 묻자 동수는 상반신을 반듯하게 세웠다.

"지금까지는 인권단체의 도움을 받았지만 다음 달에는 돌아갈 계획입니다."

"돈을 받을 가망은 있습니까?"

"없습니다, 사장님."

동수는 조선족이다. 동수가 3년 동안 일했던 인천의 선반공장은 작년 말에 부도가 나서 문을 닫았다. 그러나 부도가 나기 전에 사고로 손가락을 다친 동수는 3년 동안 월급은 물론 산재보험금도 타지 못했다. 사장이 보험금까지 들고 도망갔기 때문이다. 그 기사가 보도된 것이 열흘 전이다. 조철봉이 정색하고 동수를 보았다.

"그 기사가 보도된 후로 연락 온 데는 없습니까?"

"인권단체로 전화가 많이 왔다고 합니다, 그리고."

"위로금도 보내왔겠지요?"

그러자 동수의 얼굴이 딱딱하게 굳었다.

"저는 잘 모릅니다."

"어제 그 단체로 연락을 해보니까 2천만 원 가깝게 모였다던데."

"그런데 무슨 용무이신가요?"

동수가 조철봉을 똑바로 보았다. 이제는 경계하는 기색이 완연했으므로 조철봉은 피식 웃었다. 동수의 한국 생활 4년은 차근차근 꿈을 까

먹는 좌절의 연속이었을 것이었다. 옌볜에서 중학교 교사를 하다가 한국에서 돈을 벌어 식당을 차린다는 동수의 꿈은 이미 산산이 부서졌다. 위로금 2천만 원이 모였다지만 빚을 갚기에도 모자랐으니 돌아가면 네 식구의 호구지책을 궁리해야만 한다.

"사장이 떼어먹은 월급하고 산재보험금이 모두 얼맙니까?"

조철봉이 묻자 동수는 눈을 끔벅이더니 마지못해 대답했다.

"모두 4,300만 원이 됩니다."

"그러면 위로금까지 6,300만 원이 되는군."

정색한 조철봉의 말에 동수가 이맛살을 찌푸렸다. 계산이 틀리다는 표정이다. 그때 조철봉이 동수를 똑바로 보았다.

"내가 4,300을 드리지. 그렇게 되면 6,300이 되지 않겠소?"

동수를 먼저 보내고 카페에 둘만 남자 갑중이 둥그렇게 뜬 눈으로 조철봉을 보았다.

"형님 왜 그러시는 거요?"

"왜라니?"

"4,300을 진짜로 주실 거요?"

"그럼 내가 거짓말을 하려고 저 친구를 부른 것 같냐?"

"이유가 뭡니까?"

"이자식이 정말."

입맛을 다시고 조철봉은 커피 잔을 들어 식은 커피를 한 모금 삼켰다. 동수에게 사흘 후에 만나 돈을 주기로 한 것이다. 눈을 좁혀 뜬 갑중이 끈질기게 조철봉을 보았다.

146

"형님."

"뭐야."

"안 하던 짓 하면 죽습니다. 왜 그러시는 거요?"

"사흘 후에 알게 돼."

손목시계를 들여다본 조철봉이 자리에서 일어섰다. 오후 4시가 되어가는 중이다.

고현주의 전화가 왔을 때 조철봉은 한남대교를 넘어가고 있었다.

"내일 차 빼주기로 했다면서?"

대뜸 말한 현주의 목소리에는 걱정기가 섞여 있었다.

"마음에 안 들면 한 달 후에 반환해도 좋다는 각서까지 쓰고 말이야. 자기 미쳤니? 걔가 어떤 애라구."

"어쨌든 받긴 했잖아. 그런데 뭐래?"

"한 달 동안 잘 타겠다고 하더라니까. 자긴 걔한테 당한 거야."

"맛을 보면 달라져."

했다가 조철봉은 얼른 덧붙였다.

"크로나 말이야, 벤츠보다 낫다구."

자신의 상품에 대한 자신감은 영업사원 최강의 무기다. 부족한 자신감을 광고나 기술로 때우려고 하면 할수록 상품의 질은 저하되기 마련이다. 그러고는 결국 포장만 그럴듯하게 된 채로 주저앉는다. 사무실로 돌아오자 은영이 기다리고 있었다는 듯 다가왔다.

"벤츠 받아왔어요?"

"중고차 시장에다 두고 왔어."

책상에 두 손을 짚은 은영이 목소리를 낮췄다.

"두 달 동안 30대만 팔면 전국 일등은 틀림없어요. 현재 전국 일등은 6대 올린 여의도 영업소 직원이에요."

"저기 있는 김정필이가 교통사고로 죽는다면 내가 편히 올라갈 텐데."

정색한 조철봉이 옆쪽 김정필의 빈 책상을 턱으로 가리켰다.

"물론 여의도의 그놈하고 같이 죽으면 더 좋고."

"오늘 한잔해요. 한 건 올렸으니까."

그러자 조철봉은 시선을 들어 은영의 눈을 보았다.

"난 같은 사무실 직원하고는 안 놀아."

은영이 퍼뜩 눈을 치켜떴을 때 조철봉의 목소리가 낮아졌다.

"어때? 내 눈빛도 읽을 수가 있었지? 내가 이 과장 눈빛을 읽은 것처럼."

"참, 내."

허리를 편 은영이 이맛살을 찌푸렸고 조철봉은 컴퓨터의 전원을 켰다.

"날 믿지 않는 것이 신상에 이로울 거야."

"믿기는 누가."

주위에는 직원이 없었지만 은영이 입술만을 달싹이며 말했다.

"그동안 내가 알아보니까 이 사무실에서 조 선배를 믿는 사람은 단 한 사람도 없습디다."

"하지만 모두 나를 두려워하지, 나하고 적이 되는 것을 피하고 있지 않아?"

"아무도 조 선배를 돕지 않을 겁니다."

"아직도 순진하군."

다시 컴퓨터의 전원을 끈 조철봉이 쓴웃음을 지었다.

"세상은 모두가 적이야. 이용하고 이용당하는 사람들만 존재할 뿐 그 중간은 없어."

아파트는 일주일에 두 번 오는 파출부가 깨끗이 치워놓아서 머리칼 한 올 떨어져 있지 않았다. 거기에다 옷장에는 세탁된 옷가지가 정연하게 걸렸고 침대 시트와 커튼도 갈아놓았다. 샤워를 하고 나온 조철봉은 가운 차림으로 소파에 앉아 TV를 켰다. 밤 10시가 되어가고 있었지만 오늘은 일찍 들어온 셈이었다. TV의 음량을 잔뜩 낮춘 거실은 조용했다. 소파에 깊게 등을 묻은 조철봉은 입만 뻐끔대는 화면 속의 남녀를 바라보았다.

차츰 200억 원의 압박감은 가셔가고 있었지만 단 한 시간도 그 용도에 대해서 생각하지 않은 적이 없었던 요즈음이었다. 주식에 투자한 지열흘 만에 200억 원은 230억 원이 되었으니 돈이 돈을 만든다는 말이 실감났다. 2천만 원이면 300만 원을 번다는 등식이 되겠지만 과연 다르지 않은가? 30억 원 대 300만 원인 것이다. 조철봉은 2천만 원대의 신분에서 단숨에 100배로 신분 상승을 한 것이나 마찬가지이다. 돈이 곧 신분의 상징이며 또한 다른 것에 비해 무한한 힘을 갖는다.

어깨를 부풀리며 숨을 들이마신 조철봉은 집 안을 둘러보았다. 보라, 보름 전만 해도 거지 소굴 같던 아파트가 신데렐라를 맞은 왕궁처럼 반들거리지 않는가. 이것도 돈의 위력이다. 그때 탁자 위에 놓인 휴대전화가 울렸으므로 조철봉은 생각에서 깨어났다. 이 시간이면 어머니일 것이었다.

"철봉이냐?"

전화기를 귀에 붙이자 과연 어머니의 목소리가 울렸다. 어머니, 나이 60이 넘어서도 보험회사에 다니는 내 어머니. 어머니는 실적에 쫓기면서도 전처 서경윤의 처가 식구한테는 한 번도 부탁하지 않았다는 것을 자랑으로 여기셨다.

"너, 내가 내일 올라갈 테니까 낮에 만나자."

어머니가 오늘은 불문곡직하고 말했다.

"12시다. 서울호텔 커피숍이니까 시간 꼭 지켜서 나와."

"어머니, 또 무슨 일로?"

"이놈아, 두 번이나 약속을 어겨서 내가 낯을 들고 다니지를 못 하고 있어. 옷 단정하게 입고 와. 알았니?"

선을 보라는 것이다. 상대는 어머니가 다니는 교회 권사님의 딸로 향년 32세. 한 번 이혼한 경력이 있으나 6개월밖에 살지 않았다고 했다. 자식은 없으며 지금 서울에서 치킨센터 대리점을 운영하고 있다는 것이다. 통화를 마친 조철봉은 쓴웃음을 지었다. 어머니가 가장 혹한 조건은 치킨센터였을 것이었다. 한정식 식당이었다면 더 반겼을지도 모른다. 어머니는 식당을 하면 밥은 굶지 않는다는 말을 들으며 젊은 시절을 보낸 세대인 것이다. 다음 날 아침, 조철봉이 출근했을 때 장정수가 말했다.

"오전에 네가 발주한 크로나가 도착한다. 계약금 준비해놔."

머리만 끄덕이던 조철봉은 옆쪽에서 보내오는 이은영의 시선을 느꼈다. 은영은 오늘 진달래색 투피스 정장 차림이었는데 미끈한 다리가

유독 눈에 띄었다. 조철봉의 시선을 의식했는지 은영이 다가와 책상에
바짝 붙어 섰다.

"3천은 어떻게 준비했어요?"

"아파트를 담보로."

"잘하면 아파트 날리겠네."

"내가 어머니하고 점심 약속이 있어서 11시에는 나가야 돼."

모니터의 스케줄을 보며 조철봉이 건성으로 말했다.

"그러니까 이 과장이 차 서류준비하고 번호판 좀 붙여줘."

조철봉이 저고리 주머니에서 봉투 하나를 꺼내어 은영에게 내밀었다.

"이거 3천이야."

어제 몇 주를 판 돈이다.

송경옥은 키가 컸고 몸매도 날씬했다. 갸름한 얼굴에 눈이 또렷한 데
다 육감적인 입술을 가진 미인이었다. 인사를 마치고 양측 어머니가 대
충 조철봉과 송경옥에게 서너 마디 이야기를 하고 나서 수순에 따라 퇴
장했을 때는 만난 지 딱 12분 만이었다. 조철봉의 바로 앞쪽 벽에 전광
시계가 걸려 있었기 때문에 정확한 시간을 알 수 있었다. 그동안 조철봉
과 송경옥은 서로 한 마디도 주고받지 않았다. 경옥의 목소리는 약간 비
음이 섞인 고음이어서 입술과 잘 어울렸다. 입술은 위아래가 약 4밀리
간격을 두고 벌어져 있었는데 그것이 잘 어울렸다. 섹시하게 보인다는
표현이 맞을 것이다. 도톰하면서 약간 튀어나온 입술을 꼭 닫는다면 입
안에 단무지라도 물고 있는 것처럼 보이거나 오기가 난 표정으로 오해
받을지도 모른다. 조철봉은 시선을 경옥의 입술 사이로 보이는 이에 맞

췄다. 이 여자는 브리지트 바르도는 모를 테니 틀림없이 킴 베이신저의 팬일 것이다.

"혼자 살면서 가장 큰 애로사항은 바로 섹스인 것 같습니다."

정색한 조철봉의 시선이 조금 위로 올라와 경옥의 눈에 맞춰졌다.

"만날 자위를 할 수도 없고 해서 난 섹스 파트너를 둘쯤 만들었지요."

그때 경옥의 눈동자가 희미하게 좌우로 서너 번 흔들렸다가 곧 고정되었다. 그러더니 입술이 넓고 크게 벌어졌다. 환한 웃음이다.

"그래요. 저도 둘쯤 있어요."

"나는 대들보만 빼놓고 다 좋아합니다."

경옥이 눈만 깜박였으므로 조철봉은 말을 이었다.

"머리에 들은 것도 없이 그것만 큰 여자 말입니다."

그 순간 경옥이 소리 내어 웃음을 터뜨렸다가 금방 그쳤다. 다섯 테이블쯤 떨어진 벽 쪽 자리에 앉아 있던 양측 어머니가 놀라 머리를 들더니 서로 마주보며 웃었다.

"뭐, 이만하면 분위기는 조성된 것 같으니까 양쪽 어머님을 먼저 가시게 하는 것이 어떨까요?"

"그래요."

머리를 끄덕인 경옥이 자리에서 일어서면서 다시 웃었다.

"대들보라구요? 후후후."

어머니를 한쪽으로 모시고 나와 이야기가 잘 되어 간다고만 보고한 조철봉은 봉투를 내밀었다. 현금으로 100만 원이다.

"어머니 용돈이니까 쓰세요."

"네가 무슨 돈이 있다구?"

"보너스 탔어. 어머니 마음대로 써요."

"아이구, 애야."

봉투를 받은 어머니가 저쪽 구석에 비슷한 모양새로 서 있는 모녀를 보았다.

"마음에 드니? 서로 맞는 것 같아?"

"괜찮아, 하지만 겪어 봐야죠."

"그럼, 겪어 봐야지. 이번에는."

말을 길게 늘어놓으려는 어머니를 겨우 커피숍 밖까지 배웅하고 돌아와 앉자 곧 경옥이 나타났다.

"전 이럴 때가 힘들어요."

자리에 앉은 경옥이 정색했으나 입술은 닫히지 않았다.

"꼭 결혼을 해야 하는 것처럼 부모님이 밀어붙이실 때 말이에요."

"객실에서 몇 시간 쉬었다가 가실랍니까?"

조철봉이 턱을 들어 천장을 가리켰다.

"시간이 두 시간쯤 있는데."

"글쎄요."

손목시계를 내려다본 경옥이 시선을 들더니 피식 웃었다.

"자극은 있겠네요, 오늘."

"그럼 키를 가져오지요."

조철봉은 자리에서 일어섰다. 진실로 마음을 비웠을 때에야 이렇게 성사가 되는 것이다.

침대에서 여자가 샤워를 마치고 나올 때를 기다리는 그 10분 안팎의 시간이 조철봉에게는 가장 흥분과 긴장이 뒤범벅된 순간들이라고 해도 과언이 아닐 것이다. 거기에다 만난(萬難)을 무릅썼다면 그만큼의 성취감까지 보태져서 대통령도 부럽지 않았다. 그래서 초창기에는 화장실로 씻으러 가는 여자에게 꼭 빨리 나오라고 재촉했지만 지금은 다르다. 느긋한 태도로 누워 흥분을 조절하며 냉정하게 체위를 구상하거나 반응에 대한 대비책을 세우는 것으로 이 순간을 즐기게 된 것이다. 화장실에서 경옥이 나왔을 때 조철봉은 TV의 화면을 도망자에 맞춰놓고 보는 중이었다. 다른 채널에서 코미디나 사랑놀이 프로를 방영하고 있었지만 정신무장을 위해서는 도망자가 낫다고 판단한 것이다. 놀랍게도 경옥은 작은 타월로 아랫부분만 가린 채였는데 알맞게 솟은 가슴이 마치 10대 같았다. 화장실 안에 분명히 대형 타월이 있을 텐데 그런 것은 저 가슴을 드러내려는 것이다.

"음, 아름답다."

이미 이쪽은 알몸이 되어 있었다. 상반신을 일으킨 조철봉이 감탄했다. 이럴 때는 예쁘다는 표현보다 무게를 실어서 아름답다고 말해야 된다. 물론 둘 다 뇌가 충혈되어 있는 터라 '다답름아'라고 거꾸로 말해도 다 알아듣겠지만, 경옥은 배시시 웃더니 침대 앞에서는 작은 타월까지 버렸다.

"잠깐만."

조철봉이 손을 뻗쳐 침대 시트를 들치고 들어오려는 경옥을 제지했다.

"거기 서 있어줘. 부탁이야."

"아이, 싫어."

하지만 경옥은 한 걸음 물러서더니 조철봉 앞에 정면으로 섰다.

"아아, 그림 같다."

조철봉은 울상을 지었다. 실제로 경옥의 몸은 군살이 없는 데다 피부에 윤기까지 났다. 배에 힘을 주지 않고 서 있는데도 아랫배는 홀쭉했으며 배꼽 밑의 둥근 언덕은 단단하게 자리 잡았다. 허벅지 안쪽의 힘찬 살집에 시선을 주던 조철봉은 마침내 고인 침을 삼켰다. 성적 매력은 건강한 몸이 바탕이 되어야 더 가치가 있는 것이다.

"미치겠군."

마른 목소리로 조철봉이 웅얼거렸을 때 경옥이 입술을 더 벌리고 웃었다. 경옥은 조철봉의 시선에 눈을 떼지 않고 있었던 것이다.

"이리 와."

조철봉이 시트를 들치며 들어오라는 시늉을 하자 경옥은 날렵하게 침대에 올랐다.

"당신은 이상한 사람이야."

옆으로 바짝 붙은 경옥이 조철봉의 물건을 쥐며 말했다.

"나는 왠지 조금도 부끄럽지가 않아."

경옥의 허리를 감아 안은 조철봉은 향수와 체취가 함께 섞인 냄새를 맡았다. 조철봉의 입술이 대뜸 가슴을 물었을 때 경옥은 편하게 고쳐 누웠다.

"애무를 오래 해줘, 아주 오래."

벌써부터 하체를 들썩거리면서도 경옥이 신음하듯 말했다.

"내가 지쳐 늘어질 때까지."

조철봉은 솜털 하나를 입술로 세는 것처럼 경옥의 몸을 애무하기 시작했다.

경옥에겐 절대로 통닭의 이미지가 끼어 있지 않았다. 벗은 몸은 더욱 그랬다. 조철봉의 입술이 샘에 닿는 동안 경옥은 이미 절정에 오르는 중이었다. 애무에 굶주려 있었던 것이다. 스페어 두 놈의 수준이 짐작이 간다. 입술이 허벅지 안쪽을 훑어 나갔을 때 경옥이 마침내 참지 못하겠다는 듯이 조철봉의 어깨를 끌어당겼다.

"어서, 해줘."

그러나 조철봉은 머리를 젓고 정지를 생각했다. 열을 식히기에 따 맞는 주제이다.

"조건이 있습니다."

조철봉이 탁자 위에 수표가 든 봉투를 내려놓으며 말했을 때 최갑중은 그럴 줄 알았다는 듯 눈을 가늘게 떴다. 김동수도 마찬가지였다. 정색을 하고 조철봉을 봤지만 전혀 놀라는 기색이 아니었다. 조철봉은 손끝으로 봉투를 가리키며 말했다.

"돈을 받았다는 영수증을 쓰시고, 그 사장 놈한테 받을 돈 내역과 함께 증빙서류를 주셔야겠어요. 거기에다 그 권리 나한테 양도한다는 각서를 쓰시고 공증을 받읍시다."

"물론입니다, 선생님."

동수는 말이 끝나자마자 대답했다.

"당연히 그렇게 해 드려야지요. 사장 놈은 부도를 내기 전에 재산을 다 빼돌렸다고 합니다."

그러고는 동수가 주머니에서 구겨진 봉투를 꺼내어 탁자 위에 놓았다.

"여기 내역서와 탄원서까지 들어있습니다. 수십 군데에 뿌렸단 말입니다."

"그리고."

조철봉이 눈을 크게 뜨고 동수를 보았다.

"김 선생처럼 억울하게 돈을 떼인 동포들이 많겠지요?"

"그럼요."

크게 머리를 끄덕인 동수의 목소리가 높아졌다.

"제가 알고 있는 것만 해도 스무 명이 넘습니다. 그런데 모두 불법입국자 신세여서 내놓고 나설 수가 없는 형편이란 말입니다."

"그럼 내가 받아 드릴 테니까 그 사람들 소개해주실 수 있겠지요?"

"물론이지요."

동수가 거침없이 말했다.

"돈을 받아만 주신다면야 싫다고 할 자가 어디 있겠습니까?"

"그런 놈들은 법으로 처리하는 것보다 다른 방법을 쓰는 것이 나아요. 일단은 이쪽이 불법입국자 입장이니까 말이지요."

"그렇습니다."

"내가 사무실을 하나 얻어놓을 테니까 김 선생이 그곳에서 일해주시면 좋겠는데. 물론 이 돈은 중국에 보내시고."

봉투를 조금 앞으로 밀어놓은 조철봉이 은근한 시선으로 동수를 보았다.

"조선족 동포들의 민원을 해결하는 사무실이지요. 김 선생의 한 달 월급은 일단 백오십으로 하십시다. 어떻습니까?"

"그, 그거야."

동수가 눈을 크게 떴다가 갑자기 어깨를 펴고는 조철봉을 보았다. 눈이 번들거리고 있었다.

"동포들의 돈을 대신 받아주는 일을 하는 것입니까?"

"그렇지요. 하지만 한 푼도 떼어먹거나 수수료를 받지는 않을 겁니다. 수수료는 저쪽에서 받을 테니까."

"실례지만 누, 누구신지."

동수가 묻자 조철봉은 쓴웃음을 지었다. 동수는 이제야 이쪽 신분을 묻는 것이다.

"솔직히 정의의 사나이라고는 근지러워서 말하지 못하겠고 동포의 등을 쳐 먹는 놈들의 등을 이번에는 내가 친다고 생각하시면 되겠는데."

조철봉이 정색하고 동수를 보았다.

"물론 불법이지요. 어떻습니까? 나하고 같이 일해볼랍니까?"

그때 동수가 탁자 위에 놓인 돈 봉투를 집더니 주머니에 넣었다.

"이 돈만 중국에 보내면 저는 무서울 것이 하나도 없습니다."

동수가 눈을 부릅떴다.

"하겠습니다, 선생님. 말씀대로만 해주신다면 선생님은 훌륭한 일을 하시는 것이란 말입니다."

잠자코 듣기만 하던 갑중이 그때서야 긴 숨을 뱉었고 조철봉은 머리를 끄덕였다.

"형님, 이런 법이 어디 있습니까?"

서류 공증을 마친 후 동수가 돌아가자 갑중이 투덜거렸다.

"미리 저한테 몇 마디라도 해주셨어야 하는 것 아닙니까?"

"너하고 미리 손발 맞출 필요는 없었으니까."

신사동 사거리에서 차를 세운 조철봉이 힐끗 갑중을 보았다.

"네가 그 사무실을 김동수하고 같이 운영해. 사무실 위치는 구로동이 좋을 거다."

"정말 돈을 받아내는 사업을 하실 작정입니까?"

"김동수가 소문을 내면 중국동포뿐만 아니라 외국인 노동자들도 몰려올 거다."

"법에 걸릴 텐데요, 형님."

"황수남이처럼 신고하지 못하도록 해야지, 그리고 법적 자문도 받고."

신호가 바뀌어 차를 발진시키면서 조철봉이 말을 이었다.

"네가 이사장이다. 명함엔 국제개혁연맹이라고 박아."

"국제개혁연맹이오?"

갑중이 눈을 멍하게 뜨자 조철봉은 입맛을 다셨다.

"무식한 놈. 신문도 안 보냐? 그런 말이 요즘 잘 먹힌단 말이다."

"그렇다면 용만이하고 규철이를 데려와야겠는데."

혼잣말로 중얼거리던 갑중의 눈에 차츰 생기가 돌았다.

"논현동 가구거리에도 가봐야겠고, 전화는 몇 대 놓을까요?"

영업소로 돌아왔을 때는 오후 6시여서 직원들이 대부분 돌아와 있었다. 이은영이 기다리고 있었다는 듯 다가왔다. 이제 은영은 대놓고 조철봉의 파트너 행세를 하는 것이다.

"어떻게 되었어요?"

오늘도 따라간다는 은영에게 컴퓨터 체크를 부탁하고 겨우 따돌렸었다.

"아, 크로나 고급형으로 한 대 계약이 될 것 같아."

시치미를 떼며 조철봉이 말했을 때 은영의 눈이 둥그레졌다.

"어머, 구매자는 누군데요?"

"국제개혁연맹 이사장이야."

"국제개혁연맹?"

그 표정 그대로 머리를 조금 비틀었던 은영이 곧 활짝 웃었다.

"그럼 다섯 대네. 일등이야."

"오늘 저녁에 한잔하지."

조철봉이 낮게 말하자 옆 책상이 비어 있는데도 은영은 주위부터 둘러보았다.

"좋아요."

입술만을 달싹이며 말한 은영은 시선을 마주치지 않은 채 돌아갔다. 한 달 전만 해도 조철봉의 꿈은 100억을 모으는 것이었다. 문득 가슴이 허전해짐을 느낀 조철봉이 멍한 표정으로 앞의 벽을 보았다. 그러기 위해서는 더 많은 차를 팔면서 더 많은 사람을 만나야만 했고 현실적으로 10년이 걸릴지 20년이 걸릴지 알 수가 없었던 상황 아니었던가? 100억이란 단위도 추상적이어서 그 돈으로 딱 무엇을 어떻게 하겠다는 계획도 세워놓진 않았다. 입맛을 다신 조철봉은 무의식중에 담배를 꺼내어 입에 물었다가 도로 넣었다. 사무실 안에서는 금연이다. 국제개혁연맹을 만든 것은 우선 활동 범위를 확장할 필요성을 느꼈기 때문이다. 사람은 위치와 상황에 따라서 거기에 맞는 자세를 갖춰야만 한다. 한 달 전의 조철봉이 아닌 것이다. 이제 정상을 향하여 달려갈 준비를 해야 할

시기이다.

"오늘 한 대 더 추가시켰다며? 일등이야."

장정수가 떠들썩한 목소리로 물으며 다가오자 조철봉은 입술을 찌그러트리며 웃었다. 보라, 어느덧 달라진 내 자세를. 나는 장정수의 칭찬에도 그저 시큰둥하지 않는가.

3. 국제개혁연맹

논현동의 한 실내포장마차에서 마주보고 앉자마자 이은영이 불쑥 물었다.

"국제개혁연맹이라고 했어요? 그곳이 어떤 곳이지요?"

"말 그대로야."

소주와 안주를 시킨 조철봉이 정색하고 은영을 보았다.

"개혁을 국제적으로 하는 곳이지. 그래서 연맹의 고문에 키신저에 고르바초프, 만델라까지 포함되어 있다고 들었어."

"어머나, 굉장한 곳이네."

입을 딱 벌린 은영이 반듯이 앉았다.

"그럼 그곳 이사장을 잘 알아요?"

"내가 비서실장을 알아."

"이름이 뭔데요?"

"비서실장 이름 말이야?"

"아니, 이사장 이름."

"그건 비밀이야. 당분간은 비공식 단체로 활동을 해야 하거든."

주위를 둘러본 조철봉이 목소리를 낮췄다.

"지금 공개되면 기존 보수 수구세력들의 방해를 받는다는군."

"그럼 정권에서 비공식적으로…."

"그렇지, 현 정권이 배후에 있지."

머리를 끄덕인 조철봉이 자상하게 젓가락을 은영 앞에 가지런히 놓아주었다.

"그래서 차도 운전기사 이름으로 계약을 했어. 기사 이름이 최갑중이더군."

"어쨌든 대단해요. 그런 곳까지 발이 닿다니요."

은영이 감탄한 표정으로 조철봉을 보았다.

"현 정권이 배후에 있는 그런 막강한 단체라면 크로나 몇 대는 더 뽑을 수가 있겠네."

"그건 알 수 없지."

술과 안주가 놓이자 조철봉은 술병을 들었다. 권력은 유한하지만 금력은 무한한 것이다. 한때 세계를 주름잡던 클린턴도 강연료를 많이 주는 곳으로 달려가지 않는가 말이다. 잔에 술을 채운 조철봉이 다시 정색했다.

"비서실장이 나하고 이야기를 하자는 것이 아무래도 우리 회사에 대해서 알고 싶은 것 같아."

"만나자고 해요?"

긴장한 은영이 묻자 조철봉은 들고 있던 소주잔을 한 모금에 비우고는 내려놓았다.

"사흘 후에 만나기로 했어."

"무엇 때문에 그럴까요?"

"나야 경영진도 아닌 데다 핵심부 요원도 아니니까 회사에 대한 소문 정도겠지 뭐, 겁날 것 없어. 우리야 떳떳하니까."

"비서실장은 누구죠?"

"그것도 말하면 내가 큰일 나. 어쨌든 나하고 먼 친척 아저씨뻘 되는 양반인데 막후 실력자라나 뭐라나. 생김새는 그저 옛날처럼 꾀죄죄한데 말이야."

"…."

"그래서 차도 기사 이름으로 계약한 거야. 나는 차만 팔면 되니까 기사 마누라 이름으로 계약해도 상관이 없지."

"그건 그렇죠."

그제야 술잔을 든 은영이 한 모금을 삼키고는 내려놓았다.

"고문이 키신저하고 고르바초프, 만델라라고 했죠?"

"이제 생각났는데 또 있어. 영국의 대처 전 총리하고 싱가포르의 리콴유 전 총리도 있었는데 죽었지."

"엄청나지."

"어마어마하지."

빈 잔에 술을 채운 조철봉이 주위를 둘러보았다. 실내포장마차 안은 손님으로 가득 차 있어서 소란스러웠으므로 그는 탁자 위로 은영을 향해 몸을 숙였다.

"모두 개혁의 전문가들이란 말이야. 아마 국제개혁연맹이 이 정권 비장의 카드인 것이 틀림없어."

조철봉의 얼굴은 진지했다.

소주 네 병을 나눠 마시고 포장마차를 나왔을 때는 밤 11시가 되어 있었다.

"자, 그럼."

멀쩡한 얼굴이 된 조철봉이 길가에 서서 은영을 보았다.

"여기서 쪼개지자구."

"한잔 더 해요."

은영이 턱으로 옆쪽을 가리켰다.

"저기 노래방이 있네."

"한잔 마시고 노래를 하잔 말이지?"

"스트레스가 아직 풀리지 않았어요."

"아주 화끈하게 푸는 방법이 있기는 한데."

한 걸음 다가선 조철봉이 은근한 시선으로 은영을 보았다.

"섹스지. 침대에서 격렬한 합창을 하고나면 개운해져, 하지만."

조철봉이 얼굴을 일그러뜨리며 웃었다.

"난 팀원은 건드리지 않아. 마치 근친상간 같은 기분이 들어서."

은영은 눈을 치켜뜬 채 가만있었다.

얼굴에 술기운은 이미 싹 가셨다.

"여러 번 느끼지만 조 선배는 이중인격이에요. 난 한 번도 진심을 본 적이 없는 것 같아요."

"이중이 아니라 삼중 사중일지도 모르지."

조철봉이 입술만 찌그러트리며 웃었다.

"그런데 잘못 알고 있는 것이 있어. 난 어떤 경우에도 진심이었고 충실했단 말이야.”

“갈게요.”

뒷걸음질로 물러선 은영이 머리를 까닥해 보이더니 몸을 돌렸다. 길가에 선 조철봉은 은영의 모습이 어둠 속으로 사라져 가는 것을 끝까지 보았다. 전처 서경윤도 그랬다. 한 번도 진심을 가져보지 못한 인간이며 거짓과 위선으로만 뭉쳐 있는 인간이라고. 그리고 지난 생활을 생각하면 진저리가 난다고 했던가? 주위를 둘러본 조철봉은 다시 포장마차로 들어가 빈자리에 앉았다. 놀란 듯 눈을 둥그렇게 뜨는 주인에게 술과 안주를 시킨 조철봉은 주위의 손님들을 둘러보았다. 대부분이 쌍쌍이다. 서경윤과의 결혼생활 중에 거쳐 간 여자들의 얼굴은 물론이고 이름도 기억나지 않는다. 그리고 서경윤은 단 한 건도 증거를 잡지 못했다. 조철봉은 앞에 놓인 술병을 들고 잔을 채웠다. 여자들은 왜 전부만을 원할까? 왜 여유를 주지 않고 몰아붙이기만 하는지. 증거도 없이 추측만을 가지고 위선자네 진심이 없네, 떠들며 떠나간 서경윤이나 이은영이나 다 똑같은 족속이다. 가만 놔두면 다 원점으로 몰아가게 되어 있는 것을 경솔하게 분란을 일으키거나 판을 뒤엎거나 한다.

“한잔하실래요?”

옆에서 들리는 목소리에 조철봉은 고개를 들었다. 30대 중반쯤의 여자가 잔을 내밀고 있었다. 아까 이은영과 함께 있을 때부터 혼자 마시던 여자였다. 조철봉이 술잔을 받았을 때 여자는 옆에 다가앉았다. 둥근 얼굴에 옷차림도 제법 세련되었지만 술에 취한 눈동자가 느리게 움직였다.

“왜 돌아오셨지요? 같이 나가시던데.”

바짝 얼굴을 붙인 여자가 둔하게 혀를 굴리며 묻자 조철봉은 한 모금에 소주를 삼켰다.

"오늘 떡볶이 가게를 열었답니다."

정색한 조철봉이 여자를 보았다.

"떡볶이를 먹으려면 같이 가자고 해서."

"…"

"그래서 싫다고 했지요."

여자가 눈만 끔벅였으므로 조철봉은 길게 숨을 뱉었다. 한 달 전만 같았어도 적극적으로 여자에게 붙어 일단은 오늘 밤 행사를 치르고 나서 장사를 했을 것이다. 그러나 지금은 다르다. 조철봉은 여자에게 빈 잔을 내밀었다.

"내 떡에 고추장 묻히기는 싫거든요."

조철봉이 본사 호출을 받은 것은 다음 날 오후 2시쯤이었다. 수화기에서 비서실이라는 단어가 울린 순간 조철봉의 온 신경은 곤두섰다. 비서실은 회장의 친위 조직으로 인사는 물론이고 감사의 기능까지 장악하고 있는 곳이다.

"오후 4시까지 오시면 됩니다."

비서실 제2부장이라고 자신을 소개한 강재찬이 부드럽게 말했다.

"그리고 이 일은 비밀로 해 주시기를."

비밀 호출인 것이다. 전화기를 내려놓은 조철봉은 사무실을 둘러보았다. 초점이 흐려진 시선이어서 직원들의 윤곽만 보일 뿐이다. 4시 정각에 조철봉은 비서실 안의 소회의실에 강재찬과 마주앉아 있었다. 재찬은 40대 초반쯤의 나이로 보였는데 물론 조철봉과 초면이었다.

여직원이 그들 앞에 커피를 갖다놓고 나갈 때까지 재찬은 크로나의 판매 현황을 건성으로 묻더니 이윽고 정색했다.

"국제개혁연맹에 대해서 잘 아십니까?"

"잘 알지는 못 합니다."

역시 정색한 조철봉이 재찬의 눈을 똑바로 보았다. 재찬은 2부 팀장이었으니 기획 파트였다. 회사의 미래를 설계하는 곳으로 작년의 구조조정은 이곳에서 주도했다. 조철봉의 시선을 받은 재찬이 엷은 입술을 희미하게 펴고는 웃었다.

"물론 비밀은 지켜 드리기로 하지요. 국제개혁연맹이 아직 비공식 단체라고 들었으니까요. 그곳 비서실장을 잘 아신다면서요?"

"잘 안다기보다 먼 친척이 되는 분이어서요."

조철봉도 표정을 폈다.

"오랜만에 찾아가 차 구매를 부탁했을 뿐이지요."

"오해하시지 말았으면 좋겠는데."

커피 잔을 들었다가 도로 내려놓은 재찬이 말을 이었다.

"이은영 과장이 이 사실을 보고한 것에 대해서 말입니다. 모두 회사를 위한 행동으로 사심이 개입하지 않았다고 생각합니다. 그리고 조 과장한테도 전혀 불이익이 되지 않을 것입니다."

조철봉은 눈만 끔벅이자 재찬이 손끝으로 안경을 올렸다.

"키신저하고 만델라까지 고문이 다섯이나 된다던데 맞습니까?"

"그렇게 들었습니다."

"이건 회장님께 보고해야 할 사항이라."

이제 재찬의 표정은 조금 더 진지해졌다. 더 수그러든 자세라고 봐도 될 것이다.

"현 정권의 핵심과 관계가 있는 단체라고 봐도 되겠지요? 그건 말씀해 주실 수도 있지 않습니까?"

"그런 것 같습니다."

조철봉이 희미하게 머리를 끄덕였다.

"하지만 철저하게 위장되어 있어서요."

"그렇겠지요."

"저는 차만 팔면 되니까요."

"차는 크로나 한 대만 구입할 예정인가요?"

"우선 한 대는 곧 계약할 것이고 두어 대가 더 필요하다는 이야기는 들었습니다만, 리무진형으로 말입니다."

그러고는 조철봉이 머리를 기울였다.

"하지만 근대의 앰배서더를 택할지 어쩔지는 잘 모르겠습니다."

근대는 대성보다 규모가 큰 자동차 회사로 앰배서더형이 최고급형이다. 그때 재찬이 눈을 좁혀 뜨고 조철봉을 보았다.

"곧 비서실장님을 만난다고 들었는데, 우리가 크로나 리무진형 세 대를 제공해 드린다고 말씀드려 보시지 않겠습니까?"

그러고는 이제 이까지 조금 드러내며 웃었다.

"물론 이 세 대는 조 과장의 판매 실적으로 넣도록 하겠습니다. 어떻습니까? 그렇게 말씀해 보시지요."

"김동수가 물어온 사건은 60건이 넘었습니다. 이러다가는 곧 100건도 넘을 것 같단 말입니다."

최갑중이 들뜬 목소리로 말을 이었다.

"어쨌든 형님도 대단하십니다. 크로나 최고급형 세대를 공짜로 빼내시다니요."

"너, 앞으로 정신 똑바로 차려야 돼."

"알겠습니다, 차장님."

조철봉의 표정을 살핀 갑중이 정색했다.

"정신 똑바로 차리겠습니다, 차장님."

"차가 준비됐으니까 손님 모시기가 수월해지겠다."

손목시계를 들여다본 조철봉이 라운지 입구를 보았을 때 50대 사내 하나가 들어서고 있었다. 맨체스터호텔의 라운지는 식음료 가격이 비싸기도 했지만 분위기가 워낙 중후해 가벼운 손님들은 잘 오지 않는다. 주위를 두리번거리던 사내는 조철봉과 갑중이 자리에서 일어선 것을 보더니 어깨를 펴고 다가왔다.

"저…."

다가선 사내가 입을 열었을 때 조철봉이 머리를 조금 숙였다.

"제가 전화드렸던 국제개혁연맹의 비서실 김 차장입니다."

"난 홍성준이오."

"만나 뵈어서 기쁩니다."

정색한 조철봉이 홍성준이 내민 손을 잡았다 놓고는 주머니에서 명함을 꺼내 내밀었다. 명함에 적힌 이름은 김영국이다. 성준이 건네준 명함을 받은 조철봉이 갑중을 소개했다.

"이쪽은 비서실의 박 과장입니다."

자리에 앉으며 성준은 갑중을 향해 머리만 끄덕였는데 아랫사람을 대하는 위엄이 자연스럽게 풍겨 나왔다. 성준은 석 달 전만 해도 고검장으로 차기 검찰총장 후보였던 사람이다. 그에게 시간을 돈으로 계산하라면 지금 상황에서는 30분당 100만 원 정도는 될 것이다.

조철봉이 성준을 똑바로 보았다.

"바쁘실 테니까 요점만 말씀 올리겠습니다. 국개연에서는 변호사님을 고문 변호사로 선임하기로 어제 결정했습니다만 승낙해주시겠습니까?"

"글쎄, 국제개혁연맹이라고 했던가요? 난 그 단체에 대해서 아무것도 모르는 입장이어서…."

미간을 좁힌 성준이 그러나 부드럽게 말을 이었다.

"어떤 단체이고, 어떤 일을 하는 건지 그것부터 알아야 할 것 아닙니까?"

"아직 비공식 민간단체입니다만 위원장은 전직 대통령 두 분이 공동으로 맡으시고, 임원은 기업가와 정·관계 인사 30여 명으로 구성되어 있습니다. 사정상 신상을 밝히지 못함을 이해해 주십시오."

가늘어졌던 성준의 눈이 크게 떠졌을 때 조철봉은 목소리를 낮췄다.

"홍 변호사님께서는 한국에 와 있는 조선족 동포와 외국인 인권 문제를 맡아주셨으면 해서요. 맡아주신다면 국개연에서는 약소하지만 매달 1천만 원의 사례비와 크로나 리무진을 드리도록 하겠습니다."

"조선족 동포의 인권 문제란 말이죠?"

이제 정색한 성준이 확인하듯 되묻더니 이윽고 결심한 듯 머리를 끄덕였다.

"보람 있는 일 같습니다. 맡지요."

"아직 비공식 활동을 하는 중이어서 이사장님이나 비서실장님이 직접 나서지 못하고 계십니다. 시국이 어수선해서 오해받을 소지가 많기 때문에…."

"이해합니다."

"곧 연락이 갈 것입니다."

성준이 머리를 끄덕였을 때 조철봉이 옆에 앉은 갑중을 눈으로 가리켰다.

"내일 여기 있는 박 과장이 계약금과 약정서 그리고 크로나 리무진을 갖고 찾아뵐 것입니다, 변호사님."

대성자동차의 회장실은 소공동 대성빌딩의 33층에 자리 잡고 있었다. 한쪽 벽이 유리로 돼 있어 서울시 중심부가 한눈에 내려다보였다. 그러나 일 년에 한두 번 들어올까 말까하는 신분의 강재찬에게는 시내를 내려다보면서 웅지를 다질 여유가 없었다. 재찬은 배에 힘을 주고 앞에 앉은 백기성 회장을 보았다.

"회장님, 국제개혁연맹에 보낸 크로나에 대해서 보고드릴 사항이 있습니다."

회장이 시선을 들었으므로 재찬은 분명하게 말을 이었다.

"크로나 한 대는 비서실장 기사 앞으로 등록이 되었고 또 한 대는 고검장 출신인 홍성준 변호사 이름으로 등록이 되었으며 나머지 한 대는 김태환 전 대통령의 비서인 유진혁 씨 명의입니다."

"그래?"

회장의 눈에 생기가 돌더니 재찬을 똑바로 보았다. 이런 현상은 드물다. 수만 명 종업원을 거느리고 온갖 풍상을 겪다보니 어지간한 자극에는 눈도 크게 뜨지 않는 백기성이다.

"그럼 김태환 전 대통령이 국제개혁연맹을 이끌고 있나?"

"그럴 가능성이 많습니다, 회장님."

"홍성준 변호사도 그쪽 멤버겠군."

"그건 확실합니다, 회장님."

"그, 누구라고 했지, 영업소 직원?"

"예, 서초영업소의 조철봉 과장입니다."

회장의 귀에 일개 과장의 이름이 두 번째 울린 것도 대성 역사상 드문 일 중의 하나일 것이다. 천천히 머리를 끄덕인 기성이 재찬을 보았다.

"그 친구 똑똑하군."

그 순간 재찬의 심장이 벌렁거렸다. 그 말 한 마디를 들으려고 수백, 수천의 임원과 간부들이 목을 매다가 떠나갔던 것이다. 조철봉은 이것으로 진급은 물론이며 출세는 떼어 놓은 당상이 되었다.

"시간 내서 한번 데려와, 이야기나 들어보게 말이야."

기성이 다시 말하자 재찬의 심장은 이제 질투로 뛰었다.

"예, 회장님."

그 시간에 조철봉은 리즈호텔의 커피숍에서 갑중과 마주앉아 있었는데 느긋한 표정이었다. 오후 2시여서 점심을 끝낸 손님들로 커피숍 안은 꽤 떠들썩했다.

"그런데 형님."

갑중이 눈을 크게 뜨고 조철봉을 보았다.

"김태환 전 대통령을 만나신 겁니까?"

"내가 어떻게."

쓴웃음을 지은 조철봉이 커피 잔을 들었다.

"비서를 만났을 뿐이야."

"크로나는 그냥 받던가요?"

"처음에는 사양하더군. 그러다가 결국은 비서 이름으로 받은 거야."

"하긴 공짜로 차를 준다는데 싫다는 놈이 어디 있어?"

그리고 갑중이 목소리를 낮췄다.

"그럼 국제개혁연맹 이사장은 김 전 대통령이 된 겁니까?"

"아마 지금쯤 대성 비서실에서는 크로나 세 대의 명의를 추적해 알아냈을 거다."

조철봉도 따라서 목소리를 낮췄다.

"그리고 김 전 대통령이 이사장이라고 믿겠지."

"홍성준도 국개연의 멤버라고 믿겠지요?"

"그렇겠지."

"형님은 천재요."

정색한 갑중이 손끝으로 조철봉을 가리켰다.

"형님이 그 머리를 공부에 썼다면 빌 게이트가 되었을 거요."

"게이트가 아니라 게이츠야."

"그거나 저거나."

"그리고 빌 게이츠는 하버드를 중퇴했어. 공부로 성공한 게 아냐."

손목시계를 내려다본 조철봉이 자리에서 일어섰다. 크로나 세 대가 추가되었으니 8대가 되었다. 전국 최고 실적이다.

골프를 끝내고 산뜻한 기분이 된 고용복이 별장에 도착했을 때는 저녁 6시가 되어갈 무렵이었다. 차에서 내린 용복은 맑고도 시린 공기를 가슴 가득히 들이마셨다. 산 그림자에 덮인 2층 별장은 이미 불을 환하게 밝히고 있었다. 혜주는 저녁 준비를 하는 중일 것이다. 별장 옆쪽의 잔디밭으로 시선을 주었던 용복은 내일 잔디를 깎아야겠다고 마음먹었다. 마을 사람들을 시킬 수도 있지만 잔디 깎는 기계를 밀다가 갈증이 나면 혜주에게 찬 주스를 시켜 마시는 그림을 상상한 것이다.

혜주는 다소곳한 성품인 데다 눈치가 빨라서 같이 지내는데 전혀 부담이 되지 않았다. 더구나 잠자리에서 분위기가 용복의 이상형이다. 시쳇말로 궁합이 맞는다. 스물여섯의 혜주는 아직 덜 익은 과일이었다. 그래서 지금 용복에 의해서 차츰 익어가는 중이었다. 혜주는 그 어떤 가르침에도 순응했으며 호흡을 맞췄다. 짧으면 짧은 대로, 거칠면 거친 대로 절정에 올랐으니 혜주의 몸에 올랐을 때의 용복은 언제나 자존심을 회복할 수가 있었다. 현관문을 열고 들어서면서 용복은 오늘 밤에는 혜주에게 최음제를 먹여봐야겠다는 생각을 했다. 아주 새로운 분위기가 될 것이었다.

"나 왔다."

둘이 살고 있는 터라 커다랗게 소리쳤던 용복은 입을 크게 벌리고 눈을 치켜떴다. 주방에서 웬 사내가 나왔기 때문이다. 그때 옆쪽 거실에서도 한 사내가 나왔는데 웃음을 띤 얼굴이었다.

"당, 당신들 누구야?"

그 순간 뒤쪽의 현관문이 열리는 기척이 났다. 용복은 머리만 돌렸다. 사내 하나가 또 들어서는 것이었다.

"들어가."

현관으로 들어온 사내가 손으로 거칠게 용복의 등을 밀었다.

"들어가서 이야기하자, 고용복."

"도, 도대체 당신들은."

"말도 많네."

말은 부드럽게 했지만 어느새 날아온 주먹이 턱을 쳐 올렸다. 용복은 안쪽으로 완전히 넘어져 뒹굴었다.

"저녁은 다 되었지?"

몸을 일으키려고 비비적거리는 용복의 귀에 사내들의 목소리가 울렸다.

"우선 밥부터 먹고 하자."

용복은 6개월 전만 해도 수원에서 꽤 큰 도금공장을 세 개나 갖고 있던 기업가였다. 그러나 하룻밤 사이에 야반도주를 해버렸는데 물론 처자는 이미 뉴질랜드로 이주시켰고 재산도 깨끗하게 정리해 놓았다. 빼돌린 것이다. 세 개 공장의 종업원 200여 명은 퇴직금은커녕 밀린 월급도 받지 못했다. 그중에서도 중국동포 10여 명의 처지는 더 딱했다. 대부분이 월급을 용복에게 맡겨 적금을 든 형편이었기 때문이다. 다음 날 오전 11시쯤에 조철봉은 갑중의 전화를 받았다.

"형님, 고용복한테서 8억 원 정도가 나왔습니다. 의뢰인들 몫을 때 주고도 4억 원 정도가 남는데요."

"그건 연맹 기금으로 적립해 둬."

복도의 벽에 등을 붙인 조철봉이 목소리를 낮췄다.

"심하게 대하지는 않았겠지?"

"예, 멀쩡하답니다. 갈비 몇 대가 어긋나고 팔다리 한 개씩 부러진 건 빼고 말입니다."

"마무리를 깨끗이 하라고 해라."

"걱정하지 마세요."

휴대전화의 전원을 끈 조철봉이 몸을 돌리자 이은영이 서둘러 다가 왔다.

"조 선배, 본사 비서실에서 호출이에요. 어서 가보세요. 여긴 나한테 맡기고."

대성자동차 비서실장 윤문영은 50대 중반으로 계열사 사장으로 있 다가 작년에 옮겨왔는데 겉으로는 수평이동이었지만 사실 영전이었 다. 비서실은 자동차의 10여 개 계열사를 관리, 감사하는 조직이어서 비서실장의 서열이 계열사 사장보다 높을 수밖에 없다. 조철봉이 강재 찬과 함께 비서실장실로 들어서자 문영은 반가운 듯 얼굴을 펴고 미소 지었다.

"어, 조 과장 왔나?"

문영이 과장급을 이렇게 대하는 것은 생전 처음일 것이다. 조철봉에 게 자리를 권한 문영이 앞쪽 소파에 앉더니 부드러운 목소리로 물었다.

"뭐 들겠나?"

"저는 아무거나 좋습니다."

"그럼 커피를 하지."

옆에 앉았던 재찬이 재빠르게 일어나 인터폰으로 커피를 시키고 났을 때 문영이 다시 말했다.

"조 과장 실적이 현재 전국 1위더군. 기대하고 있네."

"감사합니다, 실장님."

"지금 회장님께서도 조 과장을 기다리고 계셔. 몇 가지 물어보려고."

"예, 실장님."

"그, 국제개혁연맹에 가입한 정치권 인사가 누구인지 말해줄 수 있겠나?"

"그것은."

침을 삼킨 조철봉이 정색했다.

"아직 비공개 단체여서 비밀로 하고 있습니다만 제가 듣기로는 여야 사무총장이 회원인 것 같습니다."

"그리고 또 있나?"

"여당의 고성표 의원이."

"그렇지."

문영이 커다랗게 머리를 끄덕였다. 고성표는 여당의 3선 의원으로 개혁 중심세력이다. 긴장한 표정의 조철봉이 문영을 보았다.

"그 이상은 모르겠습니다, 실장님."

"그만하면 되었네."

그때 여직원이 커피를 들고 들어섰지만 손목시계를 내려다본 문영은 자리에서 일어섰다.

"차는 회장실에서 마시도록 하지, 회장님이 기다리고 계실 거야."

잠시 후, 조철봉은 문영과 함께 회장실로 들어섰다.

"오, 자네가 조 과장인가?"

눈을 조금 크게 뜨고 맞는 백기성에게 조철봉은 허리를 90도로 꺾어 절을 했다. 그러고는 기성이 내민 손을 잡았다.

"자네를 만나고 싶었어."

소파에 자리 잡고 앉았을 때 기성이 조철봉을 찬찬히 뜯어보며 말했다. 기성은 비서실장 문영과 비슷한 연배였지만 더 들어보였다. 그것은 회장이라는 선입관에다 표정의 변화가 거의 없기 때문일 것이다.

"아주 열심히 일한다고 들었네."

기성이 억양 없는 목소리로 말했을 때 문영은 가볍게 헛기침을 했다.

"앞으로 조 과장의 일을 적극 후원하겠습니다, 회장님."

"그래야겠구만."

"저희 비서실에서 알아본 바로는 국제개혁연맹 회원으로 여야 사무총장과 여당의 고성표 의원이 가입되어 있었습니다. 하지만 아직 비공개 상황인 만큼 이 사실은 비밀로 해야 될 것 같습니다."

기성이 머리만을 끄덕였을 때 문영의 말이 이어졌다.

"국개연의 상황에 대해서는 수시로 보고를 드리도록 하겠습니다."

그러자 기성의 시선이 조철봉에게로 옮겨졌다.

"애로사항이 있으면 말해 보게."

"없습니다, 회장님."

조철봉이 어깨를 펴고 대답했다. 이 자리에서는 그렇게 대답하는 것이 상책이다.

"크로나 3대를 또 받았다."

조철봉이 최갑중에게 손가락 세 개를 펼쳐 보였다.

"이로써 국개연에는 크로나가 6대가 나가게 되었다."

"그것 참."

눈을 크게 떴던 갑중이 입맛을 다셨다.

"이번에는 누구한테 가는 겁니까?"

"여야 사무총장과 고성표 의원한테."

그러자 커피숍 안을 둘러본 갑중이 목소리를 낮췄다. 오후 5시, 이중
간한 시간이라 커피숍에는 손님이 두 팀뿐이었다.

"그 사람들을 끼어 넣어도 괜찮을까요?"

"내가 차를 달라고 했냐? 저희들이 먼저 알아서 기는 건데 왜 말려?"

"그래도 형님이 그 사람들이 국개연 회원이라고 했기 때문에 그런
것 아닙니까?"

"그 사람들은 내가 국개연 회원으로 가입시켜 준 것을 영광으로 생
각해야 돼."

정색한 조철봉이 의자에 등을 붙였다.

"더군다나 최고급 승용차까지 공짜로 얻고 말이야."

"그럼 뭐라고 하면서 차를 주실 거요?"

"그야 회장의 선물이라고 해야지."

"고맙다고 전화라도 했다가 들통이 나지 않을까요?"

"들통은 무슨."

조철봉이 쓴웃음을 지었다.

"회장은 국개연 이야기를 꺼내지도 않을 것이고 만일 꺼낸다고 해도

그게 무슨 말이냐고 되물으면 시치미를 떼는 것으로 생각할 거다.”

“하긴 그렇군.”

입을 반쯤 벌린 갑중이 머리를 끄덕였다.

“그 사람들 수지맞았는데, 크로나를 거저 얻고 말이야.”

“새 차 선전용으로 준다면 부담도 적겠지.”

담배를 꺼내 문 조철봉이 다시 입술을 비틀고 웃었다.

“회장은 회장대로 생색을 내고.”

“그리고 형님 실적도 늘어나고 말이죠?”

“또 있다.”

조철봉이 담배 연기를 갑중의 얼굴에다 뿜었다.

“국제개혁연맹의 위상도 한층 더 높아졌다.”

“그거, 손해 본 사람이 없네.”

따라 웃던 갑중이 생각이 났다는 듯이 정색했다.

“김동수가 형님한테 전할 말이 있다고 하던데요. 중요한 일이라고 했습니다.”

그날 저녁 퇴근 후에 조철봉은 구로동의 국제개혁연맹 사무소 회의실에서 김동수와 마주앉았다. 7층 빌딩의 3층 전체를 사무실로 임차했고 문에다 조그맣게 국제개혁연맹 구로동 사무소라는 알루미늄 간판을 붙여놓았을 뿐이지만 내부는 넓었다. 100평쯤 되는 면적에 대기실도 있고 회의실도 갖춰졌다. 대기실에는 조선족 동포 10여 명이 모여 있어서 떠들썩한 소음이 회의실까지 들려왔다. 그러나 밝은 분위기여서 가끔 웃음소리도 울렸다. 동수가 조심스러운 시선으로 조철봉을 보았다.

"중개인한테 사기를 당한 여자가 있습니다."

조철봉은 눈만 크게 떴고 동수의 말이 이어졌다.

"6명의 초청장을 보낸다고 3천만 원을 받고서는 1년이 넘도록 피하고 있다는 겁니다. 그런데 그 중개인의 배경이 든든하답니다."

"얼마나 든든한데?"

"경찰도 많이 알고 출입국 관리소 직원들하고도 잘 통한다고 합니다. 거기에다…."

동수가 힐끗 조철봉의 눈치를 보았다.

"피해자는 밀입국을 해서 떳떳하게 나설 형편이 안 된단 말입니다."

"사기를 당할 만하구만."

정색한 조철봉이 머리를 끄덕였다.

"내가 내일 만나보지."

조철봉은 영업소에서는 물론 이은영에게도 여야 사무총장과 고성표 의원에 대한 이야기는 하지 않았다. 그래서 조철봉으로부터 크로나 3대의 발주서를 받은 장정수가 두 손을 번쩍 들었지만 차마 만세까지 부르지는 못 했다. 그러나 눈은 부릅떠졌고 목소리가 떨렸다.

"넌 어떻게 이런 정치인까지 알게 되었어?"

정수가 숨도 돌리지 않고 말했다.

"여하튼 너란 인간은 특출한 놈이다. 우리 영업소의 보물이여."

목소리가 컸으므로 시선들이 모였고 김정필도 다가와 섰다.

"그럼 11대가 되었네요. 전국 1등입니다."

정필은 5대를 계약했는데 그것만으로도 전국 1000명 가까운 영업사원 중에서 상위 20위권 안에 들 것이다. 그들의 시선을 느낀 조철봉이 쑥스러운 듯 뒷머리를 손으로 쓸었다.

"운이 좋았을 뿐이지 뭐."

"도대체 어떻게 끈이 닿은 거야?"

바짝 다가선 정수가 궁금해 죽겠다는 얼굴로 묻자 조철봉은 정색했다.

"공을 들였지요. 그 양반들은 물론이고 기사 생일까지 챙겨 주었으니까, 몇 년 동안 돈 꽤나 들었습니다."

"과연."

감탄한 정수가 커다랗게 머리를 끄덕였다.

"지성이면 감천이란 옛말이 하나도 틀리지 않는군."

축하 분위기가 어색한 듯 조철봉은 사무실을 빠져 나왔고 이은영이 따라 나왔다.

"조 선배, 축하해요."

바짝 붙어 선 은영이 힐끗 조철봉을 보았다.

"이번 건도 국제개혁연맹하고 연관이 있는 거죠?"

"입 잘못 열었다가는 그날로 끝장날 수가 있어."

복도의 벽 쪽으로 다가선 조철봉이 은영을 쏘아보았다.

"국개연은 그따위 자동차 몇 대로 넘어갈 만큼 호락호락한 단체가 아니란 말이야. 이 과장 때문에 하마터면 내 입장이 난처하게 될 뻔했다는 걸 알아둬."

"저는 그저."

당황한 은영의 시선이 흔들렸다.

"조 선배를 도우려고."

"대박이 될 정보 하나 건졌다고 생각했겠지. 그래서 즉각 비서실에다 보고를 한 것 아냐?"

"그건 조 선배나 회사에 도움이 된다고 생각했기 때문에…."

"역시 자네는 감시자였고 정보원이었어."

조철봉이 쓴웃음을 지었다.

"믿을 사람은 아무도 없어."

몸을 돌린 조철봉이 영업소 현관을 나섰고 은영은 어디 가느냐고 묻지 않았다.

한 시간 반쯤 후인 오전 11시 반, 조철봉은 다시 국제개혁연맹의 회의실에 와 있었다. 테이블 건너편에는 김동수와 여자 하나가 나란히 앉았다. 20대 후반쯤의 여자는 화장기가 없는 파리한 얼굴에 옷차림도 수수했지만 시선이 다시 가는 미인이었다. 검은 눈동자는 맑은 데다 촉촉했으며 콧날은 곧았고 깨끗하고 반듯한 이마에다 입술이 단정했다. 조철봉의 시선을 받은 여자가 입을 열었다.

"전 윤성희라고 합니다. 김 선생님한테서 사장님 말씀을 들었습니다."

간혹 생김새와 목소리가 판이한 사람이 있었지만 성희의 목소리는 용모와 잘 맞았다. 맑고 가늘면서 또렷하다. 성희가 말을 이었다.

"사장님께서 좋은일을 많이 하신다면서 직접 부탁해 보라고 하셔서."

동수는 조철봉이 무역회사를 경영하는 사장인 줄로 안다. 만일 대성자동차 서초영업소의 과장이라고 한다면 머리를 갸웃거릴 것이 뻔하다.

윤성희는 28세밖에 되지 않았지만 인생역전은 40대의 그것만큼이나 기구했다. 중국 옌지에서 태어난 성희는 룽징의 대성중학을 졸업하고 고등과정을 거쳐 옌벤대학 예술학원의 무용과를 졸업했다. 성희의 부친은 옌벤 자치주의 공안을 지내 생활이 어렵지는 않았다. 그러나 성희가 무용과 졸업반이었을 때 부친이 모함을 받아 처형되면서 비극은 시작되었다. 곧 모친이 쓰러져 병명도 알지 못한 채 두 달 만에 세상을 떠났고 하나뿐인 남동생은 가출을 했다. 소문으로는 한국행 밀항선을 탔다고 한다.

겨우 학원을 졸업한 성희는 호구지책으로 옌지의 가라오케에서 한국인을 상대로 춤과 노래를 팔다가 한국인 무역업자 강 씨를 만나 현지처가 되었다. 그러나 잠시 안정이 된 것 같았던 성희의 생활은 반년도 안 되어서 박살이 났다. 강 씨가 밀수를 하다가 공안에 잡혀 지금도 중국 감옥에 있다는 것이다. 모아놓은 돈도 없는 데다 강 씨 옥바라지에 오히려 빚만 늘어난 성희는 결국 한국행 밀항선을 탔다.

그것이 4년 전이다. 겨우 한국 땅을 밟은 성희는 식당 일과 파출부, 노래방 종업원까지 안 해 본 일이 없다고 했다. 그렇게 3년간 모은 돈이 3천만 원 가깝게 되었다는 것이다. 성희가 차분하게 말을 이어갔다.

"그때 노래방에 자주 오던 박 사장을 만났지요. 그때는 옌지에 살고 있는 친척들과 연락이 닿았는데 박 사장이 초청장을 보내 입국시켜 주겠다고 했습니다. 박 사장이 높은 사람들하고 가깝게 지내는 걸 알고 있었기 때문에 조금도 의심하지 않았지요."

이것이 1년 전 일이었고 사기극의 배경이었다. 그저 머리만 끄덕이며 성희의 사연을 끝까지 듣던 조철봉이 이윽고 입을 열었다.

"박 사장이 가져간 돈은 3천만 원뿐입니까?"

"예, 제 전 재산입니다."

성희의 맑은 눈이 더 촉촉해졌다.

"그 돈은 친척들이 오면 일해서 갚아주기로 했거든요."

"영수증은 받았습니까?"

"제가 부탁하는 형편이라 차마 달라고 하지를 못 했습니다."

마침내 성희의 눈에서 눈물이 또르르 굴러 떨어졌다.

"증거가 하나도 없어서 오히려 그 사람이 더 큰소리를 칩니다."

아마 당장에 붙잡아서 추방시키겠다고 하는 바람에 성희는 그를 만나지도 못 할 것이었다. 손끝으로 눈물을 훔쳐낸 성희가 눈을 크게 떴다.

"친척들은 이미 한국행을 포기했으니까 그 돈만 찾으면 당장이라도 엔지로 돌아가겠어요."

"지금 어디에 계십니까?"

조철봉이 묻자 성희가 먼저 옆에 잠자코 앉은 동수의 눈치부터 보았다. 동수가 머리를 끄덕이자 성희가 입을 열었다.

"대림동의 식당에서 일하는데 잠은 인권 보호소의 목사님 댁에서 잡니다."

"식당에서 월급은 얼마 받습니까?"

"한 달에 60만 원 받습니다."

머리를 돌린 조철봉이 동수를 보았다.

"윤성희 씨를 사무실 직원으로 채용하시지요. 한 달 월급은 100만 원으로 합시다."

186

퍼뜩 눈을 치켜떴던 동수가 금방 대답했다.

"예, 사장님, 그렇게 하겠습니다."

"조선족 동포들의 민원을 듣고 정리하는 일이니까 어렵지 않을 겁니다."

이것은 성희에게 한 말이었지만 이번에도 동수가 대답했다.

"그렇습니다, 어렵지 않습니다."

"그리고 곧 거처를 마련해 드리지."

그리고 지갑에서 수표 한 장을 꺼내 성희에게 내밀었다.

"이거 100만 원이오. 옷이나 사 입으세요, 돈은 꼭 찾아드릴 테니까."

"나이스 샷"

공이 하마터면 벙커에 빠질 뻔했지만 백대운의 무지막지한 장타는 알아줄 만했다. 윤문영의 외침에 대운이 만족한 듯 싱긋 웃었다.

"나는 이 맛에 공을 친다니까."

"회장님은 아직도 힘이 넘치십니다."

잔디밭을 나란히 걸어 내려가면서 문영이 정색하고 말했다. 그의 장점 중 하나는 아부가 전혀 아부처럼 들리지 않는다는 것이다. 칭찬을 할 때 얼굴 표정이 굳어지는 것을 봐도 그렇다.

"저는 아무래도 자신감이 문제인 것 같습니다. 마음껏 휘두를 수가 없어요."

"마음을 비워야 돼."

대운도 정색하고 충고했다. 그는 3선 의원이었지만 지난번 총선 때는 여당의 개혁 성향 의원에게 밀려 낙선했다. 그러나 기한그룹의 명예 회장이며 전경련의 임원, 거기에다 정부 경제대책 위원회 부위원장, 인권협회 고문 등 굵직한 직함만 10여 개를 갖고 있는 대운의 영향력은 아직도 막강했다. 그것은 물론 대운의 엄청난 자금력을 바탕으로 이뤄진 것이다.

하지만 돈이 안 드는 일은 없다. 하다못해 회의 한 번을 해도 점심값과 회의장 임대료가 드는 것이다.

문영이 성큼성큼 걷는 대운의 옆으로 바짝 붙었다. 지금이 가장 사업 이야기를 꺼내기에 좋은 시간인 것이다.

"회장님, 국제개혁연맹이라고 들어 보셨습니까?"

"국제개혁연맹?"

대운이 눈을 좁혀 뜨고 문영을 보았다.

깊은 주름이 잡힌 대운의 얼굴에는 검버섯이 서너 개 돋아나 있었지만 60대 후반이라고는 믿어지지 않을 만큼 몸은 단단하다.

"처음 듣는 것 같은데? 그런 단체도 있는가?"

"그건 당연하지요, 아직 비공개 단체니까요, 하지만."

뒤쪽의 캐디가 꽤 멀리 떨어져 있었지만 문영이 목소리를 낮췄다.

"연맹의 고문으로 키신저, 만델라, 고르바초프, 미국 대통령 클린턴과 부시까지 포함되어 있습니다."

놀란 듯 대운의 걸음이 조금 늦춰졌고 문영의 말이 이어졌다.

"그리고 이건 극비 사항입니다만 김태환 전 대통령이 현재 연맹 이사장직을 맡고 있습니다, 그리고."

문영의 목소리가 더 낮아졌다.

"여야 사무총장에다 고성표 의원, 연맹의 법률고문으로는 홍성준 변호사가 끼여 있습니다.”

“그렇다면 새로운 정계 개편인가?”

혼잣소리처럼 말하던 대운이 눈을 치켜떴다.

“당신은 그 정보를 어디서 얻었어? 내 정보망도 꽤 단단한데 말이야.”

“저는 확실한 인맥이 있습니다, 회장님.”

“그럼 대성자동차는 이미 그곳에 손이 닿았단 말인가?”

“그건 말씀드릴 수가 없습니다만 회장님께서 관심이 있으시다면.”

그러자 한동안 걷기만 하던 대운이 결심한 듯 입을 열었다.

“좋아. 기한전선을 대성에게 매각하기로 하지. 하지만 조건은 변경시킬 수 없어.”

“물론입니다, 회장님.”

“그리고.”

대운이 똑바로 문영을 보았다.

“그, 국제개혁연맹을 나한테 소개해줘야 하네.”

“예, 그쪽은 아직 비공개라서 철저하게 비밀리에 행동하고 있지만 확실한 중개인이 있습니다, 회장님.”

문영이 자신 있게 말했다.

“그쪽 비서실장의 인척인 친구인데 바로 제 심복이지요.”

여자들 중에서 마음과는 전혀 다른 행동을 하는 부류가 많은 것은 이상한 일이 아니다. 그것은 여자가 소극적이며 수동적인 성품이라는 선입견에서 비롯된 오해다. 게다가 현실에서 그것을 잘만 활용하면 상당히 득이 된다는 여자들의 본능적인 계산도 작용한다. 조철봉이 이렇게 거창한 생각을 하는 것은 바로 앞에 앉아 있는 전유미 때문이다. 시치미를 딱 떼고 앉아 있는 유미는 33세의 이혼녀로 의류업체의 디자이너이며 쭉 빠진 몸매의 미인이다. 다만 한 가지 흠이라면 유미가 전처 서경윤의 대학 후배로 이쪽의 약점을 제법 알고 있는 척한다는 것이다. 하지만 오히려 그것이 작전 수립에 도움이 될 수도 있다. 오늘은 유미와 여섯 번째 독대였고 그동안 줄곧 독대를 거절당했으니 일단 조철봉은 얼굴에 감개무량하다는 표정을 지었다. 속이 뻔히 보이는 짓거리라도 이런 표정은 상대의 긴장을 풀어놓는 효과가 있는 것이다.

"형부, 요즘 얼굴이 좋아졌네요."

유미가 말했고 조철봉은 부드러운 표정을 바꾸지 않았다. 유미는 의식적으로 형부라고 부른 것인데 전에는 그 말에 화를 냈었다. 경윤과의 이혼을 강조하면 할수록 유미는 더 냉소적이 되었던 것이다. 유미는 진작부터 이쪽의 속셈을 간파하고 있던 터라 초조하게 눈을 부릅뜰수록 더 쾌감을 느꼈을 것이 틀림없다. 소공동의 프린세스호텔 라운지에는 저녁시간인데도 손님이 서너 테이블뿐이었다. 요즘은 경기가 좋지 않아서 한 잔에 만 원 가까이 하는 커피를 마시려고 이곳까지 오지 않는다.

"하실 말씀이 뭔데요, 형부?"

유미가 다시 입을 열었을 때 조철봉의 표정이 굳어졌다.

"요즘 통 소식을 못 들었는데 영일 엄마는 잘 지내나?"

이제까지 유미를 만나면서 서경윤의 이야기를 이쪽에서 먼저 꺼낸 것은 이번이 처음이다. 조철봉은 유미의 갈색 눈동자가 흔들리는 것을 보았다.

"며칠 전에 통화는 했는데, 별일 없는 것 같던데요."

형부, 형부 하더니 유미의 표정이 금방 시큰둥해지고 눈초리도 조금 치켜 올라갔다.

"그걸 물어보시려고 부른 거예요?"

"부탁이 있어서."

앞에 놓인 커피 잔을 든 조철봉의 표정이 다시 부드러워졌다.

"이유야 어떻든 간에 영일 엄마하고 헤어질 때 내가 위자료를 못 준 것이 마음에 걸려서 말이야."

유미의 입이 조금 벌어졌다가 도로 닫혔다. 그때는 형부가 거지 아니었느냐고 말할 뻔했을 것이다. 한 모금 커피를 삼킨 조철봉이 잔을 내려놓았다.

"이번에 내가 1억 원 적금을 탔어. 이혼 후에 꾸준히 넣은 적금인데 그중 반을 떼어서 5천을 영일 엄마한테 주고 싶은데 받을까?"

"1억 원요? 그중 5천만 원을?"

유미가 입술만을 달싹이며 되묻더니 눈동자가 고정되었고 표정도 진지해졌다.

"오빠, 갑자기 왜 그래요?"

갑자기 형부가 오빠로 변했지만 조철봉은 못 들은 척했다.

"내가 미안해서 그런다니까."

조철봉이 가슴 주머니에서 봉투를 꺼내더니 안에 든 수표를 꺼냈다. 그러고는 탁자 위에 펼쳤다. 1천만 원짜리가 딱 열 장이다.

"나한테 돈은 별 의미가 없어."

조철봉이 혼잣소리처럼 말했다.

"오빠가 갑자기 이상해졌네."

탁자 위에 놓인 수표에서 시선을 든 유미가 정색하고 조철봉을 보았다.

"다 끝난 사이인데 새삼스럽게 무슨 돈을 준다고 해요?"

"내가 미친놈 같지?"

"언니가 이 돈을 받고 고맙다고 할 것 같아요? 천만에."

유미가 머리를 저었다.

"언니 입장만 난처하게 만들지 마시고 이 돈 오빠나 써요, 나한테 술이나 한잔 사든지."

"그럴까?"

조철봉이 어깨를 늘어뜨리면서 길게 숨을 뱉었다. 이것이 돈의 위력이다. 서경윤에게 5천을 떼어 준다는 말은 어림 반푼어치도 없는 수작이다. 단돈 5백 원도 못 준다. 주식에다 박아둔 돈 1억을 찾아서 유미에게 쇼를 한 것인데 예상했던 대로 단번에 분위기가 변했다.

"그럼 나가서 술 한잔하자."

수표를 쓸어 담은 조철봉이 기운 없이 일어났을 때 유미가 얼굴을 펴고 웃었다.

"압구정동에 분위기 좋은 카페가 있어, 내가 오빠 기분 전환시켜 줄게요."

이제까지 유미가 이런 행동을 보인 것은 처음이었지만 조철봉은 시치미를 뚝 뗐다. 호텔 현관으로 나가자 도어맨이 다가와 섰다.

"차를 불러 드릴까요?"

"아, 4407."

조철봉이 번호를 말하며 손에 주차증과 만 원권 한 장을 쥐어주자 도어맨은 날듯이 달려갔다. 그리고 30초도 되지 않아서 검정색 크로나를 끌고 와 앞에다 주차시켰다. 그때 조철봉의 옆에 서 있던 유미의 눈이 둥그레졌다.

"오빠 차야?"

"그럼 내가 차 빌려 타고 올 것 같아?"

조철봉이 눈을 치켜떠 보이고는 운전석에 앉았고 유미는 도어맨이 열어준 옆문으로 조수석에 앉았다.

"어마나, 도대체."

크로나 리무진의 내부에 압도당한 유미의 표정이 더 다소곳해졌다.

"오빠, 회사 다니면서 이런 차를 타도 돼?"

차가 큰길로 들어서자 유미가 참지 못하고 다시 물었다.

"이런 차는 회사 사장이나 타는 것 아냐?"

유미가 이렇게 말끝을 잘라 코맹맹이 소리로 반말을 뱉는 것도 처음이다.

"내가 지난달에 전국 1등을 했어, 그래서 포상으로 최고급 크로나를 받았지."

"어마나."

"차라리 현금으로 주면 더 좋았을 텐데 말이야."

"오빠는 대단해."

크로나는 국제개혁연맹 앞으로 등록된 차였고 차주는 최갑중이다. 압구정동의 카페 앞에서 유미가 조철봉의 팔을 끼고 바짝 붙었다.

"오빠, 이곳은 꽤 비싸."

유미가 소곤대듯 말하자 조철봉은 빙긋 웃었다. 이혼 전에 서경윤으로부터 유미 이야기를 들은 적이 있었다. 유미는 사치가 심해서 남편 모르게 카드빚을 갚느라 애를 먹는다는 것이었다. 그러고는 이쪽이 먼저 이혼을 했으므로 유미가 헤어진 이유를 듣지 못했지만 사치는 마약처럼 끊기 어려운 습관이다. 카페 안쪽의 자리를 차지하고 나서 고급 양주와 안주를 거침없이 시켰다.

유미가 웃음 띤 얼굴로 조철봉을 보았다.

"오빠, 나 오늘 밤 외박해도 돼."

"그렇군, 내가 오늘 밤 드디어 소원을 풀었구나."

조철봉이 눈을 크게 뜨고 말했지만 이미 열기는 식었다. 돈의 위력을 느낀 것만으로 족하다. 이제는 감정이 통하는 상대를 안을 작정이었다.

다음 날 오전 10시에 조철봉은 휴대전화로 걸려온 전화를 받았다.

"나, 비서실장이야."

대뜸 그룹 비서실장 윤문영의 목소리가 수화구를 울렸고 조철봉은 긴장했다.

"예, 안녕하십니까?"

"조 과장, 오늘 시간 좀 내줘야겠네, 11시에 말이야."

"예."

비서실장님, 하고 꼬리를 붙인다면 앞뒤 직원들의 귀가 솔깃할 것이다. 아마 10분도 되지 않아서 대성그룹 전체에 소문이 퍼질 것이었다. 문영이 다시 말했다.

"11시 정각에 해리스호텔의 10층 라운지 특실에서 기한그룹의 백대운 회장을 만나줘야겠네. 괜찮겠지?"

"예, 그렇게 하겠습니다만 무슨 일이신지요?"

"백 회장님이 꼭 만나겠다고 하셔서 말이야. 자네는 듣기만 하면 되네. 무슨 말인지 알겠지?"

"예, 알겠습니다."

"비밀은 지키실 테니까 부담가질 필요는 없네. 다 회사를 위한다고 생각해주게."

"예, 알겠습니다."

"그럼 부탁하네."

전화가 끊기자 앞쪽에서 얼쩡거리던 이은영이 다가와 섰다. 은영은 국개연에 대한 보고를 했다는 조철봉의 추궁을 받은 후로 많이 위축되어서 요즘은 따라 나간다고도 하지 않았다.

"민유진 씨한테서 연락이 왔어요. 에어컨이 시원치 않다고 봐달라는데요."

은영이 소곤대듯 말하자 조철봉은 머리를 끄덕였다.

"내가 사람을 보내지."

손목시계를 내려다본 조철봉이 자리에서 일어섰고 은영은 뭔가 말할 듯이 입만 벌렸다가 닫았다.

"어, 조 과장이신가?"

조철봉이 특실 안으로 들어서자 이미 원탁에 혼자 앉아서 기다리던 백대운이 자리에서 일어나 맞았다. 웃음 띤 표정이었지만 날카로운 시선은 조철봉의 얼굴에서 한동안 떼어지지 않았다. 허리를 굽혀 절을 한 조철봉은 대운과 악수를 나누고 나서 자리에 앉았다.

"윤 비서실장한테서 이야기는 대충 들었어요."

정색한 대운이 금방 본론을 꺼냈다.

"국제개혁연맹에 대해서 말이오. 이미 대성자동차는 국개연에 깊숙이 관여한 것으로 알고 있는데."

"그렇지는 않습니다."

조철봉이 정중하게 말했다.

"다만 차량 지원을 해주었을 뿐입니다."

"김태환 전 대통령께도 보내 드렸다지요?"

"예, 회장님."

"물론 아직 국개연이 비공개 상태인지는 알지만."

대운이 눈을 가늘게 뜨고 조철봉을 보았다.

"조 과장이 국개연의 비서실장님하고 연이 닿는 것으로 들었습니다. 어때요? 날 위해서 한번 수고를 해 주시겠소?"

"어떻게 말씀입니까?"

당황한 듯 눈을 크게 뜬 조철봉이 물었고 대운은 부드럽게 웃었다.

"비서실장님을 만나게 해주시면 내가 신세를 단단히 갚지요."

"제가 야단을 맞았습니다."

이맛살을 좁힌 조철봉이 시선을 내렸다.

"저 때문에 노출되었다면서 아주 심한 질책을 받은 터라 아직은."

"그렇다면 내 성의라도 보여드리고 싶은데 그건 전해 드릴 수 있겠지요?"

원탁에 바짝 다가앉은 대운이 말을 이었다.

"내가 약소하지만 후원금을 낼까 하는데, 물론 비공식으로 말이오.
괜찮겠지요?"

"도대체 국개연의 비서실장을 누구라고 하신 겁니까?"

최갑중이 물었을 때 조철봉은 기가 막힌다는 듯이 눈을 크게 떴다.

"야, 누구라고 했다가는 금방 꼬리가 잡힌다. 그저 오리무중, 안개 속
에 감춰진 존재로 놔둬야 돼."

눈만 껌벅이는 갑중을 보자 조철봉은 쓴웃음을 지었다.

"이놈이 생각하면 저놈 같고 저놈의 추측에는 이놈 같이 여겨져야
한단 말이다. 그리고 그런 거물들은 좀처럼 밖으로 드러나는 행동을 하
지 않거든."

백대운과 헤어진 조철봉은 갑중을 만나 국개연 사무실로 가는 중이
었다.

"이것 봐라."

조철봉이 옆에 놓인 검정 가죽가방을 눈으로 가리켰다.

"자금 추적이 힘든 소액권 수표로 5억 원이 들었다. 유령 비서실장
앞으로 보내는 후원금이다."

갑중이 머리를 돌려 뒷좌석의 가방을 보려다가 하마터면 앞차를 받
을 뻔하고는 질색을 했다.

"형님, 저는 불안합니다."

"나는 국개연이 점점 안정되어가는 느낌이다."

등받이에 상체를 기댄 조철봉이 히죽 웃었다.

"거물들이 속속 참여하는 데다 자본금이 쌓여가고 있단 말이야. 국개

연은 유령에서 차츰 뼈와 살이 붙고 수혈까지 받고 있어."

조철봉이 돈 가방을 가볍게 두드렸다.

"그리고 그것을 내가 조종한단 말이야."

사무실로 들어서자 연락을 받고 기다리던 윤성희가 반색을 하고 맞았다.

"그놈한테서 돈을 받아냈습니다."

조철봉이 소파에 앉기도 전에 성희가 눈물이 가득 고인 얼굴로 말했다.

"은혜를 잊지 않겠습니다, 사장님."

"당연한 일이니까 그럴 것 없어요."

부드럽게 말한 조철봉이 힐끗 갑중을 보았다. 갑중은 박 사장한테서 3천만 원의 2배인 6천만 원을 뜯어낸 것이다.

약점 없는 인간은 없다. 그리고 사기꾼에게는 사기꾼에 맞는 방법을 쓰면 되는 것이다. 조철봉의 시선이 앞에 선 성희의 몸매를 스치고 지나갔다. 화장기가 없어서 피부는 더 윤기가 흐르는 것 같았으며 잘록한 허리와 둥근 엉덩이의 곡선이 육감적이다.

"제가 거처할 집을 얻어 드린다고 했었는데."

조철봉이 성희의 눈동자를 똑바로 보았다.

"원룸 오피스텔을 하나 얻어 드릴까 하는데, 괜찮겠지요?"

긴장한 성희의 눈가가 더 빨개졌고 옆에 앉은 갑중은 몸을 숙였다. 조철봉이 헛기침을 했다.

"그럼 승낙한 걸로 하고, 내일 중으로 여기 있는 최 부장이 방을 얻어 드릴 겁니다."

성희가 당황한 듯 허둥대며 회의실을 나갔을 때 갑중이 조철봉을 보았다.

"형님, 어떻게 하시려고."

"뭘 말이냐?"

"하긴 저 여자만 한 인물도 드물지요. 때 빼고 광내면 일류가 될 겁니다."

"이 자식이."

"오피스텔은 전세로 얻어야겠지요?"

"알아서 해라."

"설마 저 여자 명의로 하는 건 아니죠?"

"시끄러."

정색한 조철봉이 갑중에게로 몸을 돌렸다.

"가구도 갖춰줘라."

"예, 형님."

"가볍게 흘려듣지 마."

조철봉이 눈을 부릅떴다.

"고생만 해온 저 여자에게 한번 호강을 시켜주잔 말이다. 나는 그것뿐이다."

다음 날 오후에 윤성희는 최갑중을 따라 대림동 주택가에 있는 원룸 오피스텔 빌딩의 현관으로 들어섰다.

"3층이니까 계단을 이용해도 될 거요."

갑중이 엘리베이터의 버튼을 누르면서 말했다. 오피스텔 빌딩은 10

층 건물이었다. 1층에는 은행이 입주해 있었고 지하층은 대형 슈퍼마켓과 식당 등 각종 편의시설이었다. 3층에 내려 갑중이 성희에게 키를 내밀었다.

"303호입니다. 나는 이쯤 해서 물러나야겠다는 생각이 드는구만요."

얼굴이 붉어진 성희가 주춤대면서 키는 받았지만 차마 발은 떼지 못했다. 그러자 갑중이 희미하게 웃었다.

"사장님한테 나중에 고맙다는 인사나 드리시지요. 이건 다 사장님이 해주신 것이니까."

몸을 돌린 갑중이 다시 엘리베이터 안으로 사라졌다. 성희는 303호실로 다가갔다. 문을 연 성희는 숨을 멈췄다. 20평형의 원룸 오피스텔 안에는 이미 갖가지 가재도구가 갖추어져 있었던 것이다. 대형 TV, 냉장고, 침대에다 주방에는 식기까지 있었고 식탁과 소파가 정연했다. 안으로 들어선 성희는 화장실 문도 열어보았다. 물론 갑중의 솜씨겠지만 목욕 타월이 걸린 옆에는 칫솔과 치약, 비누가 포장지에 싸인 채 정돈되어 있었다. 소파에 앉은 성희의 시선이 탁자 위에 놓인 전화기에 닿았다. 바로 그때 전화벨이 울려 성희는 소스라치게 놀랐다. 벨이 다섯 번 울리고 나서야 조심스럽게 수화기를 들고 귀에 댔다.

"여보세요."

"아, 윤성희 씨."

굵은 사내의 목소리가 수화구를 울렸다.

"나, 조철봉입니다."

"아아, 사장님."

말문이 막힌 성희가 눈만 크게 떴을 때 조철봉이 부드럽게 물었다.

"집이 마음에 듭니까?"

"예, 감사합니다, 사장님."

"전세니까 관리비만 내면 됩니다."

"예, 사장님."

"그리고 말이죠."

조철봉이 웃음 섞인 목소리로 말했다.

"나한테 부담 느끼실 것 없어요. 무슨 말이냐 하면."

"…"

"내가 윤성희 씨한테 대가를 바라고 그런 것이 아니란 말입니다. 나는 그저 한국에도 사기꾼만 있는 것이 아니라는 것을 보여 드린 것으로 만족하니까."

성희가 무언가를 말하려는 듯이 입을 벌렸을 때 조철봉의 말이 이어졌다.

"그러니까 좋아하는 남자가 있으면 그곳에서 같이 지내도 괜찮습니다."

"저, 저는."

"그리고 참."

조철봉이 다시 성희의 말을 막았다.

"내가 잊고 있었는데 한국으로 친척들을 초청하려다가 그렇게 되었지요? 내일 출근해서 최 부장한테 그 친척들 신상명세를 전해 주세요. 내가 입국시켜 줄 테니까."

놀란 성희의 얼굴이 하얗게 굳기 시작할 때 전화는 끊겼다. 수화기를 내려놓은 성희는 길게 숨을 뱉었다. 그러고는 조심스럽게 가죽 소파에 등을 댔다가 결심한 듯 상체를 기대고 두 다리를 뻗었다. 그러다가 곧 두 다리를 탁자 위에 올려놓고는 소파에 파묻히듯 앉아 눈을 감았다. 행복했다. 그러나 가슴 한쪽이 조금 빈 것 같은 느낌이 온다. 조 사장이 대가를 바라지 않는다는 말만 안 했어도 좋았을 텐데, 문득 그런 생각이 떠올랐던 성희는 눈을 떴다가 다시 감았다.

시계를 내려다본 민유진은 이맛살을 찌푸렸다. 오후 4시 반, 수산시장 앞쪽 올림픽대로는 꽉 막혀 있는 데다 빠져나갈 샛길도 없었다. 5시에 논현동에 도착할 희망은 사라졌디.

"정말 지겨워."

휴대전화의 전원을 켜면서 유진이 투덜거렸다. 이럴 때 서울시장의 목소리가 들리거나 모습이 나타난다면 재선은 물 건너갔다고 봐도 될 것이다. 재수 없는 경우가 되겠지만 이런 기억은 오래 남는 법이다. 차들은 가다 서다를 반복했다. 유진은 가속기를 밟으면서 다이얼을 눌렀다. 브레이크 등이 꺼진 앞차는 제법 굴러갔고 그때 신호음이 끊기면서 정애의 목소리가 스피커에서 흘러나왔다.

"여보세요."

"응, 정애야, 나야."

그때 시선을 들었던 유진은 앞차가 바로 코앞에 서 있는 것을 보고는 기겁을 했다.

"꽝!"

브레이크를 밟는 순간에 유진의 크로나는 앞차를 들이받아 버렸다. 저속이라 에어백은 터지지 않았다. 충격이 크지 않았지만 충돌음이 엄청나서 유진은 잠시 멍한 얼굴로 앉아 있었다. 그때 앞차의 운전자가 목을 만지며 겨우 차에서 나왔다. 젊은 사내였으나 목을 다친 듯이 얼굴이 일그러져 있었다. 그로부터 한 시간 반쯤 후인 오후 6시에 유진은 방배동의 커피숍에서 조철봉과 마주앉아 있었다. 심란한 표정이었다.

"저쪽 차는 똥차라 현금으로 배상하는 것이 낫습니다."

조철봉이 시원스럽게 말했다.

"견적이 많아야 70, 80 나올 겁니다. 그렇지만 문제는 운전자가 목이 아프다고 지금 진단서를 끊고 있는 것인데."

정색한 조철봉이 유진을 보았다.

"혹시 보험료 타내려는 놈이 아닌가 해서 컴퓨터 조회를 했더니 깨끗해요. 대기업 사원이죠."

"그럼 어떻게 하죠?"

"보험 처리를 하면 간단합니다."

"하지만 난 보험을 들지 않았잖아요? 뻔히 아시면서."

유진이 눈을 치켜뜨고 말했다. 차를 한 달 동안 타고 나서 결정하는 조건으로 가져갔으니 보험을 들 생각도 안 했던 것이다. 그때 조철봉이 얼굴을 펴고 웃었다.

"제가 보험도 들어 놓았습니다."

놀란 듯 눈만 깜박이는 유진을 향해 조철봉이 말을 이었다.

"다른 걱정 마시고 집에 돌아가 계십시오. 제가 차까지 깨끗하게 손을 봐서 내일 오전에 갖다 드리지요."

"저, 그럼."

멍하니 있던 유진이 생각난 듯 핸드백을 열더니 지갑을 꺼내었다.

"여기, 그 사람 차 수리비 드릴게요."

100만 원짜리 수표 한 장을 탁자 위에 놓았던 유진이 머리를 들고 조철봉을 보았다.

"참, 보험료는 얼마죠?"

유진과 헤어진 조철봉이 커피숍에서 얼마 떨어지지 않은 식당에 들어섰을 때 땀을 뻘뻘 흘리면서 국밥을 먹고 있던 사내가 일어서서 맞았다.

"형님, 식사하셨습니까?"

"응, 그런데 차 견적 얼마 나왔더냐?"

"20, 30이면 됩니다. 크로나는 범퍼만 잡으면 되니까 돈도 안 듭니다."

"여기 수고비다."

조철봉이 유진에게서 받은 100만 원 수표를 사내에게 내밀었다. 사내는 최갑중의 부하 이용만이다. 오늘 같은 잡일에는 베테랑급으로 한 번도 실수를 하지 않았다. 용만이 두 손으로 수표를 받아 쥐었을 때 조철봉은 빙긋 웃었다. 내일 오전에 유진한테서 차 계약금을 다 받기로 한 것이다.

조철봉은 이틀에 한 번꼴로 국제개혁연맹에 들렀고 그것도 두 시간 정도밖에 머물지 않았지만 반달이 안 되어 기반이 갖춰졌다. 사무실 직원은 김동수와 윤성희를 포함해 10여 명으로 늘어났으며 모두가 조선족이었다. 사무실 간판은 국제개혁연맹 구로동 사무소로 돼 있지만 주 업무는 인권부장인 김동수가 주관하는 인권 사건 해결이었다. 따라서 구로동 사무소는 피해를 본 조선족 동포들로 연일 북적였는데 소문을 듣고 찾아온 외국인도 많았다. 억울한 사건은 거의 100퍼센트 해결해준 다는 입소문이 퍼졌기 때문이다. 최갑중은 국개연의 비서실 과장과 국 개연 구로동 사무소의 상임감사라고 박힌 두 종류의 명함을 갖고 구로 동 사무소로 출근했다. 처음에 국개연 이사장으로 박았던 명함은 급작 스럽게 사세(社勢)가 치솟는 바람에 사흘도 지나지 않아서 한 장도 써보 지 못하고 내버렸다. 물론 이 모든 것은 조철봉의 사주에 의한 것이었 다. 그러나 갑중은 조철봉의 심복이자 직언을 할 수 있는 유일한 동료이 기도 했다.

"형님, 드릴 말씀이 있습니다."

구로동 사무소의 회의실에 둘만 남게 되자 갑중이 정색하고 조철봉 을 보았다. 작심을 한 듯이 굳어진 표정이었다. 조철봉이 눈만 크게 떠 보이자 갑중은 헛기침을 했다.

"형님은 국개연이 점점 안정이 되어간다고 하셨지만 저는 불안합 니다."

"뭐가 말이냐?"

"바닥은 굳어졌는지 모르지만 윗부분이 떠 있지 않습니까?"

"그래서?"

"언제 들통이 날지 모릅니다."

"들통이 나면 어떻게 되는데?"

눈을 크게 떴던 조철봉은 갑중이 우물거리자 빙긋 웃었다.

"누가 사기를 당했지? 다 저희들이 알아서 기어왔지 않아?"

"그건 그렇지만."

"그리고 들통날 일도 없다. 곧 하나씩 조각을 맞춰 갈 테니까."

조철봉이 다시 웃었다.

"부패한 놈일수록 제 손으로 더 쏟아 내게 될 것이다. 두고 보아라."

"앞으로 어떻게 하실 건데요?"

"네 생각대로 난 사기꾼이다."

갑중의 시선과 마주친 조철봉이 이제는 정색했다.

"약자를 도와주는 의적도 아니고 기회만 잡으면 여자를 자빠뜨릴 속물이지."

조철봉이 눈으로 회의실 밖을 가리켰다.

"조선족 동포의 인권 따위는 애초부터 관심 밖이었다. 그것을 바탕으로 국개연을 띄우려는 수작이었지."

"그래서 어떻게 하시려고."

안간힘을 쓰듯이 갑중이 물었을 때 조철봉은 목소리를 낮췄다.

"크게 한탕 하는 거지."

"…."

"당한 놈들은 누구한테도 하소연할 수가 없을 것이다."

"그, 그러면 여기서 일해 온 동포들은 어떻게 됩니까?"

"한밑천씩 챙기도록 해서 중국으로 보내면 행복해 할 거야."

그러자 갑중이 어깨를 늘어뜨리면서 길게 숨을 뱉었다.

"형님은 만날수록 달라지는 것 같습니다."

"그래야 살아남는다."

조철봉이 손끝으로 갑중의 얼굴을 가리켰다.

"만날 같으면 허점이 쉽게 노출된단 말이다, 이 자식아."

그러고는 조철봉이 생각난 듯 말했다.

"오늘은 윤성희가 사는 오피스텔 구경이나 가야겠군그래."

윤성희가 회의실에 들어섰을 때 조철봉은 웃음 띤 얼굴로 앞쪽 자리를 가리켰다.

"앉아요. 이야기할 것이 있어서."

성희는 흰색 블라우스에 연회색 바지 차림이었고 머리는 짧게 잘랐다. 조철봉은 다소곳한 표정으로 앞에 앉은 성희를 바라보았다. 이 여자는 볼 때마다 달라진다. 피부엔 윤기가 더 흐르고 검은 눈동자는 더 또렷해졌다.

"친척들 초청장은 내일 보낼 거요. 그리고 대사관으로 연락이 갈 테니까 아마 이달 안으로는 입국하게 될 겁니다."

조철봉이 말하는 동안 성희의 눈은 점점 더 커졌다. 이윽고 눈동자에 물기가 배어나면서 입이 벌어졌다.

"고맙습니다, 사장님."

"입국하면 내가 직장을 주선해 드리고 숙소도 마련해 드리겠소."

"사장님."

성희의 목소리가 떨렸다.

"저한테 너무 고맙게 해주셔서 저는"

"이해를 할 수 없다는 거요?"

눈을 치켜떴던 조철봉이 피식 웃었다.

"그럼 내가 대가를 바라야 정상인가?"

"저는 불안합니다."

"참, 한국에 밀입국했다는 동생 사진 있으면 줘 봐요."

조철봉이 정색하고 말했다.

"내가 찾아 볼 테니까."

"집에 있으니까 내일 가져다 드리겠어요."

서두르듯 대답했던 성희가 아랫입술을 물더니 조철봉을 보았다.

"은혜를 보답할 방법만 가르쳐 주시면 저는 무슨 일이라도."

"난 다 있어."

조철봉이 두 손을 넓게 벌렸다.

"필요한 건 다 가질 수가 있어요."

"하지만 저는."

"내가 성희 씨에게 원하는 것이 있다면 들어주시겠소?"

"네, 하겠어요."

성희는 주저하지 않았다.

"말씀만 해주세요."

"그럼 나하고 오늘 밤 같이 오피스텔로 갈 수 있겠소?"

"네, 가겠어요."

눈 밑이 금방 붉어졌지만 성희는 망설이지 않았다. 조철봉이 머리를
끄덕였다.

"좋아요, 그럼 같이 나가서 저녁을 먹고 갑시다."

퇴근 시간이 되었을 때 조철봉은 갑중이 운전하는 차에 성희를 태우
고 대림동의 제법 번듯한 한식당으로 들어섰다.

"사장님, 저는 여기서."

둘이 차에서 내렸을 때 갑중은 인사를 하더니 시선도 마주치지 않고 차를 몰고 사라졌다. 성희는 대답은 시원스럽게 했지만 긴장하고 있는 것이 역력히 드러났다. 시종 시선을 내리깔고 있어서 조철봉은 성희의 긴 속눈썹이 들리기만을 기다렸다.

"자, 술을 한 잔."

술병을 든 조철봉이 말하자 성희가 놀란 듯 머리를 들더니 손을 내밀었다.

"제가 먼저 따라 드릴게요."

이런 분위기는 처음이다. 술잔을 내밀어 성희가 따라주는 술을 받으면서 조철봉은 희미하게 웃었다. 이 여자를 처음 보았을 때 감춰진 미모에 관심이 갔던 것은 사실이지만 곧 잊었다. 그리고 그 기구한 사연도 감동적이기는 했어도 여운이 길게 남지는 않았다. 성희의 잔에 소주를 따르면서 조철봉이 입을 열었다.

"내 두뇌의 회전 속도는 꽤 빠른 편이오, 아마 평균의 두 배쯤은 될까?"

술잔을 쥔 조철봉이 빙긋 웃었다.

"그런데 성희 씨한테는 계산기가 제대로 작동하지를 않는단 말이야."

성희의 시선을 받으면서 조철봉은 한 모금에 소주를 삼켰다.

조철봉이 성희의 오피스텔에 들어섰을 때는 밤 12시 반이었다. 소주 세 병을 둘이서 나눠 마셨지만 성희의 안색은 오히려 창백했고 조철봉 또한 맹숭맹숭한 얼굴로 소파에 앉아 방안을 둘러보는 시늉을 했다. 오피스텔 안은 잘 정돈되어 있을 뿐만 아니라 생활에 대한 집 주인의 애착까지도 드러났다. TV 옆에 놓인 두 마리의 곰 인형이 그렇고 벽에 걸린 싸구려 매듭 장식품이 그렇다.

"커피 드릴까요?"

앞에 앉지도 못 하고 선 채로 주춤대며 성희가 물었을 때 조철봉이 시선을 들었다.

"그럼 내가 편하게 해드리지."

조철봉이 눈만 크게 뜬 성희를 향해 얼굴을 일그러뜨리며 웃었다.

"조철봉이답게 처신을 하겠단 거요."

"무슨 말씀이신지."

"오늘 밤 여기서 자고 가겠어."

조철봉은 상의를 거칠게 벗어 옆에 던져 놓았다.

"다른 욕심은 내지 않겠어."

"그럼 씻으세요."

성희가 옷을 집어 들면서 차분하게 말했다.

"씻고 나서 커피 한 잔 드시면 정신이 맑아지실 거예요."

"그럴까?"

쓴웃음을 지은 조철봉이 자리에서 일어서더니 성희의 어깨 위에 두 손을 올려놓았다.

"같이 씻지 않겠어?"

그때 시선을 든 성희가 조철봉을 보았다. 여전히 차분한 표정이었고 눈동자도 흔들리지 않았다.

"그럴게요."

성희가 손을 뻗어 넥타이를 풀어 내리고 셔츠와 바지를 벗기는 동안 조철봉은 가슴을 찌르는 자극을 견디면서 가만있었다. 이윽고 조철봉을 알몸으로 만든 성희가 이번에는 앞에 선 채로 자신의 옷을 벗기 시작했다. 셔츠가 벗겨져 떨어졌고 치마가 흘러내렸을 때 브래지어와 팬티 차림의 몸매가 드러났다. 조철봉은 눈을 가늘게 뜨고 바로 앞에 선 성희를 보았다. 군살 한 점 없는 미끈한 몸매는 마치 공처럼 누르면 팅겨져 나갈 것만 같았다.

"다 벗을까요?"

조철봉의 눈을 똑바로 본 채 성희가 묻더니 대답을 기다리지도 않고 브래지어와 팬티를 벗었다. 어깨를 늘어뜨린 조철봉은 참았던 숨을 길게 뿜어내었다. 이미 자신의 남성이 한껏 욕망을 나타내고 있었으나 그것은 당연한 예의인 것처럼 느껴졌고 전혀 부끄럽지 않았다.

"그럼 씻으러 가요."

성희가 팔을 잡으며 말했을 때 조철봉은 성희의 손을 가볍게 떨쳐 내었다.

"잘못 잡았어. 지금 손을 내밀고 있는 놈이 있지 않아?"

그러고는 배를 내미는 시늉을 하자 성희의 시선이 밑으로 내려갔다. 그때 처음으로 성희가 키득 웃었다. 눈이 반달처럼 작아지면서 흰 이가 드러났고 얼굴 전체가 환해진 느낌이었다.

"그렇군요."

성희가 손을 뻗어 조철봉 배 밑의 손을 잡더니 화장실로 이끌었다.

"사장님은 손이 셋이군요."

"그놈은 찌르는 일만 하지."

샤워기의 물을 틀어 놓았을 때 성희가 조철봉의 몸에 바짝 다가붙었다.

"가만 서 계세요."

그러고는 조철봉의 몸에 골고루 비누칠을 하더니 곧 부둥켜안았다.

"거품을 만들어 드릴게요."

바짝 몸을 붙인 성희가 몸을 비벼대기 시작했을 때 조철봉은 옅게 신음을 뱉었다. 성희의 반짝이는 눈이 바로 밑에 있었고 붉은 입술은 이제 조금 벌어졌다.

조철봉은 성희의 겨드랑이 사이로 두 팔을 넣고 몸을 들어올렸다. 비누로 범벅이 된 터라 몸이 닿을 때마다 미끈거렸지만 그때마다 짜릿한 쾌감이 조철봉의 말초신경을 자극했다. 성희가 허리를 뒤로 뽑더니 두 다리로 조철봉의 허리를 감았다. 그리고 두 팔로 조철봉의 목을 안은 채 매달렸다. 샤워기의 물은 어느새 꺼져 있었고 화장실 안에는 둘의 거친 숨소리만 울렸다.

"넣어줘요."

마침내 성희가 혀끝으로 조철봉의 목을 핥으면서 헐떡였다.

"어서요."

조철봉은 성희의 말을 막으려는 듯이 입술을 빨았다. 길고 말랑한 혀가 뱀처럼 꿈틀거리며 뻗어 나오더니 조철봉의 혀를 감았다. 조철봉은 성희를 안은 그 자세 그대로 화장실에서 나왔다. 침대 위에 쓰러졌을 때 성희는 참을 수 없다는 듯이 조철봉의 세 번째 손을 잡아 자신의 샘에 서둘러 넣었다.

성희의 샘은 뜨겁게 분출되는 중이었다. 사랑의 감정이 전제되었건 아니건 간에 몸은 열렬하게 받아들일 자세가 되어 있는 것이다.

조철봉이 깊숙하게 들어섰을 때 성희는 환희의 비명을 토해냈다. 온

몸을 빈틈없이 붙인 채로 성희는 조철봉의 몸놀림에 맞춰 나아가기 시작했다.

성애를 하다보면 세간에서 말하는 대로 궁합에 대한 느낌이 오는 법이다. 궁합은 방중술이 뛰어나다거나 또는 샘의 형태가 오묘해서 되는 것이 아니다. 그것은 일체가 되는 것을 말하는 것으로 서로의 호흡과 느낌이 잘 물린 톱니처럼 같이 돌아가야만 되는 것이다.

조철봉은 성희의 몸과 거의 완벽하게 일체가 되는 것을 느끼고는 가슴이 벅차올랐다. 자신의 미세한 동작 하나에도 성희는 민감하게 반응하였으며 간절하게 다음을 기다리고 있는 것이다. 조철봉은 이제 시간을 끌려고 정치권을 생각하지 않아도 되었다. 쾌감의 강도를 높이려고 무리하게 애쓰지도 않았다. 성희의 열락에 들뜬 비명에도 자극을 받지 않았으며 더 높고 더 큰 곳을 향하여 끈질기게 나아갔다.

그동안 성희는 자지러졌다가 깨어나기를 두 차례나 반복하더니 마침내 조철봉이 정상에 닿았을 때 온몸의 기력을 다 쏟을 듯이 신음을 뱉으며 굳어졌다.

조철봉은 그런 성희를 안은 채로 한동안 움직이지 않았다. 땀에 젖은 등에 찬기가 느껴졌고 성희의 숨소리가 가라앉을 때까지 기다렸던 조철봉은 이윽고 몸을 뗐다. 이런 때는 말이 필요 없는 법이다. 알몸인 채 냉장고로 다가간 조철봉은 생수병을 꺼내 벌컥거리며 물을 삼켰다. 그리고 컵에 물을 따라 침대로 다가와 내밀었다.

"물 마시겠어?"

성희는 눈을 감은 채로 머리만 겨우 흔들었다. 침대 끝에 앉은 조철봉이 성희의 이마에 붙은 땀에 젖은 머리칼을 올려 넘겼다.

"네 소원이 뭐야?"

조철봉이 낮게 물었을 때 성희가 눈을 겨우 떴다. 그리곤 눈의 초점을 맞추더니 입을 열었다.

"돈 많이 버는 것."

"돈 벌어서 뭘 하게?"

"자가용도 사고, 내 집도 사고, 보석에, 좋은 옷을 입고."

"사람들의 부러운 시선을 받고 말이지?"

"한번 그렇게 살아 보았으면."

"그렇게 해주지."

조철봉이 성희의 가슴을 손바닥 안에 넣고는 부드럽게 쓸었다.

"내가 시키는 대로만 하면 그렇게 돼. 어때, 해볼 테야?"

머리를 끄덕인 성희가 조철봉의 손을 두 손으로 감싸 쥐었다.

"이은영이 김정필이하고 친하게 지내는 것 같더구만."

장정수가 은근한 시선으로 조철봉을 보며 말했다. 오후 12시 반으로 점심을 먹은 그들은 커피숍에 들어와 앉은 참이었다. 커피를 시킨 정수가 다시 힐끗 조철봉을 보았다.

"이봐, 이은영이하고 틀어져서 좋을 일 없다. 잘 지내보라구."

"틀어지고 자시고 할 것도 없습니다."

조철봉이 시큰둥한 얼굴로 말했지만 요즘 은영이 행태가 달라진 건 사실이었다. 출장을 나간다 해도 따라 나오려 하지 않았으며 오늘 점심 때는 정필과 같이 식당에 가는 것을 보았다.

"넌 아직도 11대로 전국 최고지만 정필이도 벌써 7대야. 맹렬하게 추

격해온단 말이다.”

“걱정 마세요. 이번 달 안에 20대를 채우고 끝낼 테니까.”

“뭐라고, 20대를?”

번쩍 눈을 치켜떴던 정수가 온 얼굴을 일그러뜨리며 웃었다.

“네 수단이야 일류니까 헛소리는 아니겠지? 그렇게만 된다면 널 따라올 놈은 없다.”

조철봉은 커피를 설탕도 넣지 않고 한 모금 삼켰다. 국제개혁연맹은 이제 궤도에 진입했고, 운영비를 보조하지 않아도 자체 수익금으로 지탱할 수가 있게 되었다. 국개연에 후원금을 낸 작자들은 제각기 보험을 들어놓은 것으로 여기고 있을 테니 가만두면 들통날 염려는 없다. 사무실로 돌아왔을 때 조철봉은 은영을 복도로 불러냈다. 드문 일이어서 눈이 동그래진 은영이 자판기 앞에 서 있는 조철봉에게 다가왔다.

“무슨 일이죠?”

다가선 은영이 묻자 조철봉이 가라앉은 목소리로 말했다.

“나하고 제주도 출장을 가지 않겠어? 물론 소문이 날 테니까 따로 가는 것이 낫겠지, 이 과장은 휴가를 낸다든가 해서 말이야.”

정색한 은영은 눈만 깜박였고 조철봉은 희미하게 웃었다.

“제주도에서 카지노를 경영하는 박 사장이란 건달이 있어. 전에 내 고객이었다가 지금은 외제차를 굴리는데 크로나를 팔아보려는 거야.”

“가능성은 있어요?”

“아직은 모르지만 크로나를 당장 10대라도 살 만한 능력이 있는 건달이니까 기분 내키면 사줄 수도 있지.”

“날 데려가는 이유를 말해줄 수 있어요?”

"기분 전환을 시켜주려고."

조철봉이 부드러운 시선으로 은영을 보았다.

"그리고 내 기분도 전환하고."

"좋아요, 하지만 조건이 있어요."

주위를 둘러본 은영이 목소리를 낮췄다.

"이번에는 영업활동의 처음부터 끝까지 모두 밝혀주세요. 그러면 따라 가겠어요."

"좋아, 내가 그자 앞에서 바지를 벗는 것까지 보여주지."

은영의 눈치를 본 조철봉이 풀썩 웃었다.

"말하기 거북한 일까지도 모두 알려주겠다는 말이야."

"조 선배를 보면 왠지 불안해요."

은영이 다시 정색했다.

"마치 외줄 타기를 하고 있는 사람같이 느껴져요."

"이중인격에다 이제는 외줄까지 탄다고 하시는군."

조철봉이 혀를 찼다.

"그렇다고 내가 회사에 해를 끼친 것이 있나? 아니면 이 과장 돈 떼어먹은 일이라도 있어? 난 무해한 인간이라구."

은영을 적으로 만들면 곤란해진다. 그것이 제주도 동행 요구의 결정적인 이유이다.

4. 신데렐라

오전 9시가 되었을 때 윤성희는 전화기를 들고 다이얼을 눌렀다. 김동수는 언제나 오전 8시 반이면 출근했고 퇴근도 제일 늦었다.

"여보세요."

어김없이 동수의 목소리가 수화구에서 울렸다. 성희는 조금 미안한 생각이 들었다.

"전데요, 윤성희."

"아, 무슨 일이에요?"

"제가 몸이 아파서 며칠 쉬어야 할 것 같아서요."

"저런, 어디가 아픕니까?"

"몸살인 것 같은데 며칠 쉬면 나을 것 같습니다."

"아, 그래요. 그럼 사무실 걱정은 마시고 몸조리나 잘 하세요."

동수가 걱정스러운 목소리로 말했다.

"병원에 가 보셨습니까?"

"네, 약 먹고 있어요."

동수에게 미안하다는 인사를 하고 나서 전화를 끊은 성희는 길게 숨을 뱉었다. 앞으로 사무실에 나가지 못하게 된 것이다. 그것은 어젯밤 조철봉과 합의한 사항이다.

성희의 시선이 탁자에 놓인 수표로 옮겨졌다. 100만 원권 10장이다. 수표 옆에는 쪽지가 놓여 있었는데 가지런히 적힌 글씨가 보였다. 어젯밤에 조철봉이 불러준 내용을 적은 것이다. 저 돈으로 해야 할 일들이었다.

눈을 크게 뜬 성희는 아침 햇살이 환하게 비치는 창밖을 바라보았다. 해야 할 일들이란 신데렐라가 되기 위한 수업이다. 먼저 자동차 운전면허 학원에 등록을 하고 영어 학원과 컴퓨터 학원에도 수강신청을 해야 한다.

그리고 차밍스쿨이란 데도 찾아봐야 할 것이다. 또 있다. 댄스 교습소와 헬스클럽에도 다니라는 것이다. 이렇게 되면 하루를 학원과 교습소, 클럽에서 보내게 될 것이었지만 성희의 가슴은 기대감으로 부풀어 있었다. 조철봉은 그야말로 백마 탄 기사나 다름없는 것이다. 그가 어떤 목적을 품고 있든 간에 이것이 신데렐라가 되는 과정임은 분명했다.

왜냐하면 이 모든 것이 자신이 꿈꾸어 왔던 것과 하나도 어긋나지 않기 때문이다. 따라서 신데렐라가 되기 위한 과정을 다 밟고 나서 따져도 되는 것이다.

"이 과장은 무엇이 되고 싶어?"

비행기가 정상 궤도에 진입했을 때 조철봉이 불쑥 물었다. 자는 것처럼 눈을 감고 있던 조철봉이었다. 이은영이 머리를 돌려 조철봉을 보았다. 회사에는 월차에다 이틀을 더 보태어 3일 휴가원을 제출하고 공항에서 조철봉을 만나 제주도로 날아가는 중이다.

"회사에서 말인가요?"

"회사건 인생이건 간에."

"전문가가 되고 싶어요. 기획이건 경영이건 간에 말이죠."

정색하고 대답했던 은영이 어색한 듯 곧 웃었다.

"물론 사랑받는 아내, 존경받는 엄마가 되고 싶기도 하고."

"신데렐라가 되고 싶은 꿈은 없어?"

"그럼 왕자가 나타나야 되는 것 아녜요?"

눈을 크게 떴던 은영이 머리를 저었다.

"난 싫어요. 차라리 내가 왕자를 키우겠어요."

"왕자가 되고 싶은 남자를 무조건 매도할 필요는 없어."

조철봉이 부드럽게 말하고는 다시 의자에 등을 붙였다.

"왕자와 신데렐라는 각각 남녀의 본성을 자극해서 대박을 친 사연이라구."

"남자들은 신데렐라 스타일이 거느리기 쉽겠죠."

그러자 조철봉이 빙긋 웃었다.

"남자의 허영과 허세를 충족시키는 데 신데렐라만 한 대상은 드물지. 그것이 인위적으로 만들어졌다고 하더라도."

오전 11시 반에 제주공항에 도착했다. 공항에서 택시를 잡아타고 시내로 들어가는 동안 은영의 긴장은 차츰 풀어졌다. 날씨는 화창했고 차창을 조금 열자 맑고 시린 공기가 휘몰아쳐 들어왔다. 제주도엔 여러 번 왔지만 남자와는 처음이다. 힐끗 옆쪽에 시선을 주었던 은영은 조철봉의 굳어 있는 얼굴을 보았다. 뭔가 생각에 잠긴 표정이었다. 도무지 믿음이 가지 않는 이 남자에게 끌리는 이유는 무엇인지. 문득 그런 생각이 머릿속을 스치고 지났고 은영은 소리 죽여 숨을 뱉었다. 마치 양파처럼 이 남자는 알맹이는 없고 수십 겹의 껍질로만 돼 있는 것 같다. 친구도 없는 이 남자, 무성한 소문에다 아내에게서까지 버림을 받은 이 남자, 은영의 얼굴도 차츰 굳었다. 그러나 이 남자의 수완은 놀랍다. 반사 신경과 임기응변은 발군이었고 앞뒤를 냉정하게 분간한다. 그때 조철봉과 눈이 마주쳤으므로 은영은 긴장했다.

"호텔방을 잡아놓고 난 잠깐 나갔다가 올 테니까 점심을 혼자 먹어."

조철봉이 말했다.

"저녁에 분위기 좋은 데서 술이나 한잔하자고."

"박 사장이란 고객은 어떻게 하고요?"

"곧 만나게 될 거야. 그쪽에서 먼저 만나자고 연락이 왔으니까."

그러더니 조철봉이 희미하게 웃었다.

"궁금한 것은 다 알려주지."

택시는 린츠호텔 앞에서 멈췄다. 서둘러 프런트로 다가간 조철봉이 키를 받아 넘겨줄 때까지 은영은 가만있었지만 조금 불안했다. 린츠호텔은 초특급 호텔이었던 것이다.

"1707호실이야."

조철봉이 눈으로 위쪽을 가리키며 말했다.

"방에서 푹 쉬고 있어."

로비에서 조철봉과 헤어진 은영은 엘리베이터를 타고 17층에서 내렸다. 양탄자가 깔린 복도를 지나 1707호실에 들어선 은영은 숨을 멈췄다. 방은 50평도 넘어 보였던 것이다. 침실과 응접실이 따로 있는 데다 주방 쪽에는 바까지 설치되었고 벽에는 대형 평면 TV가 붙어 있었다. 응접실 구석에는 컴퓨터가 놓여 있고 옆쪽에는 침실이 또 하나 있는 것 같았다. 이윽고 참았던 숨을 깊게 들이마신 은영은 소파 끝에 앉았다. 이만한 방이면 하룻밤 숙박비가 300만 원은 나갈 것이다. 도대체 무슨 돈으로 이런 방을 빌렸단 말인가? 출장비는 후불인 데다 교통비 제하고 일당 5만 원도 안 나온다.

박만기는 40대 후반쯤으로 보였다. 키가 컸고 건장한 체격이었다.

"만나서 반갑습니다."

조철봉의 손을 힘차게 쥐고 흔드는 만기의 목소리는 높았지만 눈빛은 날카로웠다. 긴 얼굴에 콧날도 굵고 길어서 말상이다. 소파에 마주보고 앉아 만기가 눈을 가늘게 뜨고 조철봉을 보았다.

"처한테 이야기 많이 들었습니다. 아주 능력이 있으시던데."

만기는 민유진의 남편이다. 다시 말하면 민유진은 재일교포인 만기의 현지처가 된다. 만기가 말을 이었다.

"차를 한 달 동안 그냥 타라고 주고 사고를 내는 수법은 오래전에 일본에서 몇 번 써먹은 적이 있지요. 요즘은 그런 수단이 통하지도 않지만."

"그렇습니까?"

소파에 등을 붙인 조철봉이 빙긋 웃었다. 민유진을 통해 만나자는 제의를 했을 때 만기는 그동안의 상황을 다 들었을 것이었다. 그것이 만기의 호기심을 자극한 것이 틀림없다.

"만나자고 하신 용건을 들읍시다."

만기가 말했을 때 조철봉이 눈을 좁혀 뜨고 웃었다.

"카지노를 운영하시는데 고급차가 필요하실 것 같아서요."

"흐음."

이번에는 만기가 엷게 웃었지만 어이가 없다는 표정 같기도 했다.

"그럼 나한테도 한 달간 사용하고 나서 계약하라는 조건을 붙일 작정이오?"

"그럴 수는 없습니다. 사모님에게는 특별대우를 해 드린 거죠."

"내가 차를 사리라는 기대를 했소?"

"제가 조건 없이 그냥 왔으리라고는 생각하지 않으셨겠지요?"

"그 조건을 들어볼까?"

만기가 소파에 등을 붙이더니 한쪽 다리를 무릎 위에 올려놓았다. 모나코호텔 12층에 위치한 카지노 사장실 안에는 잠시 정적이 덮였다. 무겁고 살벌하기까지 한 정적이다. 조철봉이 입을 열었다.

"국제개혁연맹이라고 사장님은 못 들어보셨을 것입니다. 비공식 단체로 현 정·관·재계 요인들이 비밀리에 가입해있는 단체지요."

만기는 눈만 껌벅였고 조철봉의 말이 이어졌다.

"그 국개연의 회원이신 기한그룹 백대운 회장께서 지금 이 호텔에 머물고 계시지요. 알고 계십니까?"

"그거야 알고 있지만."

시큰둥한 표정의 만기가 조철봉을 보았다.

"그, 국제 뭐라는 단체가 나하고 무슨 상관이 있다는 거요? 그리고 또 당신의 자동차 구매하고는 무슨 상관이오?"

"한국에서 사업을 하시려면 그런 연줄이 필요하실 텐데요."

조철봉이 웃음 띤 얼굴로 만기를 보았다.

"오늘 저녁에 국개연의 고문변호사 중 한 명인 홍성준 변호사가 이 호텔에 투숙합니다. 그래서 저하고 만나기로 했지요."

이제는 만기의 표정이 굳어졌다. 한국 생활을 오래한 터라 그도 홍성준의 명성을 알고 있는 것이다. 그때 조철봉이 말을 이었다.

"대성자동차는 국개연의 후원회사입니다. 참고로 말씀드리면 국개연의 위원장은 김태환 전 대통령이시고 고문으로는 만델라와 키신저, 고르바초프에다 클린턴, 부시까지 다섯이죠."

"그래서 나더러 어쩌라는 거요?"

짜증난 듯 만기가 물었지만 목소리는 높지 않았다. 조철봉이 정색했다.

"국개연에 가입하실 의향이 있으신지부터 알고 나서 말씀드리지요."

"난 아직도 영문을 모르겠는데."

"가입 조건은 간단합니다. 후원금 대신 대성자동차를 구입하시면 되는 거죠. 그러면 증거도 남지 않고 사장님은 차를 구입하시게 되어 일석이조가 됩니다."

"국개연이 하는 일은 뭐요?"

"이름 그대로 국제적인 개혁을 하는 단체입니다. 아직 비공식 활동을 하고 있지만 현 정권의 강력한 지지를 받고 있지요."

"가입 조건이 대성자동차를 구입하는 것이라고 했소?"

"그렇습니다. 그러면 원가를 제하고 나머지는 후원금으로 처리됩니다. 사장님은 차를 제값에 산 셈으로만 치시면 되는 것입니다."

"백대운 회장과 홍성준 변호사가 회원이라고 했지요?"

"오늘 저녁에 두 분을 만나게 해드리지요. 원하신다면 여야 총장도 만나실 수 있습니다."

조철봉이 이제는 눈만 크게 뜬 만기를 향해 부드럽게 웃었다.

"이것도 인연이죠. 사모님을 통해 사장님을 알게 된 것이 말입니다. 한번 생각해 보시겠습니까?"

"이 방은 어떻게 빌린 거죠?"

조철봉이 방으로 들어섰을 때 은영이 물었다. 오후 6시였지만 은영은 재킷의 단추 하나 풀지 않았고 탁자 위에 놓인 물 컵의 뚜껑도 그대로 있었다. 소파에 앉은 조철봉이 앞에 선 은영을 보았다.

"내가 빌린 거야."

"무슨 돈으로요?"

"내 개인 돈으로."

"우습군요."

은영이 희미하게 웃었다.

"200만 원짜리 월급쟁이가 일박에 300만 원짜리 호텔방을 써요?"

"그럴 수도 있는 거지, 몇 년 저축을 해서 신혼여행을 왔다고 생각해 버리면 돼."

자리에서 일어선 조철봉이 저고리를 벗었다.

"나 씻고 나올 테니까 밖에 나가서 근사한 저녁이나 먹자구."

같은 방을 쓰는 것에 대한 긴장감에다 특급호텔의 특실에 대한 거부 감이 은영을 더 경직시킨 것이다. 그 분위기는 호텔 1층에 있는 일식당에 자리 잡고 앉을 때까지 계속되었다. 술과 회를 시킨 조철봉이 갑자기 생각났다는 표정으로 은영을 보았다.

"참, 카지노 박 사장이 크로나 리무진 5대를 계약할 것 같아."

굳어져 있던 은영이 놀라 눈을 크게 떴지만 조철봉은 시치미를 뚝 떼었다.

"내일 오전 중에 다시 만나기로 했어."

"어떻게 계약했어요?"

은영이 겨우 그렇게 묻더니 다시 정정했다.

"무슨 조건으로 어떻게 5대나."

"기한그룹의 백대운 회장하고 홍성준 변호사를 소개해 주었지."

회가 나왔으므로 말을 그쳤던 조철봉은 종업원이 나가자 다음 말을 기다리는 은영을 보고 빙긋 웃었다.

"국개연을 이용한 거야. 박 사장은 국개연에 후원금을 낸 셈 치고 크로나를 구입할 예정이지."

"그게 무슨 말이에요?"

"대성자동차가 국개연의 후원을 맡고 있다고 했거든. 그래서 자동차를 구입하면 일정 부분이 후원금으로 빠져 나간다고 했지."

은영의 잔에 술을 따른 조철봉이 다시 웃었다.

"백 회장하고 홍성준 변호사가 국개연 회원이라고 내가 말 안 했던가? 그럼 그것도 보고해도 돼. 물론 비서실은 이미 다 알고 있지만 말이야."

"그럼 사기를 친 거군요, 대성자동차가 국개연의 후원 회사라고."

"그렇지."

머리를 끄덕인 조철봉이 한 모금 술을 삼키고는 잔을 내려놓았다. 이제는 정색한 표정이다.

"사기를 쳤어. 백 회장이 골프를 치려고 제주도에 온 기회를 이용했지. 홍성준 변호사는 상의할 일이 있다면서 내가 초대를 했고."

조철봉이 눈을 크게 뜨고 은영을 보았다.

"두 거물들을 만나게 해주었더니 박 사장은 흥분을 하더구만. 일거에 신분이 몇 계단은 상승 했다고 생각했겠지."

시선을 내린 은영이 술잔을 만지작거리다가 결심을 한 듯 들었다. 그러고는 한 모금에 술을 다 삼켰다.

"국개연의 미래에 대해서 백 회장이 여러 가지 계획안을 내놓았어. 그것이 아주 감명 깊더군."

은영의 잔에 술을 채우며 조철봉이 말을 이었다.

"그 말을 듣는 박 사장의 얼굴 표정을 보았어야만 했는데. 아주 홀린 듯이 듣더라니까."

시선을 내린 은영은 가만히 숨을 뱉었다. 어디까지가 진실이고 사기인지 분간이 안 되었기 때문이다.

방으로 돌아왔을 때는 밤 12시가 되어가고 있었다. 일식집에서 나와 호텔 바에서 양주를 한 병 나눠 마신 터라 은영의 얼굴은 술기운으로 붉었다.

"그럼 긴장 풀고 푹 쉬어."

옆쪽의 침실로 들어가면서 조철봉이 은영을 향해 웃음 띤 얼굴로 말했다.

"내일 계약이 끝나면 제주도 일주 관광을 해보자고."

침실로 들어선 조철봉은 옷을 벗어 던졌다. 은영을 제주도에 데려온 것은 적을 만들지 않기 위해서였으며 현 상황에서 방법은 하나뿐인 것이다.

같은 직장에 근무하면서 몸을 섞게 된다면 적이 되든가 아니면 뗄 수 없는 사이로 이어지든가 둘 중의 하나이지, 그 중간은 어렵다고 생각해왔다. 화장실로 들어선 조철봉은 샤워기에서 쏟아지는 물을 온몸으로 받으며 한동안 서 있었다.

이제 은영은 회사 내에서 자신의 사기 행각을 제일 많이 아는 존재가 되었다. 그 수단이 순간적으로 은영에게 자극을 주었을지는 몰라도 이것으로 자신을 더욱 경계하게 될 것이다.

얼굴의 물을 손바닥으로 씻으면서 조철봉은 쓴웃음을 지었다. 이제는 이쪽 사정이 급하게 된 것이다. 샤워를 마치고 가운만을 걸친 조철봉이 침실을 나와 응접실로 들어섰을 때 은영은 보이지 않았다. 안쪽의 침실에 들어가 있는 것이다. 바로 다가간 조철봉은 양주를 잔에 따랐다.

방안은 조용했고 알맞게 선선했으며 술기운이 번져 나가면서 성욕이 차올랐다. 잔의 술을 반쯤 마신 조철봉이 아이스박스에서 얼음덩이를 집었을 때였다. 뒤쪽에서 문이 열리는 기척이 들렸지만 조철봉은 모른 척했다.

"저도 한 잔 주실래요?"

낮으면서 조금 갈라진 목소리로 은영이 말했으므로 조철봉은 의자에서 일어섰다.

"그러지."

언더락스로 만든 술잔을 들고 몸을 돌린 조철봉은 소파에 앉아 있는 은영을 보았다. 은영도 조철봉과 똑같은 면 타월 가운을 입고 있었는데 머리는 수건으로 둘러 감았다. 다가선 조철봉이 술잔을 건네주었지만 은영의 시선은 가슴께에서 올라오지 않았다. 조철봉이 앞쪽에 앉았을 때 은영은 가운 자락을 여미며 무릎을 덮었지만 맨다리는 그대로 드러났다.

"내 전처는 잘 살아."

불쑥 조철봉이 말하자 처음으로 은영과 시선이 부딪쳤다. 크림만 바른 얼굴의 피부는 반들거렸고 두 눈이 맑다. 조철봉이 가라앉은 목소리로 말을 이었다.

"새 남편을 잘 만났지, 나하고는 대조적이니까."

은영이 한 모금 술을 삼키더니 정색하고 조철봉을 보았다.

"사랑했어요?"

"당연하지."

그러고는 조철봉이 이맛살을 찌푸렸다.

"사랑만으로 살 수는 없어. 나는 불안정했고 무능했으니까."

조철봉은 은영의 눈빛이 또렷해지는 것을 보았다. 관심을 갖고 집중한다는 표시였다.

"난 패배자였어. 지금도 그 여자 앞에서는 위축이 돼."

거짓말이었지만 조철봉의 표정은 진지했다. 이런 상황에서 전처 욕을 하는 놈처럼 바보는 없는 것이다. 그리고 모가 난 대화도 금물이다. 어차피 상대방도 사리 판단이 무디어져 있는 터이니 정신이 들게 하면 안 된다.

"나를 위선자라고 불러도 할 수 없어."

술잔을 내려놓은 조철봉이 어깨를 늘어뜨리고 은영을 보았다. 은영의 긴장은 많이 풀려 있었다. 눈동자가 흔들리고 있는 것을 보아도 그렇고 가운 사이도 다시 벌어져 있었다.

자리에서 일어선 조철봉이 은영의 옆으로 다가가 앉았다. 그때 이미 은영은 굳어져서 꼼짝도 하지 않았고 무릎도 딱 붙여져 있었다. 조철봉은 팔을 뻗어 은영의 어깨를 안았다.

"나는 은영 씨를 아끼고 싶었어."

은영을 당겨 안은 조철봉이 입술을 귀에 붙였다. 그러고는 다른 한 손을 뻗어 은영의 가운을 들치고는 가슴을 쥐었다. 은영은 가운 밑에 브래지어와 팬티만을 입었다.

"잠깐만요."

조철봉이 브래지어의 후크를 풀어 내리자 은영이 몸을 뒤로 젖혔다.

"약속해 주세요."

"뭘 말이야?"

"나하고 같이 있을 때만이라도 진실해지겠다고."

"약속하지."

정색한 조철봉이 머리를 끄덕였다.

"그리고 지금까지 누구 앞에서 이만큼 가슴을 열어 보인 적도 없어."

가운을 벗기자 알맞게 솟아오른 가슴이 불빛에 드러났으므로 은영은 몸을 움츠렸다. 조철봉은 여유 있는 동작으로 은영의 팬티까지 끌어내렸다.

"아름답군."

은영의 알몸을 실눈으로 바라보면서 조철봉은 진심으로 감탄했다.

소파에 웅크린 자세로 누운 은영의 몸은 윤기가 흘렀으며 곡선은 부드러웠다. 겉으로는 마른 체격이었지만 은영의 벗은 몸은 볼륨이 있었던 것이다. 조철봉은 허리를 굽혀 먼저 은영의 가슴을 빨았다. 콩알만 했던 유두가 금방 탱탱하게 곤두서더니 혀끝에서 탄력 있게 튕겼다. 옅게 신음을 뱉은 은영이 조철봉의 머리칼을 움켜쥐었다. 조철봉은 서두르지 않았다. 유두를 입안에서 굴리며 손으로 숲을 헤치고는 샘을 건드렸을 때 은영이 탄성 같은 신음을 크게 뱉었다. 은영의 샘은 이미 뜨겁게 젖어 있었다. 은영과 몸을 붙인 조철봉이 입술을 빨았을 때 길고 말랑한 혀가 저항 없이 뻗어 나왔다. 두 팔로 조철봉의 목을 감아 안은 은영은 반쯤 눈을 뜨고 있었지만 눈동자에는 초점이 잡혀 있지 않았다.

"이제 그만."

은영이 헐떡이며 말하고는 몸을 뒤틀었을 때 조철봉은 곧 절정에 이른다는 것을 알 수 있었다. 은영이 보채듯이 하반신을 들어 올리면서 붙여왔던 것이다. 조철봉은 은영의 몸을 뒤로 돌리면서 소파에서 일어섰다. 그러자 눈치를 챈 은영이 소파에 상반신을 묻으면서 엉덩이를 내밀었다. 두 다리를 벌리는 것이 익숙한 몸놀림이다. 조철봉이 몸을 붙여왔을 때 은영은 서두르듯 받아들이더니 다시 거침없이 신음했다. 조철봉은 몰두했다. 은영의 신음 소리가 더 커지면서 이제는 비명처럼 들렸다. 소파의 위쪽을 움켜쥔 은영의 두 손등의 정맥이 파랗게 튀어나와 있었으며 가끔씩 머리를 반쯤 돌리는 얼굴은 땀에 젖었다. 이윽고 은영이 움켜쥔 소파의 가죽을 찢을 듯이 잡아 비틀더니 온몸을 경직시켰다.

그러고는 머리를 번쩍 치켜들면서 숨이 넘어갈 듯한 신음을 토해내었다. 절정에 오른 것이다. 조철봉은 은영의 등을 감싸 안으면서 엎드렸다. 움직이지 않았어도 은영의 샘이 아직도 진동하는 것이 느껴졌다. 이제 은영은 소파에 얼굴을 옆으로 붙인 채 온몸을 떨고 있었다. 조철봉은 은영의 등에 입술을 붙였다. 이런 때에 말은 필요가 없는 것이다. 오히려 가만있는 것이 낫다. 은영의 호흡이 조금 가라앉았을 때 조철봉은 몸을 떼고는 은영을 소파 위로 반듯이 뉘었다. 그러고는 은영의 땀에 젖은 얼굴에 입술을 대었다. 아직 이쪽은 덜 끝난 것이다.

"크로나 다섯 대."

장정수가 넋이 나간 표정으로 조철봉의 얼굴을 보면서 헛소리처럼 말했다.

"다섯 대를 계약했다구?"

"아, 보시면 모릅니까?"

이맛살을 찌푸린 조철봉이 턱으로 앞에 놓인 계약서를 가리켰다.

"다섯 대 계약금으로 1억 5천만 원을 가져왔습니다."

"으으음."

계약서를 상장처럼 두 손으로 집어든 정수가 신음을 뱉었다.

"대단하구나."

정수는 이제 계약자가 누구냐고도 캐묻지 않았다. 그때 슬금슬금 김정필이며 영업부 직원들이 모여들었으므로 조철봉은 몸을 돌렸다. 제주도에서 2박을 하고 서울에 도착하자마자 회사로 왔다. 그러나 이은영은 공항에서 헤어져 바로 집으로 갔다.

"야, 어디가?"

정신이 든 정수가 버럭 소리를 치는 바람에 모두의 시선이 조철봉에게 모였다.

"오늘 회식이다. 내가 쏠 테니까 어디 가지 마."

"피곤해서 쉬어야겠는데요."

"지랄 떨지 마. 주인공이 빠지면 어떻게 하란 말이냐?"

눈을 부릅뜬 정수가 으르렁거렸다.

"퇴근 시간까지 사우나나 하고 와."

정수는 오늘로써 서초영업소의 기반이 완전하게 굳어졌다는 확신이 섰다. 경쟁 영업소인 방배·강남영업소보다 실적이 30퍼센트 이상 높았을 뿐만 아니라 전국 1위의 영업사원을 배출한 영업소가 구조조정을 당할 리가 없다. 퇴근 후에 조철봉은 영업소 직원들과 어울려 회식을 했는데 코스는 빤했다. 일차로 돼지갈비집에서 소주를 쏟아부어 정신이 반쯤 떨어지게 한 다음에 노래방에 가는 것이 싸게 먹히는 것이다. 노래방에서 나왔을 때는 밤 10시 반이었다.

"자, 이제 입가심으로 3차다."

정수가 호기 있게 소리쳤지만 모두 다음 장소는 포장마차라는 것을 아는 터라 시큰둥했다. 일차가 끝났을 때 서넛이 빠졌고 노래방을 나오고 나서 10여 명이 걸러져서 포장마차에 몰려간 인원은 대여섯 명뿐이었다.

그러나 남은 인원은 대부분 간부급이다. 정수를 포함해 김정필과 조철봉, 그리고 나머지는 대리급으로 자연히 끼리끼리 뭉치게 되는 것이다. 아마 사원급들은 따로 호프집이나 단란주점으로 몰려갔을지도 모른다.

"미치겠어요."

소주가 두어 잔씩 돌아갔을 때 조철봉의 옆에 앉은 서진호 대리가 투덜거렸다. 34세인 서진호는 조철봉의 1년 후배지만 작년에서야 대리 진급이 되었다. 매사에 소극적이며 불평불만이 많은 성격인데도 입사 이후 지각 한 번 하지 않아서 작년에는 표창까지 받았다. 조철봉의 시선을 받은 진호가 입을 열었다.

"공주병에 걸린 여자한테 걸려서 헛고생만 실컷 했습니다."

정수는 방배영업소장의 비리에 대해서 열변을 토하는 중이었다. 조철봉이 물었다.

"무슨 일이야?"

"크로나 한 대를 계약하기 직전까지 갔는데 이 여자가 취소해 버렸단 말입니다. 알고 봤더니 지 친구가 벤츠를 샀다는군요."

"벤츠는 공주만 타나? 나가는 애들도 탄다."

"이 여자는 다릅니다."

정색한 진호가 술기운으로 붉어진 눈을 크게 떴다.

"빌딩 임대업자 딸인데 최고급으로만 놉니다. 난 이렇게 돈으로 떡칠을 한 여자는 처음 봤습니다. 아마 진짜 공주도 이 여자만큼은 못할 겁니다."

여자의 이름은 임아나, 나이는 25세에서 30세 정도. 강남의 부동산 재벌인 임기찬의 딸. 운 좋게 전화 문의를 받고 상담을 하게 되었으며 현재 BMW를 소유하고 있으나 크로나의 광고를 보고 나서 구매 의욕이 생김, 이것이 진호가 알려준 내용의 전부였다. 계약이 완전히 깨졌다고는 하지만 조철봉이 관심을 갖는 눈치를 보이자 진호는 더 이상 입을 열지 않았는데 이상한 일은 아니었다. 만에 하나 자신이 버린 오더를 남이 주워 먹는다면 그런 수모가 없는 것이다. 그래서 술좌석이 끝날 때까지 진호의 얼굴에는 술김에 뱉은 말을 후회하는 기색이 역력하게 깔려 있었다. 그들이 포장마차에서 나왔을 때는 밤 12시 반이었다. 거리에서 직원들과 헤어진 조철봉은 지나가는 택시를 세웠다.

"논현동으로."

뒷좌석에 앉으며 불쑥 그렇게 말했던 조철봉이 조금 전에 보았던 손목시계를 다시 보았다. 그러고는 행선지를 바꿨다.

"아니, 대림동으로 갑시다."

대림동의 오피스텔 앞에 도착 했을 때는 새벽 1시 20분이었다. 벨을 누른 지 3초도 되지 않아서 문이 열리더니 윤성희의 모습이 나타났다. 늦은 밤인데도 바지에 반팔 셔츠 차림인 것은 오는 중에 조철봉이 전화를 했기 때문일 것이다.

"술 많이 드셨어요?"

조철봉이 방으로 들어섰을 때 성희가 물었다. 정색하고는 있었지만 불빛을 받은 두 눈 주위가 조금 붉어졌고 입술 끝에 희미한 웃음기가 배어나왔다.

"오늘 자고 가도 괜찮겠지?"

조철봉은 저고리를 벗어 성희에게 건네주며 물었다.

"갑자기 생각이 나서 온 거야."

사실이다. 진호에게서 공주병에 걸린 임아나의 이야기를 들으면서 성희 생각을 했던 것이다. 임아나는 공주로 태어났겠지만 성희는 목하 공주 수업 중이다.

"그럼요. 여긴 사장님 집인데."

성희가 이제는 눈웃음도 쳤고 조철봉의 시선을 피하지도 않았다.

"새삼스럽게 그런 말씀을 왜 하세요?"

"며칠 사이에 달라졌군."

소파에 앉은 조철봉이 눈을 가늘게 뜨고 감탄했다. 며칠 사이에 성희는 머리 스타일도 세련되게 파마를 했으며 피부도 더 윤기가 나는 것 같았다. 그리고 면바지와 셔츠도 어울렸다.

"비싼 미장원에서 머리도 하고 마사지도 받았어요."

옆으로 다가와 앉은 성희가 조철봉의 양말을 벗기면서 말했다.

"그리고 백화점에서 옷도 사고요."

"운전 학원은?"

"등록했어요, 헬스클럽도."

성희가 이번에는 조철봉의 넥타이를 풀고는 셔츠도 벗겨내었다. 그러더니 옷장에서 잠옷을 가져와 옆에 놓았다.

"옷 갈아입으세요."

"허, 잠옷도 사놓았구나."

"와이셔츠하고 양말도 사 놓았어요, 내복까지."

성희가 그냥 앉아 있는 조철봉의 혁대를 풀면서 이제는 환하게 웃었다.

"씻겨 드릴까요?"

"아니, 내가 씻을 거야."

자리에서 일어선 조철봉이 두 손을 뻗어 성희의 어깨를 쥐었다. 술을 꽤나 마셨지만 머리가 약간 무거울 뿐 정신이 맑아져 있었다.

"내가 싫으면 도망쳐도 돼."

"그러지 않을 거예요."

정색한 성희가 머리를 저었다.

"시키는 대로 다 할 거예요."

"나는 여자의 생리를 잘 알지."

조철봉도 따라서 정색했지만 곧 성희의 어깨를 당겨 안았다. 성희도 두 팔로 조철봉의 허리를 감아 안았다.

성희는 이제 적극적이 되어서 먼저 체위를 바꾸자고 요구했으며 완급 조절까지 했다. 그러나 그것이 전혀 거부감을 주지 않는 데다 이쪽의 상태를 확실히 파악하고 있었기 때문에 오히려 타이밍이 절묘했다.

체위를 바꾸는 순간에 조철봉의 격정은 눌렸지만 성희는 재빠르게 몸을 떨면서 세 번이나 절정으로 치솟았던 것이다. 모든 남자는 품안의 여자가 절정으로 치솟아오를 때 자부심과 자신감으로 충만되는 법이다.

그 횟수가 거듭될수록 자존심이 고양된다. 네 번째에 성희가 모든 것을 다 긁어낸다는 듯이 온몸으로 엉켜오면서 재촉하듯 허리를 틀었을 때 조철봉은 받아들였다. 이 순간에는 몸짓만으로 다 알 수가 있는 것이다. 조철봉이 세차게 밀고 들어간 순간에 성희는 폭발했다. 이 순간이야말로 무념무상, 희로애락과 시간마저도 초월한 열락의 극치인 것이다. 이윽고 조철봉의 몸이 떨어졌을 때 성희가 겨우 눈을 떴다. 그러나 아직 눈의 초점이 잡혀 있지는 않았다.

"나, 좋았어요?"

"좋았어."

조철봉이 얼른 대답하고는 땀에 젖은 성희의 가슴을 부드럽게 쥐었다. 성희는 최선을 다한 것이다. 아니, 헌신적이었다는 표현이 맞을지도 모른다. 가쁜 숨을 가라앉힌 성희가 시트를 끌어 몸을 가리더니 이제는 초점이 잡힌 시선으로 조철봉을 보았다.

"나한테 시킬 일이 뭐죠?"

성희는 지난번에 조철봉이 한 말을 잊지 않고 있었던 것이다. 한쪽 팔로 머리를 받치고 누운 조철봉이 쓴웃음을 지었다. 오피스텔을 얻어 주면서 대가를 바라지 않는다고 했을 때 성희는 오히려 불안해했었다.

"말해주세요."

몸을 틀어 조철봉의 가슴에 얼굴을 묻으며 성희가 말했다.

"다 할게요, 무슨 일이든."

"나하고 같이 사업을 하자고."

조철봉이 눈썹 하나 까닥하지 않고 그렇게 말했기 때문인지 성희는 빤히 바라만 보았다.

"자본금은 필요 없는 사업이야. 머리와 몸만 있으면 돼."

"무슨 사업인데요?"

"사기꾼을 등쳐먹는 사업."

성희의 얼굴을 가린 머리칼을 쓸어 넘기며 조철봉이 정색했다.

"돈을 벌기 위해서는 무슨 일이라도 할 수 있겠어?"

"하겠어요."

거침없이 대답한 성희가 조철봉의 허리를 두 팔로 당겨 안았다.

"무슨 일이라도 다."

"몸을 내줄 수도 있겠지?"

"사장님이 허락하신다면."

성희의 검은 눈동자가 조철봉을 빤히 보았다.

"제 주인은 사장님이시니까요."

"그럼 됐어."

조철봉이 성희의 둥근 엉덩이를 부드럽게 쓸었다.

"내가 널 공주로 만들어주지. 네가 꿈꿔왔던 모든 것이 이뤄지게 될 거야."

성희가 간지러운 듯 몸을 비틀며 비벼대었으므로 조철봉은 다시 뜨거워졌다.

"넌 요부다."

성희의 입술에 입을 맞추면서 조철봉이 말했다.

"너처럼 뜨겁고도 신선한 여자는 처음 겪는다."

"죽는 날까지 주인으로 모실게요."

두 다리를 벌린 성희가 헐떡이며 말했다.

"은혜는 꼭 갚겠어요."

성희가 조철봉의 남성을 부드럽게 쥐더니 자신의 샘 안에 넣었다. 익숙해져 있어서 마치 제 몸을 다루는 것 같다.

"요즘은 남자다운 남자가 드물어."

임아나가 턱으로 옆을 가리켰다. 카페 안쪽에 두 쌍의 남녀가 마주보고 앉아있었는데 20대 중반쯤으로 세련된 차림들이었다. 그러나 남자들은 귀고리를 했다.

"저것 봐, 저 자식도 다이어트 하는 모양이다. 아예 뱃가죽이 등에 붙었구나."

"넌 기호가 수시로 바뀌는 게 문제야."

사내들을 훑어본 최세미가 시큰둥한 표정으로 말했다.

"작년까지만 해도 넌 마른 체형을 선호했다고, 잊었냐?"

"마르지만 강한 남자였지."

"어디가?"

세미는 풀썩 웃었다. 둘은 고등학교 동창으로 스물여덟이 된 지금까지 단짝이었으니 서로 알 것은 다 아는 사이인 것이다. 어렸을 때는 앞 뒤 가리지 않고 친구를 만들지만 차츰 주위 환경의 영향을 받으면서 떨어져 나가거나 떼어내게 된다. 아나가 분방하고 외향적인 성격인데 비해 세미는 차분하고 내성적으로 딴판이었지만 관계는 오래 지속되어 왔다. 둘의 환경이 비슷하기 때문이다. 둘의 집안이 거부 소리를 들을 정도로 부유했던 것이다. 아나의 부친 임기찬은 부동산 거부였고 세미는 탄탄한 건설회사 회장의 딸이다. 둘의 성품 중에 비슷한 점이 있다면 낭비벽이었는데 다른 친구들은 이것을 맞추지 못해 대부분 떨어져 나갔다고 볼 수 있었다.

"난 이번에 의사를 소개받았는데 만나기로 해놓고 나가지 않았어."

아나가 고른 이를 내보이며 웃었다.

"엄마는 뚱쟁이 아줌마한테 미안하다고 500을 주었다는군."

"니가 내 속을 뒤집으려고 그러는 것 같은데."

주스 잔을 든 세미가 눈을 가늘게 뜨고 아나를 보았다.

"성훈 씨가 병원장 아들이란 것을 기억해 주기 바란다."

세미는 병원장 아들과 목하 열애 중이었다. 그동안 카페 안으로 서너 팀의 남녀가 들어섰다가 모두 한 번씩은 꼭 둘에게 시선을 주고 지나갔다. 두 사람 모두 빼어난 미모인 데다 옷차림도 세련되었기 때문이다.

"어머, 벌써 두 시 반이네."

손목시계를 내려다본 아나가 놀란 듯 눈을 크게 떠 보이더니 자리에서 일어섰다.

"나 공항에 가야 돼, 엄마가 프랑스에 가시거든."

"또 쇼핑 가시는 거니?"

따라 일어선 세미가 묻자 아나는 눈을 흘겼다.

"이년아, 네 엄마는 일 년의 반은 미국에 가 있잖아?"

카페에서 나온 아나는 세미에게 손을 흔들어 보이고는 주차장 끝 쪽에 세워진 자신의 연회색 BMW로 다가갔다. 산 지 2년밖에 안 되었고 주행거리도 1만 킬로가 조금 넘었을 뿐이어서 아직 새 차나 다름없다.

"아니."

막 차문을 열려던 아나는 이맛살을 찌푸리고는 앞쪽 타이어를 보았다. 타이어의 바람이 다 빠져 있었기 때문이다. 아랫입술을 깨문 아나가 망연한 얼굴로 타이어를 내려다보고만 있을 때였다.

"타이어가 찢어졌는데요."

뒤쪽에서 울리는 사내의 목소리에 아나는 머리만 돌렸다. 잠깐 아나와 시선을 마주쳤던 사내가 다가와 타이어의 한쪽 부분을 손으로 가리켰다.

"이것보세요, 찢겼어요."

아나는 사내의 건장한 체격과 옷차림에 호감을 느꼈다. 윤곽이 굵고 뚜렷한 사내다운 얼굴도 평균 이상이었다. 사내가 아나를 보았다.

"타이어를 바꿔 드리죠."

"아니, 제가 AS를 불러서."

아나가 말하자 사내는 허리를 펴더니 강한 시선으로 아나를 보았다.

"스페어타이어 있습니까?"

"네, 있어요."

그럼 됐어요. 10분이면 끝납니다. AS를 부르면 시간이 꽤 걸릴 겁니다."

"미안해서."

"미안한 감정보다 내 호의가 의심스러워서 주저하시는 것 아닙니까?"

거침없이 말한 사내가 씩 웃었다.

"편하게 생각하세요. 이런 기회를 놓치는 놈이야말로 병신입니다."

사내의 웃음에 끌려든 아나가 따라 웃다가 다시 정색하고 말했다.

"그럼 부탁합니다."

아나가 트렁크를 열었을 때 사내는 양복저고리를 벗더니 내밀었다.

"옷 좀 받아 주실랍니까?"

저고리를 받아 쥔 아나는 깃에 붙은 올마니 상표를 보았다. 이태리 제품으로 한 벌에 300만 원 이상 가는 고가품이다. 와이셔츠까지 걷어 붙인 사내의 굵은 팔에는 로메스 시계가 채워져 있었는데 수수하면서도 세련된 디자인이었다. 타이어를 꺼낸 사내는 곧 공구까지 집어내더니 익숙한 동작으로 갈아 끼우기 시작했다.

"어떤 놈이 찢고 간 것 같습니다."

타이어를 빼낸 사내가 찢긴 부분을 가리키며 말했다.

"심술이 난 거겠죠. 하지만 그놈은 그런 성품으로는 평생을 가도 외제 차 주인이 되지 못할 겁니다."

아나는 사내가 30대 초반쯤이라고 생각했다. 행동이 다소 거칠고 직설적이었지만 웃는 모습에 호감이 간다. 사내의 손이 금방 기름으로 더러워졌으므로 아나는 초조해졌다.

"정말 미안해서 어떡해요?"

아나는 진심으로 말했고 사내는 다시 싱긋 웃었다.

"나는 인연을 놓치지 않았다는 생각이 듭니다. 우연을 인연으로 만든 거죠."

타이어를 갈아 끼우면서 사내가 말을 이었다.

"물론 선택은 그쪽에서 하시겠지만 말입니다."

"전 아직 댁의 이름도 몰라요."

"나는 조철봉이라고 합니다."

너트를 힘주어 돌리면서 말하는 조철봉의 얼굴이 상기되었다.

"브라질에서 귀국한 지 일 년 되었습니다."

"브라질에서요?"

"네, 한국에서는 카니발로만 알려진 곳."

"그곳에서 사셨어요?"

"아닙니다."

정색한 조철봉이 잠시 숨을 돌리려는 듯 움직임을 멈추더니 아나를 올려다보았다.

"난 브라질 교민이면서 학교는 한국에서 다녔습니다. 군대도 갔다 왔고요. 그것은 아버님의 뜻이었고 제가 바라던 일이기도 했습니다."

"그럼 영구 귀국하신 것인가요?"

"부모님은 아직 브라질에 계십니다. 그곳에 사업체가 여러 곳이어서."

몸을 돌린 조철봉이 다시 너트를 조이며 말을 이었다.

"한국의 사업 여건이 좋다고는 볼 수 없지만 내 고국이니까요. 난 한국에서 사업을 시작할 겁니다."

아나는 소리 죽여 숨을 뱉었다. 사내의 태도는 당당했으며 진실 되게 보였지만 아직 믿을 수는 없었다. 그때 일을 마친 조철봉이 일어섰다.

"끝났습니다. 손을 씻어야겠는데."

"저기 카페에서."

아나가 옆쪽의 카페를 가리키자 조철봉은 머리를 끄덕였다.

"그럼 제 차에다 저고리를 넣어 주실랍니까? 키는 제 바지 호주머니에 있습니다."

조철봉이 턱으로 가리킨 차는 검정색 크로나 최고급형 리무진이다.

크로나에 옷을 넣은 아나는 조철봉이 손을 씻고 돌아오기를 기다렸다. 잠시 후에 조철봉이 카페에서 나왔을 때 아나가 정색하고 말했다.

"저, 제가 나중에 차 한 잔 사 드려도 돼요? 너무 미안해서."

"이런 인연을 놓치지 않겠다고 했지 않습니까? 당신 같은 미인에다 BMW는 상승작용을 하거든요."

조철봉도 정색하고 말했으므로 아나는 저도 모르게 풀썩 웃었다. 이렇게 대놓고 BMW를 갖다 붙이는 사내는 처음이었지만 그것이 오히려 후련했던 것이다.

"좋아요. 그럼 오늘 저녁에 시간 있으세요, 7시에?"

"장소만 말씀해 주십시오."

"논현동 버지니아호텔 커피숍에서."

"좋습니다."

아나가 BMW를 몰고 사라졌을 때 조철봉의 옆으로 최갑중이 다가와 섰다. 타이어를 칼로 찢은 범인은 최갑중이다.

"형님, 어떻게 되었습니까?"

"잘 됐다. 오늘 저녁에 만나기로 했어."

크로나로 다가간 그들은 차에 올랐다.

"네가 오늘 밤에 해야 할 일이 있다."

뒷좌석에 앉은 조철봉이 입을 열었다.

"잘 들어. 아주 쉬운 일이야."

회사로 돌아왔을 때는 오후 3시였는데 이은영이 시치미를 뚝 뗀 얼굴로 조철봉의 책상 앞에 다가와 섰다. 제주도에서 같이 돌아왔지만 은영은 하루 늦은 오늘 출근했고 아침부터 조철봉이 외출하는 바람에 처음 마주보는 셈이다.

"오늘 저녁에 저하고 이야기 좀 해요."

은영이 소리 죽여 말했을 때 조철봉은 주위를 둘러보았다. 사무실에는 맨 앞쪽에 여직원 둘만 앉아 있을 뿐이다. 모두 영업을 나간 것이다.

"무슨 일인데?"

"그냥요. 심란해서 그래요."

"오늘 저녁에는 어머니가 올라오셔서 일찍 들어가 봐야 돼."

조철봉이 책상 위로 상반신을 늘이고는 은영을 보았다.

"심란한 이유가 뭐야?"

"조 선배를 사랑하고 있기 때문이죠."

은영은 입술만을 달싹이고 말했지만 조철봉은 똑똑히 들었다.

"어, 그것참."

이맛살을 찌푸린 조철봉이 입맛을 다셨다.

"그것이 심란한 이유라니. 이해가 안 되는데, 나는."

"난 농락당하고 있는 기분이에요."

이번에는 은영이 눈을 치켜뜨고 조철봉을 노려보았다.

"그래서 조 선배한테 확인을 받고 싶어서 그런가 봐요."

"나도 은영 씨를 사랑해."

조철봉이 사랑이라는 단어를 또박또박 발음하고는 정색했다.

"내가 이런 감정을 처음 느끼고 있다면 믿겠어?"

"조 선배는 그런 감정까지도 얼마든지 조작해낼 수 있는 사람이죠."

두 손으로 책상을 짚은 은영이 가늘고 긴 숨을 뱉었다.

"그걸 알면서도 빠져든 내가 미워요."

"현실을 봐."

조철봉이 엄지를 구부려 자신의 얼굴을 가리켰다.

"난 지금 은영 씨 옆에 있어. 어디로 도망치지 않아."

"그래서."

주위를 한 번 둘러본 은영이 조철봉을 향해 희미하게 웃었다.

"내가 사랑하고 있다는 말은 꼭 해줘야겠다고 생각했어요. 설령 당신이 이중삼중의 가면을 쓰고 있다고 하더라도."

그러고는 은영이 몸을 돌렸으므로 조철봉은 다시 입맛을 다셨다.

버지니아호텔은 무궁화 다섯 개짜리 특급호텔로 분위기가 화려하기

보다는 장중했다. 로비의 바닥이나 벽도 어두운 색깔이었고 커피숍도
마찬가지였다. 짙은 색 가죽 소파가 널찍하게 놓인 사이를 자주색 제복
의 종업원들이 소리 없이 지날 뿐 조용했다. 임아나는 안쪽 자리에 이미
와 있었는데 커피숍의 손님은 외국인 두 팀에다 아나까지 셋이었다. 조
철봉이 다가갔을 때 아나는 눈웃음을 치며 맞았다.

"먼저 와 계셨네."

앞자리에 앉은 조철봉이 눈을 좁혀 뜨고 아나를 보았다. 아나는 진주
색 투피스 정장 차림이었는데 눈이 부시도록 아름다웠던 것이다.

"정말 아름답습니다."

"고맙습니다."

머리를 조금 까닥여 보인 아나가 이제는 이를 드러내고 웃었다.

"그런 칭찬은 언제 들어도 싫지 않아요."

아나의 시선이 다시 조철봉의 모습을 재빠르게 훑고 지나갔다. 조철
봉도 연회색의 정장으로 바꿔 입었고 건장한 체격과 잘 어울렸다. 다가
온 종업원에게 마실 것을 주문한 조철봉이 아나를 보았다.

"내가 아직 그쪽 이름도 모르고 있다는 걸 알고 계시지요?"

"전 임아나예요."

아나가 밝은 표정으로 말했다. 나이는 스물여덟, 그동안 수도 없이
남자를 갈아치워 왔으며 한때는 TV 탤런트 강수민과도 사귀었다가 헤
어졌다. 학교는 일류인 세화여대 영문과를 졸업했으니 머리가 나쁜 편
은 아니다. 이미 아나에 대해서 샅샅이 조사해 놓았지만 조철봉이 정색
하고 물었다.

"물론 미혼이시겠죠?"

"네. 거긴요?"

"서른셋에 아직 미혼입니다. 스쳐가는 여자는 있었지만 결혼하고 싶은 여자는 만나지 못했습니다."

조철봉이 쓴웃음을 지었다.

"이 나이에 과거가 없다면 거짓말이죠."

아나의 표정을 본 조철봉은 그녀가 공감하고 있다는 것을 알 수 있었다. 차가 나왔을 때 조철봉이 아나를 보았다.

"내가 저녁하고 술을 사지요, 괜찮겠습니까?"

"좋아요."

찻잔을 든 아나가 다시 눈웃음을 쳤다.

"처음 만난 분하고 이러는 게 이상하긴 하지만 예외는 있는 법이죠."

"저도 마찬가지올시다."

조철봉이 시치미를 뚝 뗀 얼굴로 대답했다. 그러나 그것은 최고급형 크로나 리무진의 역할이 최소한 50퍼센트를 차지했다. 그리고 30퍼센트쯤은 올마니 저고리와 로메스 시계 때문일 것이다. 차를 마시고 호텔 현관으로 나왔을 때 조철봉이 아나에게로 머리를 돌렸다.

"차 가져 오셨죠?"

"네. 철봉 씨는요?"

"전 술 마실 것 같아서 기사를 데려왔는데."

주머니에서 만 원권 지폐를 꺼낸 조철봉이 도어맨에게 아나의 차 번호를 알려주고는 돈을 건네주었다. 곧 아나의 BMW와 조철봉의 크로나가 동시에 현관 앞에 섰는데 크로나의 기사는 최갑중이었다.

"내 기사더러 아나 씨 차를 몰고 뒤를 따라오라고 하고 아나 씨는 제

차로 같이 가시지요."

조철봉의 말에 아나가 머리를 끄덕였다.

"그럴게요."

"압구정동에 괜찮은 일식집이 있습니다. 일식 좋아하세요?"

"좋아요."

아나가 금방 대답한 것은 당연했다. 그것도 조철봉이 조사해 놓았기 때문이다.

일식집 하코네는 아나가 처음 가본 곳이었지만 분위기가 우선 마음에 들었다. 깨끗하고 넓은 데다 가구는 고급이면서 요란하지 않았고 홀에 앉은 손님들의 수준도 높아 보였던 것이다. 조철봉을 본 주인이 반색을 하더니 안쪽 방으로 안내해 주는 것도 아나를 흡족하게 했다. 다다미 방에 마주앉았을 때 주인이 조철봉에게 말했다.

"기한의 백 회장님이 낮에 다녀가셨습니다. 제주도에 다녀오셨다고 하더군요."

50대 중반의 주인은 조철봉의 앞에 두 손을 모으고 서서 최상의 예우를 갖추고 있다. 조철봉이 부드럽게 웃었다.

"저도 제주도에서 백 회장님을 만나고 왔습니다."

"아, 그러세요."

"회 좋은 걸로 부탁합니다."

"예, 맡겨 주십시오."

주인이 절을 하고 방을 나가자 조철봉이 아나를 보았다.

"기한그룹의 백대운 회장님을 아시죠?"

"네, 알아요."

아나가 엉겁결에 대답했다. 신문 경제면은 읽지도 않는 아나였지만 백대운은 사회나 정치면에도 가끔 이름이 나오는 경제계의 거물인 것이다. 아까부터 아나는 조철봉과 주인의 대화를 들으면서 얼떨떨한 기분이었다.

"백 회장님하고 여길 두어 번 왔었지요."

조철봉이 부드러운 표정으로 말했다.

"제 부친 친구가 되시는 터라 여러 가지 조언을 해 주십니다."

"아, 그러세요."

아나가 아직도 긴장한 채 건성으로 대답했다. 백대운에 비교하면 아버지 임기찬은 어른 앞의 아이 꼴이 될 것이다. 현금 동원 능력이 아무리 대단하더라도 아버지의 경력과 사회적 위치로는 당해내지 못한다. 그런 백대운과 조철봉이 같이 어울리는 사이라니. 정신을 차린 아나는 이제 조철봉에게 맹렬한 호기심을 느꼈다. 조금 전까지만 해도 몇 번 부딪치고 지났던 사내들 중 하나를 상대하는 기분이었던 것이다.

"백 회장님은 유통업을 권하시는데 나는 제조업을 하고 싶단 말입니다."

조철봉이 말했을 때 문밖에서 인기척이 나더니 누군가가 가볍게 노크를 했다.

"저, 사장님."

조철봉이 미닫이문을 열어젖히자 최갑중이 머리부터 숙였다.

"사장님, 죄송합니다."

"무슨 일이야?"

"저, 제가."

머리를 든 갑중이 울상을 짓고 조철봉과 아나를 번갈아 보았다.

"제가 차를 몰고 오다가 사고가 났습니다, 그래서."

"사고를 냈어?"

눈을 치켜떴던 조철봉이 힐끗 아나를 보더니 목소리를 낮췄다.

"그래서 어떻게 되었어?"

"차 앞부분이 부서졌는데요, 제가 실수로 벽을 받았습니다."

"이 사람아, 조심해서 몰지 않고."

자리에서 일어선 조철봉이 아나에게 말했다.

"같이 나가서 차를 보십시다."

아나가 따라 일어섰을 때 조철봉이 위로하듯 말했다.

"염려하지 마세요, 아나 씨."

일식당 주차장으로 나간 그들은 한쪽에 세워진 BMW를 보았다. 차의 왼쪽 범퍼가 찌그러졌고 라이트도 깨져 있었다. 갑중이 기어드는 목소리로 말했다.

"죄송합니다. 제가 변상하겠습니다."

"이 사람아, 그만둬."

정색하고 말한 조철봉이 몸을 돌려 아나를 보았다.

"내가 새 차를 한 대 뽑아 드리지요."

"아뇨, 괜찮아요."

놀란 아나가 머리까지 젓자 조철봉이 싱긋 웃었다.

"내일 크로나를 뽑아 드리겠습니다. 어떤 색깔을 좋아하세요?"

"정말 괜찮다니까요."

"차를 맡겨야겠는데 AS센터 전화번호가 있습니까?"

"제가 연락할게요."

"그럼 안으로 들어가십시다."

다시 식당 안으로 들어온 그들은 방에 자리 잡고 앉았는데 한동안 분위기가 어수선했다. AS센터에 전화 연락을 한 아나가 휴대전화를 내려놓았을 때 마침 생선회가 나왔다.

"조금 이상하게 생각하시겠지만."

젓가락을 든 조철봉이 웃음 띤 얼굴로 아나를 보았다.

"이것도 인연이란 생각이 드는 겁니다. 이 사고도 우연이 아니라는 것이죠."

조철봉과 시선이 마주치자 아나의 심장 박동이 조금 빨라졌다. 거침없는 시선이었기 때문이다. 얼굴은 웃고 있었지만 조철봉의 치켜뜬 눈에는 암컷을 향한 수컷의 짐승 같은 욕망이 그대로 떠 있는 것처럼 보였다.

"그래서 이 기회도 놓치고 싶지가 않은 겁니다."

"하지만 너무 심하셨어요."

겨우 평정을 찾은 아나가 젓가락으로 회를 집으면서 말했다.

"차를 조금 깨뜨렸다고 크로나를 사주시겠다니요."

"그럼 솔직히 말씀드리지요."

아나의 앞에 놓인 술잔에 정종을 따르면서 조철봉이 정색했다.

"제가 크로나를 사 드린다는 이유를 말입니다."

상체를 세운 조철봉이 말을 이었다.

"제가 크로나를 생산하는 대성자동차하고 관계가 있습니다."

"무슨 관계인데요?"

"브라질에 대성자동차의 현지법인 공장이 있다는 건 알고 계시지요?"

"그건 들었어요."

"브라질의 현지 사업 파트너가 바로 제 부친이 투자한 회사입니다. 피에트로 회사의 지분 35퍼센트를 제 부친이 갖고 계십니다."

조철봉이 눈만 깜박이는 아나를 향해 싱긋 웃었다.

"따라서 제가 대성의 자동차를 이곳에서 구입하면 브라질에서 결산 처리하기로 되어 있습니다. 지금 타고 다니는 크로나도 그런 방식으로 처리했지요."

"저는 도무지, 그리고."

아나가 얼떨떨한 얼굴로 말했다. 조철봉은 한 모금에 정종을 삼키고는 말을 이었다.

"원가로 계산이 됩니다. 전혀 부담이 되지 않으니까 신경쓰지 마시고."

술잔을 만지작거리기만 하던 아나가 결심하듯 술잔을 들었다.

"그럴 순 없어요."

"당연한 보상이라니까요."

"아녜요."

"자, 오늘은 그 이야기 그만하십시다."

손바닥을 펴 보인 조철봉이 부드러운 시선으로 아나를 보았다.

"다른 이야기를 하죠. 리우데자네이루에 가 보셨습니까?"

"아뇨, 아직."

굳어졌던 아나의 표정도 풀렸다. 아나가 눈을 조금 가늘게 뜨고 조철봉을 보았다.

"하지만 이야기는 들었어요. 아름다운 곳이라지요?"

"그럼요."

어젯밤에 관광 안내서를 읽었을 뿐이지만 조철봉이 정색하고 끄덕였다.

다음 날 오전, 대성그룹 비서실장 윤문영은 웃음 띤 얼굴로 조철봉을 맞았다. 그는 비서실 간부 회의를 주재하다가 조철봉과의 약속 때문에 도중에 나와 기다리던 중이었다. 비서실장실의 소파에 마주앉았을 때 문영이 은근한 시선으로 조철봉을 보았다.

"제주도에서 한꺼번에 다섯 대나 팔았다면서? 그건 회장님도 알고 계시네."

"국개연을 이용한 것입니다."

정색한 조철봉이 문영을 보았다.

"호텔 카지노 사장한테 국개연의 비공식 파트너가 대성자동차라고 했습니다."

"허어, 그래?"

문영의 얼굴이 굳어졌다. 머릿속에서 맹렬하게 이해득실을 계산하고 있기 때문일 것이다. 그러나 곧 문영의 입가에 웃음기가 떠올랐다. 대성자동차가 국개연의 비공식 파트너로 소문이 나서 해가 될 일은 하나도 없는 것이다.

"이 사람아, 그렇게 해도 되겠나?"

"어쨌든 저는 대성자동차의 영업사원입니다. 본업을 위해서 국개연의 이름을 조금 이용해도 상관없다고 생각했습니다. 그리고 국개연이나 회사에 해가 되는 일도 없고요."

"그건 그렇지. 하지만 국개연 측에서 알게 되면 조금 곤란하지 않을까?"

"전혀 그렇지 않습니다. 카지노 사장은 입을 꾹 다물고 있을 테니까요."

조철봉이 자신 있는 표정으로 말했다. 존재하지도 않는 국제개혁연맹인 것이다. 문제가 있을 리가 없다. 머리를 끄덕인 문영이 조철봉을 보았다.

"그런데 날 보자고 한 것은 무슨 일 때문인가? 내가 도와줘야 할 일이라도 있나?"

"예, 상의드릴 일이 있어서요."

"말해보게, 내가 힘닿는 데까지 도와줄 테니까 말이야."

"서초영업소에 파견된 기조실 직원 문제인데요."

조철봉이 긴장한 듯 얼굴을 굳히며 말했다.

"비서실에 보고했던 이은영 과장이 저하고 한 팀이 되어 있습니다."

그건 알고 있다는 듯 문영은 머리만 끄덕였다. 조철봉은 말을 이었다.

"국개연 측에서는 이 과장을 통해 정보가 유출될까 상당히 경계하고 있는 것 같습니다. 자주 저한테 이 과장에 대해서 묻고 있습니다."

"음, 그런가?"

눈을 좁혀 뜬 문영이 조철봉을 빤히 보았다. 두뇌 회전이 빠른 문영은 금방 말뜻을 알아차린 것이다.

"난 조 과장하고 이 과장이 손발이 잘 맞는 팀이라고 생각했는데 말이야."

"저도 안타깝습니다."

"그렇다면 서초영업소에 파견시킨 기조실 직원들을 다른 곳으로 보내야겠군."

문영이 머리를 천천히 끄덕이며 말했다.

"순환 근무 형식을 만들어서 말이야."

"이 과장한테 많은 도움을 받은 터라 정말 서운합니다."

"조 과장 일이 중요해."

정색한 문영이 조철봉을 보았다.

"이 과장은 그만하면 역할을 충분히 해냈어. 내가 고과에 반영시키도록 하지."

비서실장실을 나온 조철봉은 길게 심호흡을 했다. 이것으로 은영은 정리가 된 것이다. 지금까지 은영을 통하여 국개연의 정보를 비서실로 흘렸지만 앞으로는 직접 할 것이고 실장은 그것을 오히려 더 반길 것이다.

은영은 제 역할을 훌륭히 해내었다. 그러나 이제 은영은 짐이 될 뿐이다. 같이 있으면 자꾸 확인을 하려고 들 테니까. 조철봉은 느긋한 표정으로 발을 떼었다.

"어머나."

카페 앞 주차장으로 나온 임아나가 눈을 둥그렇게 떴다. 앞에는 은색 크로나 리무진이 서 있었다.

255

"번호판은 3자를 좋아하시는 것 같아서 3자가 세 개 들어간 것으로 골랐습니다."

최갑중이 부동자세로 서서 말했다.

"그리고 사장님께서는 급한 일이 있으셔서 오후에 연락을 하신다고 했습니다."

조철봉은 아나와 카페에서 만나기로 해놓고는 대신 최갑중을 보냈다. 그리고 갑중은 금방 뽑은 크로나에다 번호판까지 붙여 가져왔다.

"차 안에 등록증과 보험 서류가 있습니다. 자, 여기."

갑중이 두 손으로 열쇠를 내밀었다.

"사장님께서 꼭 받아 달라고 부탁하셨습니다. 받지 않으시면 제가 큰일 납니다."

"그럴 순 없어요."

정신을 차린 아나가 머리를 젓자 갑중이 정색했다.

"우선 받으시고 사장님 만나셔서 이야기를 하시지요."

그러고는 바짝 다가와 열쇠를 내밀었으므로 아나는 주춤대며 받았다. 살았다는 얼굴로 갑중이 사라지자 아나는 다시 눈앞의 크로나를 바라보았다. 은색은 자신이 좋아하는 색깔이었다. 지난번 대성자동차 영업사원과 계약 직전까지 갔을 때도 바로 이 색상을 골랐었다.

차로 다가간 아나는 차문을 열고 운전석에 앉았다. 그러자 옆 좌석에 놓인 장미 한 송이가 보였다. 장미 밑에는 등록증과 보험 서류가 가지런히 놓여 있었고 모두 자신의 이름으로 되어 있었다.

"이걸 어떻게 해?"

이맛살을 찌푸린 아나가 혼잣소리로 말했다.

"참 이상한 사람이야."

그러나 기분이 나쁜 것은 아니다. 차를 조금 부쉈다고 시가 8천만 원 가까이 되는 최고급형 크로나를 사주다니. 이런 이야기는 주간지에서 도 읽어본 적이 없었으므로 가슴이 아직도 뛰고 있는 것이다.

그 시간에 조철봉은 국제 차밍스쿨의 복도에 서 있었다. 대형 유리창 을 통해 안쪽이 다 보였다. 팔짱을 끼고 선 조철봉은 윤성희의 모습이 보이자 슬며시 웃었다.

성희는 워킹 연습을 하고 있는 중이었다. 10여 명의 학생들 중에서도 성희는 단연 두드러졌다. 성희는 열중하고 있었다. 학생들 사이에 끼어 일렬로 걸어오면서 한눈도 팔지 않았다. 유명 브랜드의 감색 정장 투피 스 차림에다 머리는 쇼트커트를 해서 긴 목이 드러났고 두 다리는 그린 것처럼 미끈하다.

무용을 전공했기 때문인지 걸음을 떼는 것이 춤을 추는 것처럼 유연 하고 탄력적이어서 선생도 성희한테만은 잔소리를 하지 않았다.

"널 신데렐라로 만들어주마."

조철봉이 입술만을 달싹이며 말했다. 두 눈에서 생기가 났고 눈 밑의 피부는 상기되어 있었다.

"그래서 너는 널 무시하고 착취했던 모든 놈들한테 복수를 하는 거 다."

그때 벨이 울렸고 머리를 돌린 성희가 창가에 선 조철봉을 보더니 활 짝 웃었다. 그 누구도 의식하지 않은 맑은 웃음이어서 조철봉의 가슴은 뛰었다. 밖으로 나온 성희가 자연스럽게 조철봉의 팔을 끼었다. 성희에게서 옅은 재스민 향내가 났다. 조철봉이 좋아하는 향기였다.

"우리 근사한 식당으로 가보자구."

향내를 들이마시면서 조철봉이 낮게 말했다.

"그런 식당에도 익숙해져야 돼."

성희가 대답 대신 조철봉의 옆으로 바짝 붙었다. 그들이 차밍스쿨을 나왔을 때 조철봉은 휴대전화의 진동을 느끼고는 멈춰 섰다. 아나일 것이다. 크로나에 놀란 아나가 연락해올 시간이 되었다.

윤성희와 점심을 마친 조철봉이 영업소로 돌아왔을 때는 오후 3시 반이었다. 영업에 바쁜 시간이어서 평소처럼 사무실에는 서너 명만 남아 있었지만 자리에 앉아 있던 장정수가 기다렸다는 듯 손짓으로 조철봉을 불렀다. 조철봉이 책상 앞에 다가서자 정수가 목소리를 낮추고 물었다.

"너, 이번 인사이동 알아?"

"인사이동이라니요?"

미간을 좁힌 조철봉이 정수를 내려다보았다.

"소장님이 부장으로 승진되신 겁니까?"

"이 자식아, 시끄러."

혀를 찬 정수가 말을 이었다.

"기조실에서 파견 나온 사원들이 모두 이동한다. 그래서 우리 영업소에 있던 기조실 팀은 부산으로 발령이 났어."

"그래요?"

조철봉이 이맛살을 찌푸렸다.

"이 과장하고 손발이 맞아가고 있었는데 이게 웬 지랄인지, 비서실

놈들 하는 짓이 이렇다니까."

"이 과장도 충격을 받은 모양이야. 지금 전시장에 혼자 앉아 있다."

"이거 어떻게 위로를 하지? 왜 하필 부산이야? 서울에도 영업소가 많은데."

"가봐."

정수가 턱으로 전시장 쪽을 가리켰다.

"분위기가 안 좋아서 나는 말도 못 붙였다."

전시장 안으로 들어선 조철봉은 구석의 상담용 소파에 혼자 앉아 있는 이은영을 보았다. 은영은 크로나의 팸플릿을 보고 있다가 머리를 들었다. 굳어진 표정이었다.

"소장한테서 이야기 들었어."

털썩 앞쪽에 앉은 조철봉이 찌푸린 얼굴로 은영을 보았다.

"부산으로 옮겨가게 되었다면서?"

은영이 눈만 깜박였으나 조철봉의 목소리는 격해졌다.

"비서실 놈들의 탁상행정은 정말 신물이 난다니까, 어때? 내가 비서실로 찾아가 볼까?"

"그만둬요."

겨우 입을 연 은영이 아랫입술을 물었다가 풀었다.

"비서실 강재찬 부장한테서 전화가 왔어요. 난 1호봉 승급이 되었더군요."

"허, 그래? 그거야 당연하지."

조철봉이 놀란 듯 눈을 크게 떴다. 1호봉 승급이면 1년 경력이 추가되는 것과 마찬가지이다. 따라서 부장 진급이 1년 단축된다.

"그럼 나도 승급이 되었겠군, 안 그래?"

"난 처음엔 이해할 수가 없었어요."

다시 시선을 내린 은영이 혼잣소리처럼 말했다.

"본래 특판 기간 동안은 한 곳에 계속 있기로 되어 있었는데."

"글쎄 본사 놈들 하는 짓이 다 그렇다니까 그러네."

입맛을 다신 조철봉이 손목시계를 내려다보는 시늉을 했다.

"내가 오늘 저녁 국개연 멤버하고 약속이 있어. 나한테 다리를 놓아달라고 부탁을 하려는 것 같은데 어쩔 수 없이 만나기는 해야 될 것 같아."

은영의 시선을 받은 조철봉이 쓴웃음을 지었다.

"내일 저녁 나한테 시간을 내줄 수 있겠지?"

"업무 인계인수 할 것도 없으니까 내일 아침에 부산으로 가겠어요."

차분한 표정이 된 은영이 조철봉을 보았다.

"나한테 억지로 시간 낼 필요는 없어요."

"이것 봐, 왜 그래?"

조철봉이 정색하자 은영은 입술 끝을 올리면서 웃었다.

"설령 이번 인사가 당신의 농간이라 하더라도 유감 갖지 않을게요. 그냥 있는 그대로 당신을 사랑하기로 결심했어요."

임아나가 버지니아호텔 커피숍에 모습을 나타냈을 때는 오후 7시 5분이었다.

"기다리셨죠?"

다가선 아나는 열은 분홍색 투피스 차림으로 더 화사했다. 앞에 앉은 아나가 부드러운 시선으로 조철봉을 보았다.

"오전에 차 받았어요, 아주 마음에 들어요."

"다행입니다."

커피를 시킨 조철봉이 눈을 가늘게 떴다.

"아나 씨를 보면 언제나 목구멍이 꽉 막힌 느낌이 들어요."

"어머, 왜요?"

조철봉이 눈을 동그랗게 뜬 아나를 향해 정색하고 말했다.

"충동이 일어나는 거죠."

그것이 무슨 충동이냐고 아나는 촌스럽게 묻지 않았다. 대신 희미하게 웃는 것으로 과정을 한 계단 진전시켰다.

"참, 이것."

잊고 있었다는 듯 아나가 핸드백을 열더니 봉투 하나를 꺼내어 조철봉의 앞에 밀어놓았다.

"차값이에요, 번호판값에 세금, 보험료까지 계산해서 가져왔어요."

"이런."

이맛살을 찌푸린 조철봉이 봉투를 내려다보았다.

"대성자동차 브라질 법인의 지분을 갖고 있다는 말을 믿지 않으신 것 같은데."

"아뇨, 믿어요."

아나가 정색하고 머리까지 저었다.

"브라질 법인의 파트너가 피에트로사라는 것도 알아보았어요."

아나는 아버지 임기찬의 비서를 시켜 조철봉이 제주도에서 기한그룹의 회장 백기성과 만났다는 것까지 확인한 것이다.

"그래서 나더러 이 돈을 받으라는 겁니까?"

"대신 오늘 밤 술이나 사세요."

아나가 눈웃음을 치며 말했다.

"실은 저도 차를 크로나로 바꾸려고 했었거든요. 그래서 잘된 거예요."

"허어 참."

입맛을 다신 조철봉이 쓴웃음을 짓더니 봉투를 주머니에 넣었다.

"좋습니다. 술 한잔하십시다."

이렇게 돈을 받게 될 확률은 90퍼센트 이상으로 계산하고 있었지만 안전장치는 해놓았었다.

만일 아나가 입을 싹 씻는다면 최갑중을 시켜 엔진을 망가뜨릴 계획이었던 것이다. 전자장치 몇 개만 손보면 아나는 어쩔 수 없이 차를 AS 센터에 보내게 된다. 그때 다시 기회가 만들어지는데 아나가 끝까지 돈을 내지 않는다면 도로 빼앗아 가면 된다.

제 돈은 한 푼도 내지 않은 터라 조철봉이 가져갔다고 소송을 하지는 못 할 테니까. 그러나 그런 최악의 경우는 각박한 처지의 인생들에게나 적용될 일이다. 부동산 재벌의 딸과 대성자동차 브라질 법인의 파트너 아들 간에 일어날 일은 아니다.

그날 밤, 호텔 식당에서 저녁을 마친 둘은 지하의 클럽으로 내려갔다. 이곳은 외국인이 많이 찾는 곳이다. 아나가 단골손님이어서 종업원들의 대우가 극진했다.

"분위기가 좋군요."

술과 안주를 시키고 조철봉이 주위를 둘러보며 말했다. 홀은 200평쯤 되어 보였지만 좌석 사이가 넓었고 조명이 요란하지 않았다. 그리고 아무렇게나 차려입은 남녀도 안 보였다.

"한번 추실까요?"

마침 은근한 블루스 음악이 흘러나왔으므로 조철봉이 자리에서 일어났다. 어두운 플로어 위에는 서너 쌍의 남녀가 있을 뿐이다. 아나가 웃음 띤 얼굴로 조철봉이 내민 손을 잡았다. 이로써 아나의 손을 처음 잡게 되었다. 만난 지 사흘 만이다.

조철봉은 아나의 허리를 조금 더 당겨 안았다. 그러자 몸이 부딪치는 부분이 더 많아졌으며 특히 아나의 허벅지 안쪽으로 다리가 더 깊게 들어가게 되었다. 아나는 키가 큰 편이어서 조철봉의 입술이 귀에 딱 닿았다. 머리만 조금 숙이면 키스하기에 아주 적당한 위치였다.

둘의 가슴은 벌써부터 붙어 있었고 아나에게서 달고 쏘는 듯한 향내가 맡아졌다. 다시 몸을 틀어 아나의 허벅지 안쪽에 다리를 넣었던 조철봉은 자신의 딱딱해진 심벌을 거침없이 댔다. 물론 금방 스치고 지났지만 아나의 하체는 자연스럽게 받아들이고 있었다.

"잘 추시네요."

마침내 아나가 입을 열었는데 목소리가 조금 말라 있었다. 조철봉은 대답 대신 아나에게서 몸을 조금 떼었다가 스텝을 옮기면서 더 강하게 끌어안았다. 그 순간 굳은 심벌이 아나의 중심에 닿았다가 허벅지를 스치고 빠져나갔다. 그때 아나가 가늘게 숨을 뱉는 것이 느껴졌다.

"이제 그만."

음악이 끝나가고 있었으므로 조철봉이 몸을 떼며 말했다. 아나는 꿈에서 깬 듯이 눈을 크게 떴다. 플로어에서 테이블로 돌아온 조철봉이 코냑 잔을 들었다.

"패턴대로 추는 춤은 집단 체조이지 춤이라고 볼 수가 없지요."

한 모금 코냑을 삼킨 조철봉이 싱긋 웃었다.

"스텝이 엉키지 않는 범위 안에서 음악에 맞춰 자신도 모르게 흐느적거려야 제대로 춤이 나옵니다."

"그건 고수의 경지에 닿아야 돼요."

아나가 따라 웃었다.

"철봉 씨는 그 경지까지 간 것 같아요."

이제 호칭이 철봉 씨가 되었다. 의자에 등을 붙인 조철봉은 앞에 앉은 아나를 보았다. 춤은 댄스 교습소에 결석 한 번 하지 않고 일 년 반이나 다니면서 닦은 실력이니 아는 체를 할 만도 했다.

하지만 여자가 달아 올랐을 때 몸을 떼어야 한다는 것은 실전으로 익혔다. 댄스는 섹스의 전희와도 같다. 조철봉은 그렇게 믿어 의심치 않았다. 보통 여자들은 이렇게 세 번만 추고 나면 몸이 달아올라서 안달을 한다.

겨우 한 번 추었을 뿐이지만 아나의 눈도 반짝이고 있었다. 플로어에는 빠른 음악에 맞춰 사람들이 머리를 흔들어대고 있었다. 미친 원숭이가 다친 것 같았다. 약을 먹었군. 조철봉이 쉴 새 없이 뛰어오르며 머리를 흔드는 노랑머리를 보고는 쓴웃음을 지었다. 그 앞의 여자도 마찬가지였다. 아나가 자리에서 일어섰다.

"우리도 춰요."

아나는 약을 먹지 않았는데도 탄력이 있는 데다 리듬도 잘 탔다. 자연스러운 몸놀림이 육감적이었고 번쩍이는 조명에 드러난 얼굴은 활기에 차 있었다.

음악과 분위기에 익숙한 것이다. 아나의 앞에서 몸을 흔들던 조철봉은 솟구치는 성욕을 느끼고는 이를 악물었다. 지금은 아나가 분위기를 이끌고 있는 것이다. 그들이 클럽을 나왔을 때는 12시 반이었다.

호텔 로비는 텅 비어 있었다. 조철봉은 아나를 마주보며 섰다.

"섹스를 하고 싶은데, 아나 씨하고."

조철봉이 눈만 깜박이는 아나에게 바짝 다가가 정색했다.

"난 달아올랐어, 급해."

그러자 아나가 눈을 좁혀 뜨더니 곧 흰 이를 드러내며 웃었다.

"외박은 안 돼요, 한 시간만."

"두 시간으로 하지."

한숨 돌린 조철봉의 얼굴에도 웃음기가 떠올랐다. 물론 시간을 늘리자는 것은 오래 끌 수 있다고 호기를 부린 것인데 어떻게 이해를 하건 해가 되지는 않는다. 조철봉은 서둘러 프런트로 다가갔다.

방으로 들어선 아나가 창가로 다가가더니 조철봉을 보았다. 코냑 한 병을 나눠 마셨지만 아나의 얼굴은 말짱했다.

"조금 더 자극을 받고 싶어요."

창틀에 엉덩이를 붙인 아나가 눈을 치켜뜨고 말했다.

"그리고 강하게."

"나는 약 따위는 안 쓰는데."

저고리를 벗어던진 조철봉이 쓴웃음을 지었다.

조철봉이 잠자코 다가가 아나의 재킷 단추를 풀기 시작했다.

"어색하면 애국가라도 불러."

재킷 단추를 풀면서 조철봉이 말했다.

"이런 때는 무슨 소리건 머릿속에 제대로 들어오지 않으니까 상관 없어."

"날 감동시켜줘요."

"곧 뜨끈한 감동을 받게 돼."

아나는 곧 선 채로 알몸이 되었는데 가리지도 않아서 불빛에 전신이 드러났다.

"으음."

조철봉은 목구멍을 울려 탄성을 뱉었다. 두 다리를 조금 벌리고 선 아나의 알몸은 미끈했다. 볼륨이 크지 않았기 때문인지 곡선은 더 부드 러웠으며 활력이 배어났다. 조철봉의 시선을 잡은 아나가 두 손을 허리 에다 붙이더니 갑자기 풀썩 웃었다.

"철봉 씨가 애국가를 부르지 그래요? 어색하면."

아나는 조철봉이 옷을 벗는 동안 그 자세 그대로 서 있었으므로 조철 봉은 정말 애국가라도 부르고 싶어졌다. 대부분의 여자는 이 단계에서 침대로 들어가 기다린다.

"빌어먹을, 자."

알몸이 된 조철봉도 아나를 향해 어깨를 펴고 섰는데 이미 곤두선 심 벌이 흔들거렸다.

"좋군요."

조철봉의 심벌을 보면서 아나가 혀끝으로 입술을 빨았다.

"단단해 보이네요."

"네 몸을 닭꼬치처럼 꿰어 매달 수 있지."

다가간 조철봉은 아나의 몸을 번쩍 들어 안았다. 슬슬 오고가는 말에 짜증이 나 있었으므로 아나는 거칠게 침대 위로 던져졌다. 튕긴 아나가 자리를 잡기도 전에 덮쳐누른 조철봉은 눈을 부릅떴다. 그러고는 대번에 아나의 두 다리를 벌려 젖히면서 진입해 들어갔다.

전희는커녕 입도 맞추지 않은 것이다.

"아."

아나가 짧게 비명을 지른 순간 조철봉도 다시 눈을 크게 떴다. 이미 아나의 샘은 가득 넘쳐나고 있었던 것이다. 이제 아나는 더 이상 군소리도 군동작도 하지 않았다. 조철봉이 움직이는 대로 반응하면서 제대로 본성을 찾아가기 시작했다.

아나의 귓불을 가볍게 물던 조철봉은 얼굴을 일그러뜨리며 웃었다. 벗기고 넣고 나면 거지나 공주나 다 똑같은 것이다. 오히려 겨우 본성으로 돌아간 공주의 반동이 더 짧고 어수룩하다. 얼마 되지 않아서 아나는 원했던 자극을 강하게 받았으며 감동을 전신으로 느끼기 시작했다.

조철봉이 체위를 바꾸려고 일으켜 세웠을 때 아나는 잠깐 허둥거리다가 어색하게 엎드렸다. 정신이 난 듯 조금 굳어졌던 아나의 몸은 잠시 후에 급격하게 뜨거워지더니 엎드린 채로 절정에 올라버렸다. 조철봉은 벌써 땀으로 멱을 감은 것 같은 아나의 몸을 안은 채 절정을 음미하도록 가만있었다. 그러고는 아나의 몸이 풀어졌을 때 돌려 뉘었다.

이제는 입도 떼기 싫었으므로 조철봉이 말없이 진입해 들어가자 늘어졌던 아나는 놀라 눈을 떴다. 그러다가 다시 팔을 들어 조철봉의 목을 감았다. 그때 조철봉은 윤성희의 얼굴을 떠올렸다. 아나가 1,500시시라면 성희는 4,000시시다.

"넌 볼 때마다 달라지는구나."

눈을 가늘게 뜬 조철봉이 다가선 윤성희를 위아래로 훑어보며 감탄했다.

"섹시하다."

앞자리에 앉은 성희는 둥글게 쇼트커트한 머리에 검정 바탕에 자주 빛 무늬가 들어간 원피스 차림으로 상표가 선명한 수입품 가방을 들었다.

"이젠 섹시하다는 말이 칭찬으로 들려요."

성희가 웃음 띤 얼굴로 말했다. 오후 2시여서 카페 안에는 점심을 마친 손님들로 차 있었는데 남자들 대부분은 한 번씩 성희에게 시선을 주었다. 차를 시키고 조철봉은 다시 성희의 얼굴과 옷차림을 찬찬히 훑어보았다.

이제 비교 기준이 임아나이기 때문에 평가는 빠르다. 얼굴은 각기 개성적이어서 취향에 따라 다르겠지만 아나가 현대적이라면 성희는 고전적이다. 그리고 아나의 몸매는 약간 마른 편인데 성희는 볼륨이 있었다. 조철봉이 저도 모르게 머리를 끄덕였으므로 성희가 흘겨보는 시늉을 했다.

"아이, 참, 왜 그렇게 보세요?"

그 순간 조철봉은 목구멍이 꽉 막히는 느낌을 받고는 헛기침을 했다. 성희의 성적 매력은 아나보다 뛰어난 것이다. 그것은 타고난 교태에다 남자와의 생활에 영향을 받았기 때문이다. 조철봉이 번들거리는 눈으로 성희를 보았다.

"널 볼 때마다 안고 싶은 충동이 일어나거든. 그것이 점점 더 심해진단 말이야."

"그럼 안으세요, 지금이라도. 전 언제라도 준비가 되어 있어요."

가슴을 내미는 시늉을 하는 성희의 얼굴은 상기된 것 같았고 조금 벌어진 입술 사이로 흰 이가 드러나 있었다. 조철봉은 다시 헛기침을 했다. 가슴 가득히 차오르는 충만감으로 어깨가 늘어졌다.

"공부는 열심히 하고 있지?"

조철봉이 묻자 성희는 학생처럼 머리를 끄덕였다.

"재미있어요. 친구도 만들었고요."

성희는 이제 말투도 완전히 고쳤다. 한국인은 본래 적응력이 강한 민족이다. 묻는 것 같은 성희의 시선을 받으면서 조철봉은 커피 잔을 들었다.

"그럼 오늘부터 오빠하고 사업을 시작하자. 어때, 해보겠어?"

그때 성희가 퍼뜩 눈을 크게 떴다.

"오빠하고요?"

"그래, 오빠하고."

조철봉이 엄지를 구부려 자신의 가슴을 가리켰다.

"앞으로는 날 오빠라고 불러."

"알았어요, 오빠."

얼굴을 편 성희가 소리 없이 웃었다.

"그런데 무슨 사업인데요, 오빠?"

"오늘 저녁 7시에 논현동의 파인호텔 라운지로 나와. 멋지게 차려입고."

정색한 조철봉이 다시 성희를 훑어보았다.

"그만하면 됐다, 섹시하니까."

"나가기만 하면 돼요?"

"잘 들어."

조철봉이 탁자 위로 상반신을 굽히고 목소리를 낮췄다.

"첫 사업이니까 이번 목표는 조금 쉬운 것으로 골랐다."

성희도 긴장한 듯 눈만 깜박였고 조철봉의 말이 이어졌다.

"넌 내 동생의 와이프야. 그런데 내 동생이 차 사고로 죽어서 넌 미망인이 되었다. 물론 난 동생이 없어."

조철봉이 손끝으로 성희의 코를 가리켰다.

"내 동생 이름은 조석봉으로 하자. 사촌동생 쯤으로 하지."

"조석봉."

"넌 혼자 살아가기 위해 취직을 해야 돼. 그래서 오늘 한 놈을 만나는 거지."

눈을 크게 뜬 성희가 머리를 끄덕였다. 열중한 표정이다.

오준병은 중견 건설회사 부사장이었고 사주인 회장의 아들이었다. 나이는 38세, 한국에서 고등학교를 졸업하고 미국으로 건너가 LA에서 패트릭대학을 졸업했다지만 그 대학이 있는지 없는지, 또는 졸업장을 받았는지 안 받았는지를 확인한 사람은 없다. 미국에서 돌아와 아버지의 회사에 바로 입사했기 때문이다.

"어, 와 있었나?"

준병이 파인호텔 커피숍에 나타났을 때는 저녁 7시 25분으로 약속 시간보다 25분이나 늦었지만 전혀 미안한 기색이 없었다. 자리에서 일어선 조철봉이 웃음 띤 얼굴로 준병을 보았다.

"선배님, 몸 좋아지셨습니다."

"어, 그래?"

시큰둥한 표정의 준병이 털썩 앞자리에 앉았다. 키가 170이 안 되는데도 몸무게는 90킬로그램에 육박하는 준병이다. 그래서 매일 헬스에 다니고는 있지만 주색잡기로 지방질이 더 붙었다. 종업원에게 차를 시키고 준병은 벌써 시계부터 보았다. 준병은 고교 3년 선배이긴 해도 사회에서 알게 된 처지라 조철봉이 동창회 총무를 맡고 있지 않았다면 오늘 만나주지도 않았을 것이다. 외제 승용차만 좋아하는 바람에 조철봉은 준병에게 차 팔 생각을 아예 포기한 지도 오래다.

"그래, 무슨 일이야?"

준병이 묻자 조철봉은 바로 앉았다.

"저희 34회에서 선배님을 고문으로 모시려고 하는데요, 제가 먼저 선배님 의향을 들으려고 그럽니다."

"나, 바빠서 안 돼."

말이 끝나기도 전에 준병이 머리를 저었다.

"일 때문에 정신이 없어."

예상하고 있었지만 조철봉이 어깨를 늘어뜨렸다. 본래 준병을 고문으로 모신다는 말은 지어낸 것이다.

"이거 야단났는데."

머리를 들었던 조철봉이 입구 쪽을 보더니 벌떡 자리에서 일어섰으므로 준병의 시선도 옮겨졌다. 커피숍 입구로 윤성희가 들어서고 있었다. 성희는 크림색 바탕에 진한 꽃무늬가 있는 스커트에 허리선을 살린 같은 색 반팔 재킷을 입고 있었는데 눈이 부시도록 아름다웠다. 입구 근처의 남자들이 넋을 잃은 듯 바라보는 중이었다.

"아니, 저 애가."

엉거주춤한 자세로 조철봉이 중얼거리자 준병이 물었다.

"아는 여자야?"

"예, 제 사촌동생 처인데 여긴 웬일로?"

"그래?"

조철봉은 다시 성희에게 옮겨간 준병의 두 눈이 이글거리는 것을 보았다.

"선배님, 잠깐만 쟤 만나고 와도 되겠습니까?"

"어, 그래."

냉큼 머리를 끄덕이는 준병을 보자 조철봉은 가볍게 숨을 뱉었다. 바쁘다는 놈이 성희를 만나고 올 때까지 기다린다는 것이다. 조철봉이 다가서자 빈자리를 찾아 앉던 성희가 놀란 듯 눈을 동그랗게 떴다. 성희의 얼굴은 준병을 향해 있었던 것이다.

"저놈이 널 보고 있지?"

마주보고 선 조철봉이 입술만 달싹이며 묻자 성희가 놀란 얼굴 그대로 대답했다.

"네, 아주버님. 아직도 날 봐요."

"저놈한테 같이 밥 먹으러 가자고 했을 때 그러자고 하면 반은 성공한 셈이다.”

“꼭 돼지 같네요.”

“잘해.”

“염려 마세요.”

몸을 돌린 조철봉이 서둘러 준병에게 다가가 선 채로 말했다.

“선배님, 바쁘지 않으시면 저 애하고 셋이 저녁이나 같이 하실까요? 말씀드릴 것도 있고.”

“가만.”

준병이 시계를 내려다보는 시늉을 하더니 머리를 끄덕였다.

“그럼 그렇게 하지. 중요한 얘기야?”

“뭐 별거 아닙니다만.”

그때 다시 준병의 시선이 성희에게로 옮겨져 갔으므로 조철봉은 몸을 돌렸다. 조철봉이 성희를 데려왔을 때 준병은 자리에서 일어섰다. 둥근 얼굴은 웃음기로 활짝 펴져 있었다.

“제 선배님이십니다. 인사해요.”

조철봉의 소개에 성희가 머리를 숙였다.

“전 윤성희라고 합니다.”

“아, 저는 오준병입니다.”

밝은 목소리로 말한 준병이 성희에게 자리를 권하더니 궁금한 듯 물었다.

“어떻게 여길 오신 겁니까?”

“이층 카페에 들렀다가 잠깐 들른 거예요.”

“아, 그러십니까?”

준병이 성희를 빤히 보다가 참지 못하고 말했다.

"철봉이한테 이런 미인 제수씨가 있는 줄은 몰랐습니다."

성희는 시종 그늘진 얼굴이었는데 그것이 조철봉의 가슴까지도 저리게 만들었다. 타고난 것 같은 연기력이다.

"그런데 철봉이 동생 부인이시라고요?"

준병이 물었을 때 조철봉이 굳어진 얼굴을 들었다.

"선배님, 사실은 제 사촌동생이 작년에 죽었습니다."

"저런."

"교통사고였는데, 결혼 일 년 만에 그렇게 된 겁니다."

"어, 그것참."

"그래서 제수씨는 지금 직장을 구하려고 돌아다니고 있습니다. 이층 카페에 간 것도 취직하려고 간 것이고요."

"카페에?"

이맛살을 찌푸린 준병의 시선이 다시 성희에게로 옮겨졌다.

"그런 일은 힘드실 텐데, 내가 한번."

"그일 때문에 선배님께 부탁을 드리려고."

"어, 우리 저녁이나 하면서."

그때서야 평상심을 찾은 듯이 준병이 손목시계를 보는 시늉을 했다.

"우리 천천히 이야기 하지."

근처 일식당의 방에 자리 잡고 앉았을 때 준병이 은근한 시선으로 성희를 보았다.

"내가 한번 자리를 알아봐 드리지. 그런데 학교는 어디 나오셨나?"

"베이징대학을 나왔습니다."

또렷하게 대답한 성희가 준병의 시선을 맞받았다.

"중국어 통역은 자신이 있습니다."

조선족으로 중국에서 자랐으니 그것은 당연한 일이다. 그러자 준병이 감탄한 듯 눈을 가늘게 떴다.

"중국으로 유학을 가신 건가?"

"네, 고등학교 때 중국으로 유학을 갔습니다."

"본래 제수씨 아버님께서는 중국에서 사업을 크게 하셨지요. 그러다가…."

대신 나선 조철봉이 길게 숨을 뱉었다. 그다음 내용이야 뻔한 것이어서 준병이 머리를 끄덕였다.

"그렇군, 하지만 이것도 인연인데."

준병이 주머니에서 명함을 꺼내더니 성희에게 내밀었다.

"내일 전화해요. 내가 한번 알아볼 테니까."

"감사합니다."

성희가 두 손으로 공손히 명함을 받자 조철봉이 생각난 듯 물었다.

"참, 요즘 어디에서 살고 계세요?"

"친구하고 같이 있어요."

"사돈어른들이 걱정하신다던데… 참, 연락처라도 알려드리지…."

이것은 조철봉도 성희와 소원한 관계라는 것을 준병에게 알려주려는 것이다. 그래야 부담이 적어질 테니까.

"나 잘했어요?"

준병과 헤어지고 둘이 되었을 때 성희가 눈웃음을 치며 물었다. 조금 전까지만 해도 수심에 잠겨 있던 얼굴이 어느덧 환하게 밝아져 있다.

"나도 믿을 정도였어."

술기운이 적당하게 오른 조철봉이 이를 드러내고 웃었다.

"넌 천부적이야. 나보다 낫다."

성희가 조철봉의 팔짱을 끼었으므로 옅은 향내가 맡아졌다. 밤 11시가 되어가고 있었지만 신사동 대로변은 인파로 북적이고 있었다.

"오빠, 우리 한잔 더 할까요?"

"그것보다."

조철봉이 은근한 시선으로 성희를 보았다.

"오준병이 널 바라보는 것을 볼 때마다 자극이 쌓여서 지금 터질 것 같은 상태야."

"그럼 우리 저기 들어가요."

성희가 조철봉의 팔을 당기며 턱으로 앞쪽을 가리켰다. 모텔 간판이 붙은 낡은 건물이다.

"안 돼."

조철봉이 얼굴을 굳히며 머리를 저었다.

"넌 앞으로 저런 곳에 들어가면 안 돼. 특급호텔이 아니면 아무데나 들어가면 안 돼."

"알았어요."

고분고분 머리를 끄덕인 성희가 다시 조철봉의 팔을 끌었다.

"그럼 빨리 우리 집으로 가요."

서로의 느낌에 익숙해졌을 때의 섹스는 긴장감이 적어지는 대신 열락의 순간을 오래 지속시킬 수가 있는 법이다. 조철봉은 치열하게 성희의 몸을 탐닉했다. 머리끝에서 발가락까지 애무하면서 조철봉은 이것이야말로 사랑이라고 느꼈다. 그에게 이런 순간은 처음이었던 것이다.

아무것도 바라지 않고 그저 주고만 싶었고 성희가 행복해하는 것을 보는 것으로 만족스럽다. 섹스가 끝났어도 조철봉은 성희를 껴안은 채 한동안 그대로 엎드려 있었다. 열기가 식으면 상대로부터 떨어져 나가고 싶어 하는 조철봉이었으나 성희는 달랐다. 더 안고 싶은 것이다.

"조사해 보니까 오준병은 화곡동에 살림을 차려준 세컨드가 있어."

엎드린 채 조철봉이 성희에게 말했다.

"룸살롱에서 만난 아가씨야. 30평 아파트를 사주었는데 일주일에 두 번씩은 들르더군."

"재산이 얼마나 돼요?"

가쁜 숨을 가라앉힌 성희가 조철봉의 목을 껴안았다.

"100억? 200억?"

"오준병의 아버지는 강남에 부동산을 꽤 소유하고 있어. 아마 2천억은 될 거야."

"2천억이나."

실감이 안 나는 듯 성희가 눈만 깜박였으므로 조철봉이 풀썩 웃었다.

"다음에는 더 큰 놈을 물어다 줄 테니까 두고 보라고. 2천억쯤은 아무것도 아냐."

"그럼 오준병의 몫은 얼마나 되죠?"

"글쎄. 그건 상황에 따라 달라지겠지."

그제야 몸을 뗀 조철봉이 천장을 향해 누웠다.

"어차피 오준병은 제 아버지한테서 돈을 타내야 할 테니까."

"오빠는 얼마 예상하고 있는데요?"

"10억."

돌아누운 조철봉이 성희의 둥근 가슴을 손을 펴 움켜쥐었다.

"네 몫은 5억이다."

"너무 많아요, 오빠."

"나는 다 줘도 괜찮지만."

조철봉의 손바닥이 성희의 아랫배를 쓸어 내려갔다.

"너도 이제 돈 관리를 잘 해야 돼."

다음 날 아침, 윤성희의 오피스텔에는 사내 둘과 여자 한 명이 손님으로 찾아왔다. 모두 중국에서 입국한 친척들이었다. 사내 중에서 나이든 쪽이 성희의 외삼촌이었으며 젊은이는 고모의 아들, 20대로 보이는 여자는 백모의 동생 딸이었으니 어쨌든 모두 친인척이 된다.

"야아, 너 잘 살고 있구나, 야."

소파에 앉은 외삼촌이 다시 한 번 감탄했다. 그들 셋은 한국에 온 지 오늘로 사흘째로 성희의 집에 처음 온 것이다.

"저 텔레비전은 한국산이냐?"

외삼촌이 눈을 둥그렇게 뜨고 50인치 평면 TV를 보며 물었다.

"네, 그래요."

"야아, 비싸겠다."

20대의 두 친척은 주눅이 든 듯 눈만 껌벅이며 앉아 있었다. 그들 앞에 마실 것을 내려놓은 성희가 표정을 굳히더니 입을 열었다.

"외삼촌은 힘든 일이 벅차실 테니까 빌딩 경비 일을 구해 놓았어요. 식비 따로 받고 한 달에 160만 원 받습니다."

"160만 원, 식비 따로."

머릿속으로 분주하게 계산을 하는 듯 눈동자가 위로 올라갔던 외삼촌이 기쁜 듯 어깨를 부풀렸다.

"1년에 1천만 원은 모을 수 있겠구나. 3년만 모으면 옌볜에 식당을 차릴 수 있겠다."

성희의 시선이 20대 사내에게로 옮아갔다.

"네가 바라던 대로 자동차 정비소에 취직이 되었어. 네 기술만 인정되면 한 달에 200만 원 준다고 했다"

"고맙습니다, 누님."

감격한 나머지 사내의 목소리가 떨렸다.

"자격증도 있고 기술도 자신 있습니다."

"그리고 너는."

끝 쪽에 앉은 여자에게 성희가 말했다.

"내가 다니던 회사에 내 대신 다니기로 했어. 한 달에 150만 원이다."

여자는 상기된 얼굴로 끄덕였다. 성희는 다시 외삼촌을 보았다.

"방 두 개짜리 연립주택을 전세로 얻어 놓았으니까, 오늘 그곳으로 옮기세요."

"방 두 개짜리 주택을?"

놀란 셋의 시선이 모아졌으므로 성희는 얼굴을 펴고 웃었다.

"네, 점심 먹고 저하고 같이 가요."

"아이구, 이런."

마침내 외삼촌의 흐린 눈에서 눈물이 쏟아졌고 20대 여자는 두 손으로 얼굴을 가렸다.

"우리는 너 고생할 적에 변변히 도와주지도 못 했는데 이렇게 다 해주다니."

물론 그들 셋을 입국시키고 직장까지 구해준 사람은 조철봉이다. 조철봉은 또 최갑중을 시켜 연립주택도 얻어놓았다. 심호흡을 길게 여러 번 하더니 겨우 진정이 된 듯 외삼촌이 성희를 보았다.

"그런데 성희야, 넌 어떻게 이렇게 성공을 한 거냐?"

"운이 좋았어요."

준비하고 있었던 것처럼 성희가 금방 대답했다.

"한국에서 성공하려면 운이 붙어야 돼요."

"어떤 운이냐?"

"주식을 샀다가 대박을 터뜨리기도 하고…."

"그 대박이란 것이 무엇인데?"

"크게 성공한다는 뜻입니다."

성희가 두 손바닥을 펼쳐 보였다.

"말하자면 만 원짜리 주식을 샀는데 그 주식이 서른 배로 뛰면 대박이 터졌다고 하는 거죠."

"어이구!"

외삼촌은 눈과 입을 딱 벌렸고 성희는 거침없이 말했다.

"그 주식을 1,000주쯤 갖고 있었어요. 한국에는 그런 일이 많습니다."

놀란 셋은 눈동자만 굴리며 가만있었다.

이은영이 부산으로 떠난 후 서초영업소에는 대구영업소로 파견되었던 기조실 직원 두 명이 순환 근무 발령을 받고 들어왔다. 그들은 조철봉의 앞에는 얼씬도 하지 않았다. 이미 회사 내에 소문이 다 퍼졌기 때문일 것이다. 겉으로는 멀쩡하지만 회사는 대기업이건 중소기업이건 간에 치열한 생존경쟁의 전쟁터이다.

많은 기업들이 사훈(社訓)으로 단합과 화목 등을 써 붙이지만 내부 구성원들 사이에 경쟁이 없다면 죽은 회사나 마찬가지이다. 경영자는 단합과 화목을 외치면서 쉴 새 없이 사원들을 경쟁시켜야만 하는 것이다. 선배는 곧 자신이 치고 올라가야 할 적이며 후배도 자신의 자리를 넘보는 적이다.

또한 동료는 한정된 자리 경쟁에서 제거해야 할 적이 되는 것이니 경영자가 그것을 얼마나 공평하고 엄격하게 관리하느냐가 기업의 성패를 결정한다. 이런 전장에서 그룹 회장실과 비서실에 불려 들어간 조철봉은 이제 신성 불가침한 존재가 되었다. 이미 영업소장 장정수는 알아서 기는 중이었으며 경쟁자인 김정필 과장은 경쟁을 포기하고 오히려 측근을 자처했다. 조철봉의 배경에 기대려는 것이다. 그러니 기조실 파견자인 대리급 두 명이 조철봉을 어렵게 생각하는 것은 당연했다.

"방배영업소장이 크로나 여덟 대를 가계약했다는군."

조철봉의 책상으로 다가온 장정수가 소곤대듯 말했다. 책상에 두 손을 짚은 정수는 목소리를 더 낮췄다.

"직원들 친지 이름을 빌려서 말이야."

가계약이란 가짜 계약이다. 실적을 높이려고 계약을 한 것처럼 위장해 놓고 결산이 끝날 때까지 기다리는 것인데 서초영업소도 자주 써먹었다.

"박 소장 그놈이 올린 실적도 파헤쳐보면 아마 3할은 주인 없는 차일 거다."

특판 기간 마감이 20일 후로 다가온 터라 전 영업소는 필사적인 판매 활동에 들어가 있었다. 조철봉은 그동안 크로나 37대를 판매해 전국 1위였고 2위와 14대 차이가 났으니 대상은 따 놓은 것이나 마찬가지였다. 정수의 시선을 받은 조철봉이 얼굴을 펴고 웃었다.

"박 소장이야 본래 그런 사람 아닙니까?"

"자식이 교활해."

정수의 경쟁상대인 방배영업소의 박근배 소장은 현재 크로나 판매 실적 102대를 기록했으니 134대인 서초영업소보다 32대 뒤떨어졌다. 그러나 20일 동안 어떤 변수가 생길지 모르는 것이다.

"내가 10대는 더 팔 테니까 마음 놓으쇼."

조철봉의 말에 정수의 눈이 가늘어졌다.

"너만 믿는다."

서초와 방배영업소의 통합 소문이 떠돈 것은 작년 초부터였다. 그러나 실적이 비슷한 터라 영업소장 둘 중 하나를 선택하기가 어렵다는 것이다. 특판 기간이 끝나면 상황이 달라진다. 조철봉이 제 자리로 돌아가는 정수의 등판을 보면서 쓴웃음을 지었다. 정수의 일차 목표는 서초와 방배영업소가 통합된 후 소장이 되는 것이다. 그것이 안 된다면 방배의 박 소장을 밀어내고 그 자리에 조철봉을 앉혀야만 한다.

최악의 경우는 실적이 뒤떨어져 서초가 방배에 통합되고 자신이 대기자가 되는 것인데 그렇게 될 가능성은 희박했다. 그러면 서초와 방배가 그대로 유지되었을 때 실적 1위를 달성한 조철봉의 거취가 문제가 된다. 그때를 대비해 방배영업소장을 끈질기게 씹어대야 하는 것이다. 조철봉이 그 자리로 옮겨가야 숨통이 트인다.

"하긴 너도 내가 거북하겠지."

혼잣소리처럼 말한 조철봉은 꺼놓았던 컴퓨터 전원을 켰다. 지금 임아나의 부친 임기찬의 등록 재산을 조사하는 중이다.

"너 크로나를 새로 뽑았다고?"

임기찬이 응접실로 들어선 임아나에게 미간을 찌푸리고 물었다.

"왜 나한테 말도 안 한 거냐?"

"아빠 바쁘신 것 같아서요."

건성으로 대답한 아나가 털썩 앞자리에 앉더니 기찬을 똑바로 보았다. 거침없는 태도였지만 익숙해져 있는 터라 기찬은 눈만 끔벅였다. 아나는 막내인 데다 외딸이어서 버릇없이 키웠다고 번번이 자책하고 있지만 이미 늦었다. 그리고 자신도 길이 들어서 아나가 갑자기 조신한 행동을 하거나 풀이 죽어 있으면 오히려 조바심이 나는 것이다.

"아빠, 왜 불렀어요?"

"너 요즘 남자 만난다면서?"

찌푸린 얼굴 그대로 기찬이 물었지만 아나는 눈썹 하나 까닥하지 않았다.

"강 비서한테 들으셨군요."

"어떻게 만난 사이냐?"

"그냥 우연히요."

만일에 아나의 오빠들이 이런 식의 대답을 했다면 반쯤 죽었을 것이다. 아니, 반쯤이 아니라 백화점 지분에다 부동산 상속을 다 취소당하고 죽는 것보다 못한 거지가 되었을 것이다. 그러나 기찬은 헛기침 한 번으로 그냥 넘어갔다.

"내가 자세히 알아보았더니 꽤 영향력이 있는 젊은이 같던데."

기찬이 눈을 좁혀 뜨고 아나를 보았다.

"너, 그 사람하고 얼마나 친하냐?"

얼마나 깊은 관계냐고 묻는 것이었으므로 아나는 피식 웃었다.

"그냥 알고 지내는 사이예요."

하지만 아나의 가슴은 밝아졌다. 이제까지 접촉했던 수많은 남자 중에서 호칭을 젊은이라든가, 그 사람이라고 불린 자는 한 명도 없었기 때문이다. 다 그놈 아니면 그 자식이었는데 아버지는 최대한의 존칭을 쓴 셈이다. 더욱이 얼마나 친하냐고 물은 것은 기대한다는 의미로도 들렸다. 기찬은 아나의 대답이 못마땅한 듯 가볍게 혀를 찼다.

"이 자식아, 애비 말을 신중하게 들어."

"듣고 있어요."

"그 사람은 요직에 있는 사람들과 친분이 많지만 아직 신원 확인이 덜 끝났다. 너, 그 사람 주민등록증 번호를 아느냐?"

"아버지도 참."

표정을 싹 바꾼 아나가 기찬을 쏘아보았다.

"요직에 있는 사람들과 교분이 있다는 걸 확인하셨다면서요? 저한테 경찰처럼 주민등록증 내놓으라고 시키실 셈이세요?"

"그게 아니라…."

"아버진 너무 의심이 많아요."

"아니, 이 자식이."

"말씀 다 하셨죠?"

아나가 일어섰으므로 기찬은 입맛을 다셨다.

"언제 한번 데리고 오너라. 내 사무실로 말이다."

"그 사람 바빠요."

아나가 찬바람을 일으키며 몸을 돌렸지만 기찬은 잡지 않았다. 강 비서로부터 조철봉에 대한 보고를 받은 기찬은 흥미를 느꼈다. 그래서 더 세밀한 조사를 시킨 것인데 조철봉이 기한그룹 백대운 회장, 홍성준 변호사 등과 밀접한 관계일 뿐만 아니라 김태환 전 대통령과도 인맥이 닿아 있다는 것까지 밝혀졌다.

홍성준 변호사 사무실의 사무장으로부터 얻게 된 정보에 의하면 조철봉은 국제개혁연맹의 비서실 차장이라는 것이다. 거기에다 대성자동차의 브라질 현지법인 파트너는 피에트로사가 맞다. 그런 사내가 아나와 인연이 닿게 된 것이 신기한 한편으로 어쩐지 불안하기도 했다. 이윽고 기찬이 소파에 등을 붙이고 혼잣소리를 했다.

"허, 저놈이 남편 복이 있으려나?"

구로동의 국제개혁연맹 사무실 업무는 정상 궤도에 올라있었다. 중국 동포는 물론, 외국인 노동자들의 인권을 보호할 뿐만 아니라 인력 공급 업무까지 처리하게 되었으므로 직원도 20여 명으로 늘어났다. 최갑중은 국개연 사무실에 매일 출근했으며 업무는 관리부장 직함을 갖게 된 김동수와 나눠 맡았다. 갑중이 대외 활동을 맡고 동수가 내부 업무를 처리하는 체제로 호흡을 맞춘 것이다.

조철봉과 아나가 사무실로 들어섰을 때는 오후 5시경이었지만 사무실에는 활기가 지나쳐 혼잡함까지 느껴졌다. 10여 명의 동포들이 테이블 주위에 모여 중구난방 하소연을 하는 데다 한쪽에서는 여자 둘이 울고, 대기실 안에는 동남아계 남녀들로 가득 차 있는 상황이었다.

"어서 오십시오, 실장님."

그때서야 조철봉을 발견한 듯 동수가 허둥대며 다가오더니 허리를 꺾고 절을 했다.

"오신 줄 미처 몰랐습니다."

동수는 아나에게도 정중하게 인사를 했다.

"관리부장 김동수입니다."

"전 임아나예요."

당황한 아나의 볼이 붉어졌다. 오후에 만난 조철봉이 잠깐 들를 곳이 있다면서 아무런 설명도 없이 이곳으로 데려왔기 때문이다. 조철봉이 앞장서 실장실로 들어섰으므로 아나는 뒤를 따랐다. 10평쯤 되는 실장실은 정갈했고 겉치레 없이 놓인 가구들에서 품위가 배어났다. 그들이 중앙에 놓인 소파에 앉았을 때 서류를 든 동수가 들어섰다.

"실장님, 보고드릴 것이 있는데 괜찮으시겠습니까?"

"아, 예. 앉으세요."

조철봉이 힐끗 아나를 보더니 앞쪽에 앉는 동수에게 물었다.

"무슨 일입니까?"

"행운여관 측에서 보증금 2억에 월 1,500으로 임대를 해주겠다는데요."

동수가 조심스러운 시선으로 조철봉을 보았다.

"매매 가격은 12억으로 내렸습니다."

"매입하도록 합시다."

조철봉이 가볍게 말했다.

"내가 내일 중으로 가격 절충을 다시 하지요."

"알겠습니다, 실장님."

커다랗게 머리를 끄덕인 동수가 생기 띤 얼굴로 조철봉을 보았다.

"그렇게 하면 방 35개로 떠도는 동포 100명은 숙식시킬 수가 있습니다."

동수가 방을 나가자 아나는 눈을 크게 뜨고 물었다.

"여관을 매입하시려고요?"

"응. 떠도는 동포들이 많아서."

조철봉이 부드러운 표정으로 아나를 보았다.

"하지만 이건 비공식 활동이니까 내 개인적으로 처리해야 돼. 국개연의 자금도 풍부한 상태가 아니거든."

오전에 아버지한테서 조철봉이 요직에 있는 사람들하고 친분이 많다는 확인까지 받았지만 아나는 국개연과 조철봉의 실체를 처음으로 본 것이다. 아나의 가슴이 서서히 감동으로 뜨거워졌다.

"참 좋은 일 하고 계시네요."

마침내 아나가 진심으로 말했다.

"더구나 비공식으로, 다른 사람 모르게."

"칭찬받고 나니 어색한데."

조철봉이 쓴웃음을 지었다.

"난 그저 실장일 뿐이야. 국개연의 윗분들은 아직 전면에 나서지 않고 있다고."

"아버지가 한번 만나자고 하셨어요."

저도 모르게 불쑥 말한 아나의 눈 주위가 금방 붉어졌다. 지금까지 수없이 남자를 만났지만 자신이 이런 적은 한 번도 없었던 것이다. 그러나 조철봉과 시선이 마주쳤을 때 아나가 결심한 듯 말했다.

"아버지한테 오빠 사귄다고 했어요."

오빠라는 호칭도 처음이다.

"자, 들지."

나이프를 든 오준병이 웃음 띤 얼굴로 윤성희를 보았다. 스타호텔의 스카이라운지는 회원제여서 뜨내기손님이 없었고 언제나 한산했다. 오늘도 손님은 서너 테이블밖에 없어 준병에 대한 종업원들의 서비스는 극진했다. 성희는 익숙한 손놀림으로 스테이크를 썰어 입에 넣었다. 준병을 만난 지 나흘이 지났다. 처음 만난 날 준병은 바로 다음 날 연락을 하라고 명함을 주었지만 이틀을 기다렸다가 오늘 오전에 전화를 했다.

"그동안 바빴던 모양이죠? 기다렸는데…."

둥근 얼굴에 가득 웃음을 띠고 준병이 물었으므로 성희는 머리를 끄덕였다.

"네, 그동안 중국어 번역 일이 들어와서요."

"허어, 그래요?"

건성으로 음식을 입에 넣은 준병이 성희를 보았다.

"보수는 괜찮은가요?"

"얼마 안 돼요."

수줍게 웃은 성희가 시선을 내렸으므로 준병은 헛기침을 했다.

"일은 내가 드릴 테니까 걱정하지 마세요."

"돈 때문에 그러는 건 아녜요."

성희가 머리를 들더니 준병을 똑바로 보았다.

"보험금을 타서 생활에는 지장이 없어요. 다만 마음을 안정시키려고."

"이해가 가는군."

준병이 머리를 끄덕였다.

"우선 주변 환경이 안정되어야 하죠."

포도주 잔을 든 준병이 한 모금을 삼켰다가 가볍게 기침을 하고는 심호흡을 했다. 하마터면 술이 기도로 들어갈 뻔한 것이다. 앞에 앉은 성희는 육감적이면서도 지성미가 풍겼다. 연노란색 실크 드레스로 감싼 몸매는 어느 한 부분도 흠잡을 데가 없었으며 섬세한 용모에다 약간 비음이 섞인 맑은 목소리는 듣는 것만으로도 욕망이 끓어올랐다. 주색잡기로 장안을 누벼 온 준병이었지만 성희 같은 여자는 처음인 것이다.

"그래서 말인데."

준병이 작은 눈을 크게 뜨고 성희를 보았다.

"지금 친구하고 같이 계신 것 같던데, 불편하지 않습니까?"

"불편하긴 해도 혼자 있는 것이 싫으니까요."

"그렇다고 계속 그러고 있을 수는 없지."

다시 술잔을 든 준병이 한 모금을 삼키더니 말을 이었다.

"그래서 이런 제의를 한다고 오해를 하지 말았으면 좋겠는데…."

"무슨 말씀인데요?"

"내가 집을 마련해 드리지. 성희 씨가 새 생활을 시작할 때까지만입니다. 안정이 되고 믿고 의지할 만한 남자를 만날 때까지 보호자가 돼드리겠단 말인데…."

그러고는 준병이 힐끗 성희의 눈치를 보았다.

"생활비도 넉넉히 드리고 차도 뽑아 드리죠. 지난 상처를 잊도록 최선을 다할 겁니다."

그때 성희가 만지작거리던 술잔을 들더니 포도주를 한 모금 삼키고는 내려놓았다. 그리고 검고 젖은 눈동자로 준병을 똑바로 보았다.

"싫어요."

성희가 입술 끝을 조금 올리며 웃었다.

"호의는 고맙지만 전 매물이 아녜요."

"오해하시지 말라고 하지 않습니까?"

이맛살을 찌푸린 준병이 성희를 노려보았다.

"난 그럴 만한 충분한 능력이 있는 사람이고, 더구나."

"저한테 욕심이 나셨겠죠."

가볍게 말을 자른 성희가 이제는 흰 이를 드러내고 웃었다.

"이해할 수 있어요."

성희가 웃음 띤 얼굴로 준병을 보았다.

"하지만 싫어요. 미안해요."

이제까지 여자와의 관계에서 제 뜻대로 안 된 적이 한 번도 없었던 오준병이다. 물론 그것은 관계한 여자 대부분이 룸살롱 아가씨들이었거나 회사 주변에서 얽힌 상대였기 때문이기도 하다. 하지만 준병에게 돈이면 다 된다는 사고가 굳어진 지 이미 오래되었다. 어렸을 적부터 그는 씀씀이가 헤펐다. 바쁜 부모가 모든 것을 돈으로 해결했기 때문이다.

그는 스무 살 생일날에 아버지의 비서가 선물로 가져온 스포츠카를 타고 나가서 그날 밤에 북한강 물속으로 빠뜨린 적이 있다. 물론 술을 마시고 일부러 그런 것이다. 그때 아버지는 사업차 일본에 가 있었고 어머니는 파리 관광 중이었다. 그것이 돈에 대한 준병의 마지막 반발이었다. 그 이후로 준병은 현실에 적응했고 부모보다 더 돈의 가치를 활용하기 시작했다.

다음 날 오전 선진호텔 커피숍에 나타난 준병은 조철봉을 향해 밝게 웃었다. 준병이 조철봉을 불러낸 것은 이번이 처음이었으며 이렇게 웃어 보인 적도 없다.

"어, 바쁜데 미안해."

앞에 앉은 준병이 부드러운 시선으로 조철봉을 보았다.

"차는 잘 팔리나?"

"그저 그렇습니다."

"요즘 크로나가 잘 나간다며?"

"원체 고급형이라서 수요가 적어서요."

"나한테 카탈로그를 가져와. 언제라도 좋으니까."

"예, 그러죠."

준병은 조철봉의 반응이 기대 이하로 느껴져 눈을 좁혀 뜨고 조철봉을 보았다.

"그런데 말이야, 철봉이."

"예, 선배님."

"자네 사촌 제부 말인데, 연락이 되나?"

"성희 씨 말입니까?"

"그래, 내가 직장을 알아보았는데."

"그렇습니까?"

조철봉의 얼굴이 활짝 펴졌다가 금방 어두워졌다.

"그런데 전 제수씨 전화번호도, 사는 곳도 모릅니다. 이거 어떡하지요?"

"허어, 그래?"

입맛을 다신 준병이 물 잔을 들었다가 도로 내려놓았다.

"그것참, 내가 신경을 좀 썼는데."

"이거 죄송합니다. 그쪽하고는 거의 왕래를 안 하고 지내는 사이라서요."

"그렇다면 할 수 없지."

말은 그렇게 했지만 준병의 얼굴은 낙담으로 구겨져 있었다. 윤성희가 준병의 제의를 거절하고 헤어진 지 사흘째가 되는 날이었다. 준병은 성희와 연락을 해보려고 조철봉을 불러낸 것이다.

"제가 한번 알아보겠습니다."

조철봉의 말에 준병이 머리를 끄덕였다.

"알아보고 연락해줘. 만나면 나한테 전화를 하라고 전해."

"예, 선배님."

준병과 헤어진 조철봉이 선진호텔에서 조금 떨어진 대로변의 커피숍에 들어섰을 때는 오전 11시경이었다. 대형 창문 옆 의자에 앉아 있던 윤성희가 조철봉을 향해 활짝 웃었다.

"뭐래요?"

성희에게 준병과 만난다는 말을 이미 해준 것이다.

"네 연락처를 알려달라고 했어. 역시 예상했던 대로 미끼를 물었다."

종업원에게 커피를 시킨 조철봉이 입술을 부풀리며 웃었다.

"제 뜻대로 안 되는 경우는 드물었을 테니까 화도 났겠지."

"며칠 더 애를 먹일까요?"

"저런 놈은 타이밍을 잘 맞춰야 돼. 길게 끌었다가 낭패를 보는 수가 있어."

조철봉의 표정이 차분해졌다.

"내일쯤 전화하는 게 좋겠다."

다음 날 저녁 7시에 윤성희가 스타호텔 라운지로 들어섰을 때 오준병이 웃음 띤 얼굴로 맞았다.

"정말 만나기 힘듭니다."

"바빴어요."

앞쪽에 앉은 성희가 따라 웃었다. 준병의 목적은 단 하나뿐이다. 그리고 그것을 달성하고 나면 어떻게 될지는 뻔했다. 조철봉의 조언이 없었더라도 수컷을 다루는 방법쯤이야 알고 있는 성희다.

"제 호의를 그렇게 무시할 수가 있습니까?"

준병이 눈을 치켜떠 보였을 때 성희는 다시 웃었다. 오후에 전화를 했을 때 준병은 뛸 듯이 반겼다. 일이 거의 성사되었다고 생각한 것이 틀림없다. 아마 그러면 그렇지 제까짓 것이, 했을 것이다.

"쉬운 상대가 얼마든지 있을 텐데 왜 고생을 사서 하세요?"

성희가 부드럽게 묻자 준병은 눈만 껌벅였다. 예상치 못한 질문이었다. 정색한 성희가 준병을 보았다.

"섹스 파트너 말이에요."

"섹스 파트너라."

당황한 듯 준병의 눈동자가 흔들렸고 얼굴에 일그러진 웃음이 떠올랐다.

"조금 오해를 한 것 같으신데…. 하지만 성희 씨의 매력에 끌리기는 했지… 성적 매력 말입니다."

"그렇게 먼저 미끼를 던지시다가 떼이면 어쩌시려고."

성희가 눈웃음을 쳤다.

"집에다, 생활비, 거기에다 차까지 사주시는 건 과잉투자 아녜요?"

"그만한 가치가 있지요."

하지만 준병의 눈동자가 흔들렸다. 그것을 다 내놓게 될지 어쩔지는 자신도 알 수 없었기 때문이다. 이것도 거래니만큼 먼저 가장 비용이 적게 드는 생활비부터 건네주고 나서 기회를 노리는 것이 순서였다.

따라서 대부분의 여자는 이 과정에서 볼장 다 보고 떨어져 나간다. 화곡동의 수미처럼 예외가 있었으나 그 여자를 만났을 때는 아직 수련이 덜 되었을 때였다.

"그래서 제 제의를 수락하신단 말입니까?"

그러면 어떠냐는 듯이 준병이 눈을 크게 뜨고 정색했다.

"성희 씨가 그만한 가치가 있어 보였고 나는 그만한 능력이 있는 거죠. 그리고 제 제의는 진심이고, 이만하면 되지 않습니까?"

"하지만 문제는 제 입장이죠."

성희가 부드러운 표정으로 말했다.

"제 시숙님이나 부사장님이 아직 잘 모르고 계신 부분이 있어요. 전 생각하고 계신 만큼 그렇게 가난하지 않아요."

"그래요?"

"혼자 살아가기가 조금 불안하고 의지할 곳이 필요하긴 해요. 예를 들어서…."

이제는 성희가 얼굴을 굳히고 준병을 보았다.

"내일 오전에 여관건물 한 채를 인수하기로 했거든요. 인수한 후에 내부 개조를 해서 임대할 계획인데 혼자서 결정하고 처리하기가 요즘 힘들어요."

"여관을 인수한다고?"

준병이 이맛살을 좁히고는 눈도 가늘게 떴다. 회사에서 잘 모르는 대차대조표를 읽을 때의 표정이다.

"가격이 얼마짜리죠?"

"12억에서 3천을 겨우 깎아 11억 7천으로 결정했어요."

커피 잔을 든 성희가 가늘게 숨을 뱉었다.

"그리고 내부 공사 견적이 3억 5천 나왔는데 너무 비싼 것 같아요."

준병이 눈만 껌벅였으므로 시선을 든 성희가 희미하게 웃었다.

"저한테 돈은 문제가 안 된다고요."

<2권 계속>